 Coher, Sylvain: Nordnordwest : Roma

Lucky, der Kleine und das Mädchen: Die 3 Jugendlichen wollen weg aus Frankreich, über den Ärmelkanal nach Großbritannien. Sie besorgen Sprit und Proviant, klauen ein altes Segelboot und brechen auf, ohne segeln zu können. Als das Wetter umschlägt, werden sie zum Spielball der Naturgewalten ...

dtv

Sylvain Coher

Nordnordwest

Roman

Aus dem Französischen
von Sonja Finck

dtv

Ausführliche Informationen über unsere Autoren und Bücher
www.dtv.de

MIX
Papier aus verantwortungsvollen Quellen
FSC® C019821
www.fsc.org

Deutsche Erstausgabe 2017
dtv Verlagsgesellschaft mbH & Co. KG, München

Titel der französischen Originalausgabe:
›Nord-nord-ouest‹

Umschlaggestaltung: Wildes Blut, Atelier für Gestaltung,
Stephanie Weischer unter Verwendung
von Fotos von Arcangel Images
Gesetzt aus der Adobe Caslon
Satz: Fotosatz Amann, Memmingen
Druck und Bindung: Druckerei C.H.Beck, Nördlingen
Gedruckt auf säurefreiem, chlorfrei gebleichtem Papier
Printed in Germany · ISBN 978-3-423-28090-7

Am Himmel ist's der Mast, der Kreise zieht
Und mit dem Finger auf die Sterne zeigt.

Blaise Cendrars, *Mondschein*,
aus dem Französischen von Peter Burri

Er saß wenige Meter von den beiden anderen entfernt und versuchte, ihr Gespräch mit anzuhören. Seine Hände ruhten auf dem Beton. Betont gleichgültig sah er aufs Meer hinaus. Er krümmte den knochigen Rücken, sodass es aussah, als hätte er einen Buckel. Völlig reglos saß er da, nur seine Füße trommelten gegen die Mauer. Er schien durch die Luft zu rennen. Lucky hatte dem Mädchen einen Arm um den Hals gelegt. Als wollte er sie würgen oder ins Wasser werfen. Der Kleine beobachtete die beiden aus den Augenwinkeln, während er auf das Meer zu seinen Füßen starrte. Das kalte Meer. Das Meer, das wie tot dalag. Er hörte nicht, was die anderen beiden sagten. Vielleicht sagten sie ja auch nichts. Lucky und das Mädchen beachteten ihn überhaupt nicht. Ihre Küsse hatten etwas Obszönes. Hätte er ihre Worte hören können, hätte er sich auch nicht besser gefühlt. Er war überflüssig. Er konnte nur abwarten, während die anderen beiden miteinander tuschelten und knutschten, die Augen halb geschlossen, die Münder aufgesperrt wie hungrige Möwen.

Ihm war, als hätte er schon lange vor den beiden anderen auf der Mole gesessen. Allein mit dem Meer. Seine Anwesenheit schien sie nicht zu stören, sie hielten sich umschlungen, wie es Verliebte an so einem Ort tun. Arm in Arm, die Ohren wie Saugnäpfe aneinandergelegt, stemmten sie sich gegen den Wind. Ob er hier war oder nicht, war bedeutungslos. Der Kleine war das dritte Rad am Wagen. Er kratzte mit einem Fingernagel an dem Fleck auf seiner Jeans herum und beschloss, sich umzuziehen, sobald er konnte.

Immerhin hatte er das Meer. Das Meer leistete ihm Gesellschaft. Drei Meter unter ihm erinnerte die Farbe des Wassers an Holzsplitter und Eisenspäne. Sein Gesicht war hohlwangig, die Nase wie mit dem Teppichmesser geschnitten. Das Meer hatte eine beruhigende Wirkung auf ihn, auch wenn man das seiner trotzigen Miene nicht ansah. Vor allem dieses ganz bestimmte Meer, das ständig in Bewegung war. Es wühlte das Watt auf und wirbelte den Schlamm umher. Auf der Landkarte war der Ärmelkanal nichts als ein schmaler Streifen, dünn wie ein Kinderarm, der Frankreich und England voneinander trennte. Dieses Meer war ihm fremd. Am Mittelmeer war immer trockener Sand von seinen Füßen gerieselt. Für ihn war das Meer immer sanft und blau gewesen. Da, wo er herkam, konnte man sich selbst im Spätherbst noch in den Sand setzen und sich von der Sonne wärmen lassen. Zu jeder Tages- und Nachtzeit. Ganz entspannt, die Arme auf der warmen Haut verschränkt, den Blick auf die herbeirollenden Wellen gerichtet. Er hatte nie schwimmen gelernt, aber wenn es sein musste, konnte er sich über Wasser halten. Indem er strampelte wie ein verzweifeltes Tier.

Der Ärmelkanal war anders. Eine Schlammbrühe, ein Dreckwasser. Es stank nach Verwesung, Fäulnis, nach Schlick, der sich auf dem Meeresgrund zersetzte. Der Kleine betrachtete das heranschwappende Wasser misstrauisch, mit einer skeptischen Miene, die er auch bei anderen Gelegenheiten aufsetzte. Im Norden ist das Meer genauso grau wie die Menschen, dachte er und trommelte mit den Fersen gegen die Mauer. Er spuckte auf eine kleine braune Welle, zog die Beine an und stützte das Kinn auf die Knie. So sah er wenigstens den Fleck nicht, über den er sich seit dem Morgen ärgerte. Er durfte sich nicht gehen lassen. Nicht wie ein Landstreicher aussehen. Schon mehrmals hatten ihre sauberen Kleider sie vor dem argwöhnischen Blick von Polizisten gerettet. Vor allem aber halfen sie ihm beim Durchhalten. Er erwartete von Lucky nur eins: Er musste die Möglichkeit haben, sich saubere Klamotten zu besorgen. Wenn das gesichert war, machte er alles klaglos mit. Er wusste immer noch nicht, wohin ihre Reise ging, genauso wenig wie an dem Tag, als sie vor Mammons ausgebranntem Pick-up gestanden hatten. Der Kleine tat, was man ihm sagte. Ohne Fragen zu stellen. Er war einfach da. Ganz gleich, wo das war.

Doch jetzt war alles anders. Das Mädchen brachte ihre Pläne durcheinander. Lucky hatte sie am Abend zuvor in einer Hafenkneipe aufgegabelt, wo sie so viel getrunken hatten, dass sie sich hinterher nicht mehr daran erinnern konnten. Sie war eigentlich zu jung für Lucky und zu jung für das Gesetz, aber ihr selbstbewusstes Auftreten und ein paar wohlplatzierte Berührungen hatten ihn überzeugt. Für sie wiederum war der groß gewachsene junge Mann mit den dunklen Haaren, dem dunklen Teint und dem harten Blick ein Geschenk des Himmels. Bei seinem Anblick hatte sie eine Gänsehaut bekommen. Hätte Lucky nicht den ersten Schritt gemacht und ihr eine Hand auf den Schenkel gelegt, hätte sie sich ihm an den Hals geworfen. So etwas passierte nicht zum ersten Mal. Schon in Marseille hatte Lucky immer irgendein Mädchen im Schlepptau gehabt.

Der Kleine zündete sich eine Zigarette an. Blies den Rauch in die Luft. Der Rauch kehrte zu ihm zurück, strich ihm über das Gesicht und hüllte ihn ein. Das mit dem Mädchen war ein schwerer Schlag. Sie sah bescheuert aus mit dem schwarzen Lippenstift und dem schwarzen Nagellack. Ein

Mädchen aus gutem Hause auf der Suche nach Abenteuer, dachte er. Sie erinnerte ihn an Kristen Stewart, die Schauspielerin aus den Filmen, die er sich oft bei Luckys Mutter angeschaut hatte. Sie hatte die großen schwarzen Augen einer geprügelten Hündin, die dir die Pfote gibt, obwohl du sie gar nicht dazu aufgefordert hast. Wahrscheinlich hatte Lucky sie gefickt. Im Netz eines Katamarans, der auf einem Anhänger im Hafen abgestellt war. In der Kajüte eines Boots, das für seinen jährlichen Rostschutzanstrich aufgebockt war. Auf einer Jacht, die am Steg schaukelte. Auf einem Teakholzdeck, das ganz verwittert war vom Salz und vom nassen Kuss des Wassers. Ihre Zungen hatten sich verknotet, und sie hatten sich gestreichelt, bis sie im Morgengrauen zu frösteln begannen. Bis der kühle Herbstwind ihre Engelsgesichter zu Masken erstarren ließ, mit tiefen Augenringen und durch die Haut schimmernden Knochen. Jetzt hatten sie das Mädchen am Hals. Und Lucky tat so, als wäre das völlig normal. Als wäre alles in Ordnung.

Sie waren am Abend angekommen. Sie waren an diesem Ort gestrandet wie Krebse bei Ebbe. Der Kleine hatte sich zum Schlafen auf der Rückbank des Clio zusammengerollt. Die anderen beiden hatten ihn frühmorgens geweckt und vorgeschlagen, einen Kaffee trinken zu gehen. Er war mürrisch und steif hinter ihnen hergetrottet wie ein alter Mann. Mit trotziger Miene. Die Anwesenheit des Mädchens störte ihn. Sie machte alles kaputt. Seit dem Morgen hatte er Lust, sie zu schlagen. Er wollte mit Steinen nach ihr werfen, sie davonjagen. Er ging an den Häusern von Saint-Malo entlang und fuhr mit den Fingern über die rauen Granitwände. Fragte sich wieder einmal, warum sie von ihrem ursprünglichen Plan abgewichen waren. Sie waren auf dem Weg von Marseille nach Calais gewesen. Sie hatten Mammons ausgebrannten Pick-up weit hinter sich gelassen. Trotzdem musste sich der Kleine anstrengen, um nicht ständig daran zu denken. Zum ersten Mal seit ihrem Aufbruch stellte Lucky auf Durchzug. Er ließ sich von seinem Schwanz steuern und verschlang die Küsse des Mädchens wie überreifes Fallobst.

Das Mädchen selbst sagte nicht viel. Sie schmiegte sich an Luckys Rücken, küsste seinen Nacken und zog einen Schmollmund, wenn er sie wegschob. Eine dümmliche Romantikerin, süß und klebrig wie Hustensaft. Als sie ihren Namen gesagt hatte, hatte der Kleine nicht richtig hingehört, und seitdem hatte sie ihn nicht wiederholt. Er wusste nur noch, dass es ein typisch bretonischer Name gewesen war. Es gibt nichts Grausameres, als den Namen einen Menschen zu vergessen, dachte er. Das ist auch eine Art, ihn zu töten. Bisher war Lucky die Mädchen, die er angeschleppt hatte, schnell wieder losgeworden. Nie hatte er eine von ihnen aufgefordert, sich ihnen anzuschließen. Sonst wären sie auch nicht weit gekommen, mit dem Glück der Vagabunden und dem Polarstern fest im Blick. Manchmal waren es fremde Mädchen mit unschuldigen Augen gewesen, die der Kleine in den verborgenen Winkeln seiner Erinnerung aufbewahrte. Keines der Mädchen hatte sich mit ihm einlassen wollen, sie hatten sein Geld zurückgewiesen wie die Hand eines Bettlers. Er war wie die schüchterne Jungfrau, die man in die Wangen kniff, damit sie errötete. Sie hatten sich über seinen kindlichen Körper lustig gemacht und gesagt, er solle in ein paar Jahren wiederkommen. Mit dem Glied eines Mannes und abgehackten Bewegungen. Der unüberwindbare Graben, der ihn und Lucky trennte, bestand nur aus vier Jahren. Dabei hatten sie die tausendzweihundert Kilometer zusammengeschweißt, die sie auf ihrer Flucht zurückgelegt hatten. Sie waren wie Brüder. Mehr als Brüder, dachte der

Kleine. Partner, sagte Lucky immer. Freundschaft, das war was für Idioten und Schwächlinge. Sie beide teilten viel mehr, sie verband ein gemeinsames Schicksal. Sie sprachen nie über das, was auf dem Berg bei Dolceacqua passiert war, aber es war ein einträchtiges Schweigen. Beide wussten, dass sie den Tag nie vergessen würden. Nicht das Blut, nicht den Staub, nicht die verkohlten Leichen. Die Bilder folgten ihnen auf Schritt und Tritt, sie trieben in ihrem Kielwasser.

Der Kleine strich mit der Hand über den Beton der Mole. Suchte nach einem Stein, den er ins Wasser werfen könnte, um Lucky auf sich aufmerksam zu machen. Er stand schwerfällig auf und rekelte sich wie eine Katze. Der Wind blies ihm kalt ins Gesicht. Er machte ein paar Schritte und starrte auf seine Beine hinunter. Er hasste es, wenn er Flecken auf der Hose hatte. Vor Kälte waren seine Glieder steif, vor Hunger sah er Sterne. Er ging an Lucky und dem Mädchen vorbei. Sie beachteten ihn nicht. Nach ein paar Metern spürte er, wie sie aufstanden und sich ihm anschlossen. Er hielt sich dicht an der Kante der Hafenmole. Auf dem Parkplatz des Jachthafens *Les Sablons* blieb der Kleine neben der Hintertür des Clio stehen. Er öffnete die Tür erst, nachdem die anderen beiden eingestiegen waren. Befeuchtete seine Finger und strich sich das Haar hinter die Ohren.

Ich hab Hunger, sagte er. Und begann zu zittern.

Lucky ließ den Motor an, parkte aus und wendete. Das namenlose Mädchen strich eine schwarze Haarsträhne zurück, die ihr in die Stirn gefallen war. Der Kleine bemerkte, wie sie ihn verstohlen im Rückspiegel musterte. Sie war ungefähr so alt wie er. Vielleicht ein Jahr älter oder jünger. Sie war nicht hübsch und nicht hässlich, sondern irgendwas dazwischen. Solche Mädchen sahen manchmal fast aus wie Jungs. Ihr Mund erinnerte ihn an Nathalie Wood, mit einer schmalen Ober- und einer vollen Unterlippe. Ihr schwarzer Lippenstift war verwischt, wodurch sie leicht kränklich aussah. Ein Teil des Lippenstifts war auf Luckys Lippen und Wangen gelandet. Am Übergang vom Hals zur Schulter prangte ein leuchtender Knutschfleck. Als er den dritten Gang einlegte, krachte das Getriebe.

Wir brauchen ein anderes Auto.

Nimm diesmal was Besseres, sagte der Kleine.

Er streckte die Beine auf der Rückbank aus. Sie rasten an schicken Bungalows und leeren Villen vorbei und waren bald wieder auf der Schnellstraße, über die sie am Tag zuvor in die Stadt gekommen waren. Auf dem Hinweg hatte Lucky etwa dreißig Kilometer vor der Stadt einen Supermarkt gesehen. Irgendwo auf dem platten Land, in sicherer Entfernung. So war es ihnen zur Gewohnheit geworden. Das Mädchen spielte am Radio herum. Kein Sender gefiel ihr länger als eine Minute. Als sie sich die Lippen nachziehen wollte, griff Lucky hastig nach dem schwarzen Lippenstift und warf ihn zum Fenster raus. Der Clio machte einen Schlenker. Das Mädchen seufzte und begann, vor sich hin zu summen. Der Kleine drehte sich um und beobachtete, wie der Lippenstift hinter ihnen über den Asphalt hüpfte. Er starrte wie hypnotisiert auf die Mittellinie der Schnellstraße und blieb eine Weile so sitzen, die Ellbogen auf die Hutablage gestützt. Insgeheim freute er sich diebisch. Wenn das so weiterginge, wären sie das Mädchen bald los. Lucky würde sie davonjagen, so wie er allzu aufdringliche Verehrerinnen bisher immer davongejagt hatte. Mit einem bedauernden Grinsen und einem Klaps auf den Hintern. Allmählich war es an der Zeit, dass er zur Tat schritt. Zu dritt war alles viel komplizierter. Als er sich wieder umdrehte, bog Lucky gerade auf den fast leeren Parkplatz ein.

Wir sind da, verkündete er. Und parkte den Clio neben einer Reihe Einkaufswagen.

Wir sind zurückgefahren, murmelte der Kleine.

Wir müssen unsere Spuren verwischen.

Als ob das was bringt.

Lucky warf den beiden anderen einen Blick zu. Dann musterte er die Autos um sie herum. Ein gelber Kangoo fuhr an ihren vorbei. Er wies mit dem Kinn darauf.

Du kümmerst dich um unser neues Auto.

Oh, Mann!

Tu, was ich dir sage!

Sie stiegen aus. Lucky sammelte ihre Sachen cin, die in dem Clio herumlagen, und warf sie dem Kleinen vor die Füße. Dann nahm er die Hand des Mädchens und zog sie zum Eingang. Der Kleine zuckte mit den Achseln. Er lehnte sich an den Kofferraum und durchsuchte seine Jackentasche nach einer Zigarette, fand aber keine. In der Reihe hinter ihm manövrierte der Fahrer seinen Kangoo mühsam in eine Parklücke, die groß genug für zwei war. Der Kleine beobachtete das Hin und Her aus den Augenwinkeln und kramte dabei in seinen Taschen, als suchte er den Schlüssel des Clio. Dann hängte er sich seine Umhängetasche um. Die Werkzeuge schlugen klirrend gegeneinander. Ein dicker Mann stieg aus dem Kangoo und ging auf den Supermarkt zu. Der Kleine wartete, bis er außer Sicht war, und schlenderte dann zu dem gelben Kastenwagen. Stellte sich neben die Fahrertür, ließ den biegsamen Metallstreifen aus seinem Ärmel gleiten und führte ihn in den Schlitz zwischen Fensterscheibe und Gummidichtung ein. Gleich darauf machte es klick. Der Motor war noch warm und würde ihm keine Schwierigkeiten bereiten.

Alles war ruhig und friedlich. Bevor der Kleine einstieg,

vergewisserte er sich, dass ihn niemand beobachtete. Sein Blick blieb an einem großen schwarzen Audi hängen, der direkt neben dem Kangoo stand. Auf dem Beifahrersitz lag eine geöffnete Schachtel Marlboro Light. Sie war noch fast voll. Der Kleine strich über die Karosserie des Audi. Zögerte kurz und warf einen Blick zum Supermarkt. Lucky würde das gar nicht gefallen. Lucky würde ausrasten. Vielleicht würde er wieder auf ihn einprügeln, so wie damals in Lyon, als der Kleine eine alte Frau zu Boden geschubst hatte, um ihr die Handtasche zu klauen. Aber Lucky hatte bestimmt auch nicht mehr viele Zigaretten. Und der Fahrer des Kangoo hatte keinen Einkaufswagen mitgenommen, was bedeutete, dass er nicht lange in dem Supermarkt bleiben würde. Das hatte Lucky natürlich nicht wissen können. Vielleicht wäre der Besitzer des Autos sogar schneller wieder da als Lucky und das Mädchen, die in diesem Moment wahrscheinlich getrennt voneinander durch die Gänge des Supermarkts schlenderten. Und einen Einkaufskorb füllten, der zwischen zwei Gängen stand. Bier und Wein. Toastbrot, Orangen und Chips für den Strand. Das Übliche halt.

Als Nächstes würde Lucky dem Mädchen erklären, was sie zu tun hatte und was er währenddessen tun würde. Sie würden sich an den beiden Kassen anstellen, die am weitesten auseinanderlagen. Das Mädchen würde die Kasse direkt am Ausgang nehmen. Sie würde auf sein Zeichen warten und dann losrennen. Der Kleine würde draußen in dem gelben Kangoo auf sie warten, den Gang eingelegt, den linken Fuß auf der Kupplung. Lucky würde an seiner Kasse mit einer teuren Flasche Whisky ein Riesentheater veranstalten und den einzigen Wachmann ablenken, der an diesem Vormittag Dienst tat. So wie ein Dieb, der laut herumschreit, um seinem Opfer Angst zu machen. Schließlich würde auch

Lucky aus dem Supermarkt rennen, und sie würden gemeinsam fliehen. Das Essen würde für den Tag reichen, vielleicht sogar noch für den nächsten.

Die Choreografie war perfekt einstudiert. Allerdings waren sie bisher immer zu zweit gewesen. Sonst war der Kleine derjenige gewesen, der mit dem Einkaufskorb unter dem Arm losrannte. Eines Tages hatte er sich noch einmal umgedreht und gesehen, wie Lucky auf den Wachmann losging. Er hatte brutal auf ihn eingeprügelt. Ihm mit dem Knie den Kiefer gebrochen. Selbst als der Mann unter der Kasse in Deckung ging und die Arme schützend über den Kopf hielt, trat Lucky noch mehrmals nach. Am erschreckendsten hatte der Kleine die Stille in dem Supermarkt gefunden, mehr noch als Luckys Brutalität. Die Stille und Mammons Walther PPK, die Lucky lässig in einer Hand hielt, während er mit der anderen auf den Wachmann einschlug und ihn mit Tritten traktierte. Die Kassiererinnen und Kunden hatten Lucky wie versteinert angestarrt. Er ließ sich Zeit. Wie immer hatte sie niemand aufgehalten. Das alles war mittlerweile Routine. Ein abgelegener Supermarkt, ein neues Auto, Essen besorgen. Jedes Mal war der Ablauf derselbe. Bisher war immer alles gut gegangen. Ihre Flucht stand unter einem guten Stern.

Als das Mädchen durch die Tür auf den Parkplatz gerannt kam, sah sie keinen Kangoo. Stattdessen erwartete der Kleine sie in einem eleganten Mittelklassewagen mit schnurrendem Motor, der glänzte wie eine schwarze Olive. Sie lachte, stieg hinten ein und kippte den Inhalt des Einkaufskorbs zwischen die Ledersitze. Der Kleine rief ihr zu, sie solle den Korb zur Tür hinausschmeißen. Sie tat wie geheißen. Im selben Moment riss Lucky die Beifahrertür auf, zögerte kurz und ließ sich auf den Sitz fallen. Sein Gesicht verhieß nichts

Gutes. Der Kleine drückte das Gaspedal durch und raste in einer bläulichen Wolke vom Parkplatz. Er hatte die Verkleidung unter dem Lenkrad abreißen müssen, um die Wegfahrsperre zu zerstören und die Zündung kurzzuschließen. Deshalb baumelten bunte Kabel wie Eingeweide zwischen seinen Beinen. Lucky zeigte auf eine Parkbucht für Reisebusse und befahl ihm, sofort anzuhalten. Mit zusammengebissenen Zähnen und finsterem Gesicht. Der Kleine parkte den Audi an der Bordsteinkante und schaltete in den Leerlauf.

Bist du bescheuert? Du solltest den Kangoo nehmen!

Der Typ ist zu früh zurückgekommen.

Quatsch, er stand an der Kasse.

Du weißt ja nicht mal, wie er aussah.

Wir dürfen nicht auffallen, habe ich gesagt.

Ich habe genommen, was ich kriegen konnte, sagte der Kleine.

Er wusste nicht, ob er losfahren sollte. Lucky schlug mit der flachen Hand gegen die Beifahrerscheibe und musterte die anderen beiden kalt. Das Mädchen senkte den Blick. Ein unauffälliges Auto, murmelte Lucky und öffnete das Handschuhfach. In dieser Luxuskarre würden sie bald die Bullen am Arsch haben. Er bedeutete dem Kleinen, dass er das Steuer übernehmen wollte. Sie begegneten sich vor der Motorhaube, und Lucky rempelte den Kleinen mit der Schulter an. Lucky ließ sich auf den Fahrersitz fallen und fluchte über die herabhängenden Kabel. Er raste los, fuhr ein Stück die Schnellstraße entlang und bog dann in ein Gewerbegebiet ab. Das Auto flog dahin wie ein Kampfjet. Sie legten noch ein paar Kilometer zurück, bis zum Parkplatz eines Baumarkts. Gleich darauf saßen sie in einem grauen Golf und fuhren dieselbe Strecke in Gegenrichtung. Lucky hatte den Zweitschlüssel im Türfach und die Fahrzeugpapiere hinter der Sonnenblende gefunden. Sie mussten nur noch die Einkäufe in den Kofferraum laden und losfahren. Der Kleine saß schmollend auf dem Beifahrersitz und starrte aus dem Fenster. Mit verschränkten Armen.

Hier stinkt's nach Hund, sagte das Mädchen.

Halt die Klappe.

Sie schob eine alte Decke beiseite, an der büschelweise Hundehaare klebten, und streckte die Beine auf der Rückbank aus. Der Kleine hielt ihr die Zigarettenschachtel hin und bot ihr eine Marlboro an. Wenig später legte sie ihm eine geöffnete Packung Kekse auf die Schulter.

Du hattest doch Hunger, oder?

Nein.

Lucky schwieg. Er hielt sich genau an die Höchstgeschwindigkeit, und sein Blick schnellte immer wieder zu den Seitenspiegeln. Der bretonische Himmel war makellos blau. Das Radio bestätigte, dass unter Hochdruckeinfluss warme, trockene Luft zu ihnen strömte. Die Temperaturen lagen weit über dem Durchschnitt für diese Jahreszeit. Ein schwacher Südwind hielt die feuchte Meeresluft fern. Ein von mehreren Tiefs umzingeltes Hoch sorgte für eine stabile Wetterlage und sommerliche Temperaturen, die im Westen des Landes noch ein paar Tage andauern würden.

Lucky schaltete das Radio aus, als die Lottozahlen durchgesagt wurden. Bog von der Schnellstraße in eine Nebenstraße ein. Sie passierten mehrere Dörfer, die wie ausgestorben waren. Auf dem leeren Parkplatz eines Dorfbahnhofs hielt Lucky neben einem dunkelgrauen Golf, der fast dieselbe Farbe hatte wie ihrer. Er ließ den Motor laufen und schaltete in den Leerlauf. Im Handumdrehen tauschte er die Nummernschilder aus. Mit dem Akkuschrauber. Wahrscheinlich würde der Besitzer des zweiten Golfs den Unterschied erst nach Monaten bemerken. Also würde er auch nicht die Polizei verständigen. Lucky bedeutete dem Mädchen, sich wieder nach vorn zu setzen. Der Wagen fuhr los, der Kleine stieg im letzten Moment hinten ein. Er wagte nicht, Lucky anzusehen, aber er wusste auch so, was dieser für ein Gesicht machte. Ein Gesicht, das der Kleine gut kannte und das ihm Angst machte. Lucky war sauer wegen der Sache mit dem Kangoo. Das Mädchen lachte nervös, und ihr hirnloses Kichern ging Lucky auf die Nerven.

Halt die Klappe.

Du unterscheidest nicht zwischen Gut und Böse.

Na und?

Es ist dir egal.

Lucky nahm seine Hand vom Schenkel des Mädchens und legte sie aufs Lenkrad. Im Rückspiegel sah er, wie der Kleine lächelte. Dann konzentrierte er sich wieder aufs Fahren. Der Golf glitt dahin wie über einen See. Das Mädchen neben ihm war verstummt. Sie sah aus dem Fenster. Atmete geräuschvoll und lehnte die Stirn an die Scheibe. Der Himmel war strahlend blau, ein schöner, sonniger Herbsttag. Die Strände füllten sich, die Leute genossen den feinen Sand, spielten Ball, und die Kinder waren froh, nach den ersten Schulwochen noch einmal ihre Freiheit zu haben. Alles lief bestens. Lucky entspannte sich und winkelte die Ellbogen an. Er drehte sich um und bat den Kleinen um eine Zigarette.

Eine Dreiviertelstunde später stellte er den Golf auf dem Parkplatz der Schleuse ab. Neben den Transporter eines Elektrikers, den sie kurz für einen Polizeiwagen gehalten hatten. Sie kraxelten über die Felsen. Die Plastiktüten mit ihrem Mittagessen in der Hand. Die Flaschen schlugen klirrend aneinander. Als sie sich dem Wasser näherten, klammerte sich das Mädchen Halt suchend an Luckys Arm. Sie setzten sich in der Nähe des Gezeitenkraftwerks neben einen großen Felsen. Hier war es windgeschützt, und sie hatten einen freien Blick aufs Meer. Aufs Meer und auf die vereinzelten Jachten, die an Bojen festgemacht waren. Sie schaukelten versetzt auf den Wellen. Hoch und runter, wie Zirkuspferde oder Hürdenläufer. Unsichtbare Hände schienen mit den Booten zu spielen. Algenbesetzte Ketten tauchten aus dem trüben Wasser auf und verschwanden wieder. Ein paar Fischerboote bewegten sich schwerfällig im selben Takt, hoben den Bug aus dem Wasser und entblößten plumpe Flanken, gestrichen in leuchtenden Farben. Weiter hinten verschlangen Turbinen das Meer und spuckten es auf der anderen Seite des Kraftwerks wieder aus. Das dumpfe Grollen hallte von der Felsküste von Dinard wider.

Das Meer ist nur dazu gut, Schiffe zu tragen, sagte der Kleine.

Eine Möwe, fett wie eine Taube, ließ sich auf einem aus dem Wasser ragenden Felsen nieder und beobachtete sie. Der Kleine sammelte ein paar Steine und warf sie nach der Möwe. Er verfehlte sie jedes Mal. Er schaffte es nicht einmal, sie in die Flucht zu schlagen. Die Steine sausten durch die Luft und prallten von der harten Oberfläche des Wassers ab. Sie wurden von kleinen Wellen in die Höhe katapultiert, bevor sie senkrecht in der Tiefe versanken. Der Kleine stand auf, um zwischen den Felsen nach weiteren Steinen zu suchen.

Lass sie in Ruhe.

Möwen kann man essen. Vor allem so dicke.

Sie aßen Chips mit Zwiebelgeschmack und Toastbrot, das sie mit Tomatensoße bestrichen und mit Dosenthunfisch belegten. Lucky reichte ihnen jeweils eine Flasche Bier. Er trank sein Bier und rauchte eine Zigarette. Der Himmel war tiefblau. Wegen der milden Temperaturen der vergangenen Wochen hatten die Bäume neben dem Solidor-Turm am anderen Ufer der Bucht noch alle Blätter. In der frischen Meeresluft vermischten sich unzählige Geschmäcker, die man nur schwer auseinanderhalten konnte.

Wir sind ganz schön weit gekommen, sagte der Kleine.

Er wischte sich mit dem Daumen einen Tropfen Öl von der Jeans.

Ja, sagte Lucky. Und nickte.

Wo kommt ihr eigentlich her?, fragte das Mädchen.

Die Frage hatte sie schon drei- oder viermal gestellt. Wo kommt ihr her. Sie fuhr sich mit der Hand über den öligen Mund. Ihr Ton war scherzhaft, als würde die Frage ganz von selbst immer wiederkehren, solange sie ohne Antwort blieb. Wo kommt ihr her. Auf kindliche Art zog sie das »her« am Ende in die Länge.

Die Frage ist eher, wo wir hinwollen, sagte der Kleine. Und sah Lucky an.

Lucky nickte großspurig. Er hätte irgendwas antworten können, aber er seufzte nur leise. Sein Blick verlor sich im Tal einer besonders hohen Welle. Dann zeigte er auf den großen Felsen, an dem er lehnte, in die Richtung, wo er sein Ziel vermutete.

Wir wollen rüber nach England, erklärte der Kleine.

Das Mädchen griff in die Chipstüte.

Ihr seid verrückt.

Er tut, was ich ihm sage.

Und wie wollt ihr das anstellen?

Der Kleine zuckte mit den Achseln.

Eigentlich wollten wir nach Calais. Und von da aus rüber

nach England. Auf der Karte sieht es aus wie ein Katzensprung. Der Kleine warf den Stein, den er in der Hand gehalten hatte, ins Wasser. Frag ihn mal, warum wir hier sind. Saint-Malo, das war überhaupt nicht geplant. Scheiße, wir wussten ja nicht mal, wo Saint-Malo ist!

Ich geh nicht dahin, wo alle hingehen, sagte Lucky.

Sondern?

Weit weg.

In Calais verstecken sich die Leute im Wald.

Halt die Klappe.

Um rüberzukommen, braucht man Geld.

Halt's Maul, sag ich.

Es gibt doch Fähren, sagte das Mädchen. Sie wies auf das Wasser, als würde dort im nächsten Moment ein weißes Monstrum auftauchen und eine Gangway ausfahren. Die Überfahrt von Saint-Malo nach Portsmouth dauert zehn Stunden. Ich war schon mal mit meinen Eltern drüben. Man fährt abends los und ist am nächsten Morgen da.

Du bist ja so was von blöd!

Der Stein streifte die Möwe am Flügel. Die Möwe machte Anstalten loszufliegen, überlegte es sich dann aber anders und kehrte ihnen nur den Rücken. Die Beine steckten ihr fest im Bauch.

Vergiss es, das geht nicht. Wir können keine Fähre nehmen. Da gibt es Kontrollen beim Ein- und beim Aussteigen. Wegen dem Dublin-Verfahren und so. Die scannen sogar deine Fingerabdrücke.

Keine Ahnung, ob es Leute gibt, die hier illegal an Bord gehen, sagte das Mädchen. Mit geröteten Wangen und glänzenden Augen. Hier ist nicht viel los, setzte sie hinzu. Hier gibt's nur alte Leute und Touristen.

Umso schlimmer.

Wir sind nur so weit gekommen, weil wir unsichtbar sind.

Wir haben Harry Potter seinen Umhang geklaut, setzte der Kleine hinzu.

Er hielt den anderen beiden die geöffnete Kekspackung hin. Lucky stand auf und setzte sich hinter das Mädchen. Legte ihr die Arme um die Schultern und starrte aufs Meer hinaus. Er gab seiner Stimme einen rauen Klang. Das Mädchen wirkte abwesend. Es war, als hätte sie sich in einer Höhle verkrochen oder in einem Bunker verschanzt. Als würden die Geräusche der Außenwelt nur noch gedämpft zu ihr durchdringen. Lucky kitzelte sie und blies ihr ins Ohr. Roch an ihrem Haar. Murmelte, dass auf Englisch alles leichter war. Englisch sprechen, das sei wie eine Uniform anziehen. Wie in der Schule.

Wir lernen sicher schnell Englisch.

Ihr müsstet erst mal lernen, wie man lernt.

Wir haben schon ganz andere Sachen geschafft.

Zum Beispiel?

Wir besorgen uns neue Papiere, auf falsche Namen.

The land I call home.

Siehst du, ein paar Wörter können wir schon.

Der Kleine grummelte vor sich hin. Er leckte an seinem Zeigefinger und stippte die letzten Chipskrümel aus der Tüte. Über seinem Kopf kreischten Möwen, sie umkreisten eine unsichtbare Achse und kartografierten die gelben Brösel. Ihre Knopfaugen versuchten abzuschätzen, wie viel für sie übrig bleiben würde. Die Möwe, die sich auf dem Felsen ausgeruht hatte, fand es an der Zeit, das Weite zu suchen. Sie erhob sich mit ein paar sparsamen Flügelschlägen, die den Kleinen faszinierten, in die Luft. Er warf ihr einen letzten Stein hinterher. Ohne große Hoffnungen.

Für dich ist das anders, sagte Lucky.

Das Mädchen verrenkte sich den Hals, um ihm in die Augen zu sehen.

Ich komme mit, sagte sie. Für ein paar Monate oder ein Jahr. Ich habe nichts zu verlieren. Hier ist es total öde. Langeweile ist das Schlimmste, wenn man weiß, dass man bald stirbt. Sag mir, was du vorhast, und ich folge dir. Folge euch, verbesserte sie sich. Und warf dem Kleinen einen unsicheren Blick zu. Ich komme mit euch.

Was ist mit deinen Eltern?

Die verstehen das schon.

Sicher?

Ich schreib ihnen einen Brief. Ich sage einfach, ich wäre an Weihnachten wieder da. An Weihnachten sind wir doch längst über alle Berge, nicht?

Na gut.

Nächsten Monat werde ich siebzehn.

Na gut, wiederholte Lucky. Und nickte.

Der Kleine kochte vor Wut. Er stand auf und streckte sich. Jetzt klebte dieses Mädchen an ihnen wie eine Klette, und über ihm kreischten die Möwen. Er schmiss alle Steine, die er noch in der Hand hielt, ins Wasser. Es gab einen lauten Platsch, doch die Oberfläche kräuselte sich nur kurz. Er warf einen angewiderten Blick auf seine Jeans und auf den Felsen, auf dem er gesessen hatte.

Fahr mich zurück in die Stadt, sagte er.

Warum?

Ich muss einkaufen.

Gut.

Wir treffen uns am Hafen.

Okay.

Die anderen beiden setzten ihn an der Porte Saint-Thomas ab. Der Kleine trug seine Tasche über der Schulter. Er stand reglos auf dem Bürgersteig und sah dem Golf hinterher. Dann zündete er sich in der hohlen Hand eine Zigarette an. Später blieb er vor dem Schaufenster eines Friseursalons stehen. Zögerte kurz und ging hinein. Als er auf dem Friseurstuhl saß, verbarg er den Fleck auf seiner Jeans mit der flachen Hand. Dann schloss er die Augen und lehnte sich zurück. Er würde sie erst wieder öffnen, wenn man ihn dazu aufforderte. Der Friseur zögerte. Er fragte, ob sich der Kleine auch wirklich sicher sei.

Sie werden ganz anders aussehen, sagte er.

Der Friseur erklärte, dass so was eigentlich längst aus der Mode gekommen sei, und fragte misstrauisch, ob seine Eltern einverstanden seien. Er wolle keine Scherereien, so was könne man schließlich nicht wieder rückgängig machen. Das sei ihm schon einmal passiert. Der Kleine beteuerte mit einem breiten Grinsen, sein Vater würde sein Haar genauso tragen. Um die Diskussion abzukürzen, zog er fünfzig Euro aus der Gesäßtasche seiner Jeans und rieb den Schein zwischen den Fingern.

Das hat mir mein Alter gegeben.

Der Friseur zuckte mit den Schultern und führte ihn zum Waschbecken. Er bedeutete dem Kleinen, er solle auf dem Drehstuhl Platz nehmen und sich zurücklehnen. Das

Waschbecken hatte eine Aussparung, in die er den Nacken legte. Das Wasser war warm, und die kräftigen Finger des Friseurs massierten ihm die feuchte Kopfhaut. Die Finger fühlten sich an wie die Beine eines Krebses. Als das Shampoo zu schäumen begann, roch es intensiv nach Jasminblüten. Der Kleine fühlte sich in den Garten seiner Tante zurückversetzt. Er schloss die Augen und wäre fast eingeschlafen.

Hinterher schlenderte er durch die Stadt. Er hielt sich in der Mitte des Bürgersteigs. Versuchte, sein Spiegelbild in den Schaufenstern zu sehen, um seine neue Frisur zu bewundern. Auf dem halb leeren Parkplatz eines Schwimmbads stattete er einigen Autos einen kleinen Besuch ab. Er brauchte noch Geld für Klamotten. Immer wieder fuhr er sich über den Kopf und atmete den Duft des Gels und des Spezialshampoos für trockenes Haar ein. Der Kleine beugte sich vor und betrachtete sich in einem Außenspiegel. Befeuchtete seine Finger und strich sich die Strähnen hinters Ohr. Er wollte gerade den dünnen Metallstreifen aus der Tasche holen, als er mit einem Mal vor Mammons Pick-up stand. Ein japanisches Modell. Er zuckte heftig zusammen. Dann merkte er, dass der Pick-up größer war und das Blau dunkler. Er wich langsam zurück. Das Nummernschild beruhigte ihn. Trotzdem rührte er den Wagen nicht an. Es gab genug andere.

Das mit den Parkplätzen hatte er von Lucky. Ideal waren Schwimmbäder, Strände, Eislaufhallen und Fußballstadien. Orte, an denen die Leute ihre Wertgegenstände im Auto ließen. Innerhalb weniger Sekunden öffnete er die Tür und stieg seelenruhig ein. Den Wagen durchsuchen und eine Weile abwarten. Nicht zu schnell wieder aussteigen. Sich den nächsten Wagen vornehmen. Bevor du einsteigst, musst du dir einreden, das Auto gehöre dir, sagte Lucky immer. Dann wirkt es natürlich. Mittlerweile wusste der Kleine genau, welche Autos er auswählen musste. Mit einem kurzen Blick ins Wageninnere machte er sich ein Bild von dem Besitzer. Drinnen durchsuchte er das Handschuhfach, warf einen Blick ins Türfach und schaute unter dem Sitz nach. An jenem Tag erbeutete er drei Portemonnaies und zwei Handys. Aus sechs Türfächern. In den Portemonnaies befanden sich knapp hundert Euro. Er ließ auch ein Scheckheft, in dem sich nur noch drei Schecks befanden, mitgehen. Schob die Scheine in seine Gesäßtasche und ließ die Handys in seiner Umhängetasche verschwinden.

Im Handschuhfach eines großen Kombis fand er einen silbernen Siegelring. Er betrachtete ihn von allen Seiten und probierte ihn an seiner rechten Hand aus. Erst am Zeigefinger, dann am Mittelfinger. Streckte den Arm und bewunderte den Ring. Er war ihm etwas zu groß, aber der Kleine mochte sein Funkeln. Er beschloss, den Ring von nun an zu tragen. Er könnte behaupten, er habe ihn von seinem Vater geerbt. Und dabei die Stimme senken und gerührt blicken. Sein Vater wiederum hätte ihn von seinem Großvater. Ein Familienerbstück. Alles, was der Kleine nicht gebrauchen konnte, legte er zurück. Am liebsten hätte er die Autos auch wieder verschlossen, aber das ging leider nicht. Keine Spuren hinterlassen. Die Kunst der Kriegsführung, die Verheißung auf ein sorgenfreies Leben.

Er kehrte in die Innenstadt zurück. Kam am Jachthafen *Vauban* entlang. Wählte ganz in Ruhe eine Jeans und einen weißen Kapuzenpullover aus. In einem sehr teuren Geschäft. In der Jackenabteilung entschied er sich für eine eng geschnittene Collegejacke mit weißen Lederärmeln. Der dunkelblaue Stoff des Brustteils war unglaublich weich. Er roch daran und vergrub das Gesicht in der Jacke. In der Umkleide entfernte er mit seiner kleinen roten Zange die Diebstahlsicherungen und ließ seine schmutzigen Jeans und das T-Shirt in der Kabine. Er kehrte noch zweimal in die Umkleide zurück. Beim ersten Mal schlüpfte er in neue Boxershorts, beim zweiten Mal zog er frische Socken und ein langärmliges T-Shirt an. Er stand eine ganze Weile vor dem Schuhregal und entschied sich schließlich für weiße Turnschuhe mit einem schmalen goldenen Streifen. Die Diebstahlsicherungen ließ er unauffällig in der Einkaufstüte einer jungen Frau verschwinden, die gerade bezahlt hatte und auf dem Weg nach draußen war. Während sie auf die Tür zusteuerte, tat er so, als interessierte er sich für die kurzärmligen Hemden auf einem Kleiderständer neben dem Ausgang, die im Sonderangebot waren. Der Alarm schrillte los. Der Wachmann durchsuchte die Einkaufstüte der Frau und kehrte ihm den Rücken. Der Kleine schlenderte aus dem Geschäft, die Collegejacke lässig über eine Schulter geworfen. Wie beim Domino, ein Stein stößt den anderen um, sagte Lucky immer.

Der Kleine bog in die erstbeste Straße ein. Er achtete darauf, langsam zu gehen, wie jemand, der ziellos durch die Stadt flaniert. Auf einem kleinen Platz mit Kopfsteinpflaster setzte er sich vor ein Lokal. Ließ sich auf den Stuhl fallen, als wäre er gerannt. Legte die Füße übereinander und streckte die Beine aus. Sein Blick schweifte umher, als suchte er jemanden. Er verströmte ein strahlend weißes Licht. Ein neues Licht, das ihn von innen wärmte. Ein paar vereinzelte Touristen genossen den schönen Herbsttag. Ein Mädchen, vielleicht vier oder fünf Jahre älter als er, warf ihm einen flüchtigen Blick zu und sah gleich wieder weg. Er bestellte ein Radler. Der Kellner musterte stirnrunzelnd sein Haar. Er brachte das Getränk und die Rechnung und forderte den

Kleinen auf, sofort zu bezahlen. Der Kleine holte mehrere Scheine aus der Gesäßtasche, reichte dem Kellner den größten und ließ von dem Wechselgeld zwei Euro auf dem Tisch liegen. Er bemühte sich, möglichst locker zu wirken. Starrte eine Weile vor sich hin. Bestellte noch ein Bier. Diesmal brachte ihm der Kellner ein Schälchen grüne Oliven zu dem Getränk.

Er streckte sich und genoss eine Stunde lang die warmen Strahlen der Abendsonne, die schon tief am Himmel stand. Die Tische der anderen Lokale füllten sich nach und nach mit Grüppchen von Leuten, die sich lebhaft unterhielten. Ihre Stimmen schallten über den Platz. Hin und wieder bedachte der Kleine sie mit einem spöttischen Grinsen. Die neuen, sauberen Kleider versetzten ihn in Euphorie. Der Silberring funkelte an seinem Finger wie ein kleiner Spiegel, den er nach Belieben auf die Idioten um ihn herum richten konnte. Er fühlte sich stark und mächtig, und die Welt lag ihm zu Füßen. Er war durch die Hölle gegangen. Am liebsten hätte er laut herausgeschrien, was er schon alles durchgemacht hatte. Alle Welt sollte wissen, dass er dabei gewesen war, als sie den Teufel Mammon und seine dämonischen Komplizen verbrannt hatten. Dass seine Lungen den Rauch eingeatmet hatten, der von ihren verkohlten Leichen aufgestiegen war. Er hätte ausgesehen wie ein Sonnengott, und sein Haar hätte im Abendlicht gestrahlt wie ein Heiligenschein. Dann wäre er aufgestanden und hätte sich mit einer knappen Verbeugung verabschiedet. Leider konnte er nicht länger bleiben. Es tat ihm wirklich leid. Er war nicht freiwillig hier, und außerdem wurde er in England erwartet.

Am späten Nachmittag durchschnitten Kondensstreifen den Himmel. Sie bildeten Rauten, die wie orientalisches Gebäck aussahen. Eine Kinderzeichnung, die allmählich ausfranst. Dort oben war der Wind viel stärker, während er ihnen hier unten sanft übers Gesicht strich. Sie saßen auf der Hafenmole, an derselben Stelle wie am Morgen, und warteten auf den Kleinen. Dicht aneinandergeschmiegt. Hatten ihre Hände unter den Pullover des anderen geschoben, um die nackte Haut zu spüren. Ihre Füße baumelten im Nichts, der Gestank drehte ihnen den Magen um. Die Dieselschwaden einer Fähre, die soeben abgelegt hatte, vermischten sich mit dem Modergeruch eines Algenteppichs. Auf der schillernden Wasseroberfläche bildeten sich psychedelische Figuren. Das Mädchen wies mit dem Finger auf die Formen am Himmel, und Lucky beschrieb sie mit leiser Stimme, als wären es Wolken.

Das Mädchen hatte vorgeschlagen, dass sie sich mit ein paar Freunden aus ihrer Schule treffen könnten, aber er hatte abgewinkt. Sie hatten einen langen Spaziergang gemacht und Händchen gehalten. Immer am Strand entlang, bis zur *Plage du Sillon*, wo Kinder und Hunde im nassen Sand herumtollten. Das Mädchen hatte ihm die Inseln vor der Küste gezeigt, die wie Felsen in einer riesigen Schlammwüste aussahen. Sie waren barfuß durch den kalten Sand gelaufen und hatten sich dann wieder ihre Schuhe angezogen. Das Mädchen hatte von sich und von der Schule erzählt, aber irgendwann hatte Lucky nicht mehr zugehört. Mit einem Mal verschloss sich sein Gesicht. Beim Gehen war ihm nämlich eine Idee gekommen. Beim Betrachten des Horizonts, der sich zwischen Himmel und Meer verlor. Eine vollkommen verrückte Idee. Eine Idee, die im Grunde sehr naheliegend war. Trotzdem wagte er es nicht, sich dafür zu entscheiden. Allein die Vorstellung machte ihm Angst. Doch die Idee ließ ihn nicht los, auch jetzt nicht, als er auf das schmutzige Wasser des Hafenbeckens starrte und darin bizarre Gestalten ausmachte. Er wog das Für und Wider ab und legte sich die Argumente zurecht, die ihm am besten ins Konzept passten. Als er sich fragte, wo ihn die Idee hinführen würde, lief es ihm kalt über den Rücken. Bis zum Sonnenuntergang waren es noch zwei Stunden. Der Tag, der sich endlos in die Länge zog, lastete schwer auf der Zeit. Die Langeweile richtete ihre Lupe auf die Hafenmole. Saint-Malo war kein Industriehafen und hatte keine Werft. Auf dem Wasser dümpelten nur Vergnügungsboote, Kunststoffjachten, deren Segel säuberlich unter teuren Schutzhüllen verstaut waren.

Der Kleine beobachtete die anderen beiden schon seit einer ganzen Weile. Nun ging er direkt auf sie zu. Hielt sich das Handgelenk unter die Nase, als käme er gerade aus einem Parfümladen. Alles wird durch seinen Geruch bestimmt, dachte er. Für einen Moment wurde ihm schwindelig, und er geriet ins Taumeln. Lucky sah ihn von Weitem, erkannte ihn aber nicht. Zuvor waren schon andere Leute die Mole entlanggeschlendert. Mit Fahrrädern, Hunden, Kinderwägen. Der Kleine hatte einen Heiligenschein um den Kopf, der so gleißend hell war, dass es fast blendete. Die weißen Ärmel der Collegejacke verlängerten seine Arme. Der Kleine ließ sich neben ihnen auf der Mauer nieder. Zündete sich mit der einstudierten Geste eines Schauspielers eine Zigarette an. Lucky starrte fassungslos auf sein Haar. Der Kleine verzog keine Miene. Der Rauch strömte ihm wie fließender Stoff aus Nase und Mund. Als er einen weiteren Zug von der Zigarette nahm, die ihm lässig zwischen den Lippen hing, sog er einen Teil davon wieder ein. Seine Augen waren genauso reglos wie das Hafenwasser. Eine schwere, schwarze Decke zu ihren Füßen, auf der regenbogenfarbene Schlieren trieben.

Sieht schön aus, sagte er. Und wies mit seiner Zigarette auf das dreckige Wasser.

Was hast du jetzt schon wieder angestellt?

Der Kleine ließ sich mit der Antwort Zeit. Sah aufs Wasser. Rauchte. Sah in den Himmel. Sah wieder aufs Wasser. Als er schließlich etwas sagte, bemühte er sich, seine Stimme tiefer klingen zu lassen.

Blonde Jungs werden in Ruhe gelassen.

Das kann doch nicht wahr sein!

Du siehst aus wie Ken, der Freund von Barbie, sagte das Mädchen kichernd.

Ich wurde von Satan entführt, erklärte der Kleine. Und grinste schief.

Oder wie der Typ in diesem Film mit Matt Dillon, sagte das Mädchen.

Gedämpft, weil sie durch die Hand sprach, die sie sich vor den Mund gelegt hatte. Sie sah den Kleinen mit großen Augen an. Dann schnippte sie mit den Fingern, während sie überlegte, wie der Film hieß. Lucky stöhnte auf.

Mit den Augenbrauen siehst du aus wie 'ne Tunte.

Du bist nicht mein Alter, Mann.

Idiot!

Reg dich ab.

Du sägst an der Planke, auf der wir sitzen.

Ihr kennt den Film bestimmt …

Halt die Klappe.

Der Kleine schnippte seine Kippe in hohem Bogen ins Wasser und sagte erst einmal gar nichts. Er hatte damit gerechnet, dass Lucky wütend wurde. Er würde einfach warten, bis er sich beruhigte. Aber er würde nicht nachgeben, er würde sich nicht kleinkriegen lassen. Er bereute den Schritt nicht. Bisher hatte er keine eigenen Entscheidungen getroffen. Von Anfang an hatte Lucky alles bestimmt, und der Kleine war ihm gefolgt. Hatte seine Anweisungen befolgt oder sich zumindest darum bemüht. Er wollte Luckys Autorität nicht infrage stellen. Natürlich war Lucky der Chef. Er konnte sich auf ihn verlassen. Lucky beschützte ihn. Nein, das mit der neuen Frisur hatte er wegen des Mädchens getan. So wollte er zeigen, dass er mit ihrer Anwesenheit nicht einverstanden war. Er wollte sie nicht am Hals haben. Und wenn Lucky nur an sich selbst dachte, tat er das eben auch.

Blonde Jungs werden in Ruhe gelassen.

Aber nicht, wenn sie so aussehen wie du!

Die Outsider!, rief das Mädchen triumphierend. Und senkte den Kopf. So heißt der Film, in dem der Hauptdarsteller sich die Haare blondieren lässt. Mit Matt Dillon und diesem anderen Typen. Ponyboy.

Halt die Klappe.

Ist doch auch egal.

Eisiges Schweigen trat ein. Dreckiges Wasser und auf dem dreckigen Wasser schwimmender Diesel. Der Kleine spielte an seinem Siegelring herum. Lucky überlegte, was er sagen sollte, aber ihm fiel nichts ein. Die neuen Klamotten, das blondierte Haar. Der Kleine hatte Mist gebaut, aber jetzt war das Kind in den Brunnen gefallen. Er konnte ohnehin nie lange wütend auf ihn sein, dazu hatte er den Kleinen viel zu gern. Draußen auf dem Wasser brachten die Maschinen einer Fähre die Luft zum Vibrieren, und aus einem Lautsprecher plärrte zweisprachiges Blabla. Lucky ließ die Fingergelenke knacken und atmete langsam aus. Das plötzliche Auftauchen des Kleinen half ihm, eine Entscheidung zu treffen. Es war, als hätte er innerlich einen Schalter umgelegt. Jetzt musste er den anderen nur noch von seinem Plan erzählen. Es würde nicht leicht werden, sie zu überzeugen. Autos fuhren auf dem Parkplatz hin und her, Leute tummelten sich auf ihren Booten und vor dem Hafenbüro. Weder Lucky noch das Mädchen wagten es, den Kleinen direkt anzusehen. Sie hatten Angst, sonst nervös loszuprusten. Mehrere Zigarettenstummel landeten im Hafenwasser, bevor Lucky etwas sagte.

Ich habe eine Idee, verkündete er. Und betrachtete dabei seine Fingernägel.

Was denn?

Was total Verrücktes.

Der Kleine und das Mädchen wandten sich ihm zu, während er nach den richtigen Worten suchte. Eigentlich war es nur logisch. Mit der neuen Frisur des Kleinen konnten sie nicht hierbleiben. Nicht hier und auch nirgendwo sonst in Frankreich.

Red schon.

Wir hauen ab.

Wohin?

Mit dem Boot.

Keine schlechte Idee!

Wir klauen eins von denen da, erklärte Lucky.

Er zeigte zum Hafen. Zum Hafen und zu den Booten, die dicht an dicht an den Stegen lagen, mit Leinen vertäut, von

Fendern geschützt. Er schwieg, und auch der Kleine und das Mädchen sagten nichts. Die beiden starrten ihn ungläubig an und sahen dann hinüber zu dem Wald aus Masten, als müssten sie jeden einzelnen zählen. Ein leichter Windstoß verstärkte das nervöse Schlagen der Fallen gegen die Masten. Es klang wie ein Weckruf, ein wilder Freudenschrei aus tausend metallischen, zum Himmel gereckten Kehlen. Sie stellten sich vor, sie würden als Schiffbrüchige auf dem offenen Meer treiben. Albtraumhafte Bilder stiegen vor ihrem Auge auf.

Spinnst du?

Das ist doch Schwachsinn.

Wir können hin, wo wir wollen.

Du bist total verrückt.

Weil ich zu lange auf das Meer gestarrt habe.

Du bist doch noch nie gesegelt, sagte der Kleine. Und spuckte vor sich ins Wasser.

Doch, einmal. Außerdem habe ich die Boote beobachtet, die heute Morgen aus dem Hafen ausgelaufen sind. Das ist gar nicht schwer. Es gibt nur zwei Segel. Wenn wir nicht klarkommen, können wir immer noch umdrehen.

So ein Schwachsinn.

Wir segeln übers Meer!

Aber was ist mit der Polizei?, fragte das Mädchen. Mit leiser Stimme.

Auf dem Meer sind wir allein. Heute Morgen habe ich ein Gespräch von zwei Typen am Hafen mit angehört. Übermorgen findet irgendeine Versammlung statt. Dann ist niemand auf dem Wasser. Keine Küstenwache, keine Hafenpolizei. Nur Ausflügler. So wie wir. Wir segeln am Mittwoch los, und am Donnerstagabend trinken wir in einem englischen Pub ein Guinness.

Du bist doch noch nie gesegelt, wiederholte der Kleine.

Doch, einmal, in Cassis.

Du lügst.

Ich weiß noch ungefähr, wie das geht.

Red keinen Scheiß.

Wir fangen Fisch. Und genießen unsere Freiheit.

Der Kleine zögerte immer noch. Er glaubte ihm nicht.

Wir können doch auch ein Motorboot klauen. Eine Motorjacht, wie Drogenhändler sie haben.

Ein Segelboot ist besser, sagte Lucky.

Du weißt ja nicht mal, wie man die Segel setzt.

Oder wie man eine Seekarte liest, sagte das Mädchen.

Aber du. Du bist doch von hier.

Als Kind war ich in einem Segelverein. Ich kann eine Jolle steuern.

Siehst du.

Was, wenn ein Sturm aufzieht? Ein Orkan?

Lucky erhob sich und lief auf der Mole auf und ab.

Morgen gehen wir einkaufen.

Scheiße, das macht mir Angst.

Wir suchen uns ein kleines Boot.

Was, wenn wir an England vorbeisegeln? Wo landen wir dann?

In Amerika, sagte Lucky. Und lachte gezwungen.

Dann sind wir auf dem offenen Meer, ohne Vorräte.

Dann fangen wir eben Fisch.

Ich mag keinen Fisch.

Wenn du Hunger hast, wird dir der Fisch schon schmecken.

Was ist mit ihr?, fragte der Kleine. Und wies auf das Mädchen.

Lucky und der Kleine sahen das Mädchen an. Ihr Blick

huschte von einem zum anderen, sie lachte nervös. Lucky schaute wieder zum Hafen, und der Kleine sah Panik in ihren Augen aufblitzen. Dann riss sie sich zusammen und straffte die Schultern. Fuhr sich durchs Haar und machte ein verwegenes Gesicht.

Heute Abend lade ich euch in eine Hafenkneipe ein, sagte sie.

Lucky beobachtete den Hafen. An die hundert Boote lagen an den Pontons, ebenso viele Masten standen in Reih und Glied.

Hier geht es nicht, sagte er. Das wäre zu auffällig.

Außerdem, wie sollen wir aus der engen Ausfahrt rauskommen?

Wir nehmen eins der Boote, die in der Bucht vor dem Turm liegen. Wir haben die freie Wahl.

Du bist echt verrückt.

Wir müssen nur das Seil lösen, mit dem das Boot an der Boje vertäut ist. Nach ein paar Hundert Metern sind wir auf dem offenen Meer.

Das ist doch Schwachsinn.

Lucky sagte, er wolle sich in der Nähe des Turms ein wenig umsehen. Er versprach, bald wiederzukommen, und schlenderte davon.

Um neun am Auto, rief er ihnen zu. Und ging ein paar Schritte rückwärts.

Sie sahen ihm nach.

Versucht, den Zugangscode für die Duschen rauszufinden, wir …

Der Wind verschluckte den Rest seiner Worte. Als er weg war, schwiegen der Kleine und das Mädchen sich an. Sie saßen eine Stunde lang wortlos da, dann standen sie auf und lungerten eine Weile vor den Duschen herum. Der Kleine tippte probeweise irgendwelche Zahlen in das Tastenfeld ein. Niemand kam aus dem Gebäude, um diese Uhrzeit wurde nicht geduscht. Bei Einbruch der Dunkelheit klemmten sie einen Zettel für Lucky unter den Scheibenwischer des Golfs und zogen los. Am Hafen gab es mehrere Kneipen, der Kleine zeigte auf einen Tisch vor einem Lokal. Sie setzten sich nebeneinander, in ausreichendem Abstand. Er spürte, wie das Mädchen ihn musterte, wagte aber nicht, den Kopf zu drehen. Sie sah ihn mit einem belustigten Grinsen an, die Knie übereinandergeschlagen, den Kopf leicht zur Seite gelegt.

Hast du Schiss?

Er zog sich die Kapuze bis zu den Augenbrauen und zurrte sie fest, bis sie seine Wangen bedeckte. Dann rückte er seinen Siegelring zurecht. Polierte ihn mit dem Ärmel, bis er glänzte.

Ich habe keine Lust, im Meer zu ertrinken.

Sie tranken ein paar Schlucke Bier und beobachteten das Kommen und Gehen. Das Mädchen stellte zwei, drei Fragen, aber der Kleine gab keine Antwort. Sie wollte wissen, wie er und Lucky hier gestrandet waren, in dieser verschlafenen Stadt, in der sie aufgewachsen war. Das Mädchen hatte das Gefühl, sie hätte ihr Leben lang auf die beiden Jungen gewartet, auch wenn sie vorher noch nie daran gedacht hatte, von hier wegzugehen. Wir sind wie Matrosen, hatte der Kleine bei ihrer ersten Begegnung gesagt. Und das Bild eines brennenden Pick-ups aus seinem Kopf verbannt. Wir leiden immer an Fernweh.

Ein Telefon klingelte, und der Kleine wühlte in seiner Tasche. Er zog ein Handy hervor und dann ein zweites. Auf dem Display stand Festnetz. Er hob ab, schob das Telefon unter die Kapuze und presste es an sein Ohr. Nickte mehrmals. Sagte nichts. Sein Blick verlor sich in der Ferne, im blonden Haar einer Frau am Nebentisch. Dann beendete er das Gespräch und legte das Handy auf den Tisch. Das Mädchen sah ihn fragend an.

Deine Eltern?, fragte das Mädchen.

Ja, genau.

Er winkte der Kellnerin und bestellte zwei weitere Bier.

Lucky ist auf der Suche nach einem Boot.

Ich hoffe nur, dass es schwimmt.

Ich bin ja mal gespannt, sagte das Mädchen.

Das ist doch eine bescheuerte Idee. Als ob man ein Flugzeug klaut.

Ein Boot zu klauen ist viel einfacher.

Im Leben ist nichts einfach.

Du hörst dich furchtbar erwachsen an.

Du hast ja keine Ahnung. Wenn irgendwas im Leben einfach ist, hat man nur Glück gehabt.

Ihr seid mein Glück.

Wenn du das wirklich glaubst, kann man dir nicht helfen.

Kitty alone, Kitty alone …

Lucky war in einer Spelunke in einer dunklen Gasse in der Nähe des Hafens wieder zu ihnen gestoßen. Seit über einer Stunde hingen sie hier am Tresen. Die Musik war ohrenbetäubend laut, die Barhocker wackelig, der Fliesenboden klebrig. Es war heiß, und der Geruch von verschwitzten Körpern, schalem Bier und abgestandenem Rauch schwebte in der Luft. Das Mädchen gähnte immer wieder, der Kleine machte ein finsteres Gesicht. Schon zweimal hatte der Barmann ihn nach seinem Alter gefragt. Er hatte seinen Ausweis sehen wollen, und wie schon oft mischte sich Lucky ein und bürgte für ihn. Mit einem Augenzwinkern und einem fast freundlichen Lächeln.

Der Kleine ist mein Bruder.

Mir wurscht, sagte der Kellner. Und beugte sich vor.

Er wies auf das Schild *Kein Alkoholausschank an Minderjährige*, das halb von dem schweren Vorhang verdeckt wurde, der vor der Eingangstür hing.

Morgen ist Schule.

Dann sind die drei Bier eben für mich, sagte Lucky.

Der Kellner zuckte mit den Achseln und stellte die Gläser auf die Theke. Um sie herum grölten und lachten die Leute. Andere hatten sich hinten in der Kneipe zusammengeschart und warfen Pfeile auf eine elektronische Zielscheibe.

Uncle Rat went out to ride
Kitty alone, Kitty alone …

Ein alter Seemann stellte sein Glas auf die Theke und spähte zu ihnen herüber. Ohne sie direkt anzusehen, begann er laut zu reden, als wären seine Worte an den Barmann gerichtet und nicht an die drei Jugendlichen, die ihn misstrauisch musterten. Mit jedem Schluck Bier wurde seine Stimme runder, und seine knochigen Finger, die den Henkel des Bierkrugs umklammerten, zitterten. Der Kleine bedeutete Lucky, dass er gehen wollte, aber Lucky rührte sich nicht vom Fleck. Das Mädchen auch nicht. Sie lächelte dem alten Seemann verschwörerisch zu. Seine raue Stimme in einer hohen Tonlage übertönte mühelos die Musik.

Uncle Rat went out to ride
Kitty alone and I …

Mein Pa war *pesketaer. Ar vag dre lien!* Im Zweiten Weltkrieg brachte er Résistance-Kämpfer mit seinem Boot rüber nach England, damit sie sich de Gaulle anschließen konnten. Das war für ihn genauso selbstverständlich, wie *pesked* zu fangen. Meine Mam wollte immer, dass er für die Überfahrt Geld nimmt. Für die Überquerung des *Mor Breizh.*

Der alte Seemann warf ihnen einen Blick zu und schüttelte den Kopf.

An hini n'eo ket un aotrou en e vro.
N'en deus nemet mont d'ur vro all hag e vo.

Er hob seinen Bierkrug und leerte ihn langsam. Sein Adamsapfel bewegte sich auf und ab wie ein Kiesel im Wasser. Das Meer hat ihn in eine Muschel verwandelt, dachte Lucky. Seine dünnen Haare erinnerten an Algen, seine Haut an zerklüftete Felsen und seine Lippen an die Rillen einer Austernschale. Seine kleinen schwarzen Augen, die tief in den Höhlen lagen, schimmerten wie die eines Meeraals.

Prost, sagte der Alte und stellte den Bierkrug auf der Theke ab.

Uncle Rat, where will the wedding be?
Up at the top of a holly tree
Ma cax macari duck and a dil
Kitty alone and I …

Auf den zweiten Blick wirkte er noch älter. Irgendeine böse Macht schien das dünne Rinnsal Blut, das ihn noch am Leben hielt, durch seine Adern zu pumpen. Sein Seemannspullover war blassrot, von unzähligen Tagen auf dem Meer ausgeblichen. Auf dem Stoff prangten weiße Schlieren, ob vom Schweiß oder vom Salz, war unklar. Niemand in der Kneipe schenkte ihm Beachtung. Man machte einen Bogen um ihn oder streifte ihn wie ein altes Möbelstück. Ein Fels, eine Seemine. Zwei Mädchen in Miniröcken gingen lachend an ihm vorbei, und der Kleine drehte sich auf seinem Barhocker um und folgte ihnen mit dem Blick.

Kinder, sagte der Alte. Und fuhr sich mit dem Ärmel seines Seemannspullovers über den Mund.

Genau.

Tagediebe und Nichtsnutze. *Penn pesk!*

Er wies auf seinen leeren Bierkrug.

Wer tanzen will, muss die Kapelle bezahlen!

Der Kleine fluchte leise, aber Lucky holte einen Schein hervor und warf ihn auf die Theke. Das Mädchen lehnte ihren Kopf an Luckys Schulter und lächelte selig. Die Erlebnisse der letzten beiden Tage machten sie glücklich. Zum ersten Mal in ihrem Leben fühlte sie sich völlig im Einklang mit sich selbst. Ihre Barhocker neigten sich einander zu und bewahrten so das Gleichgewicht. Sie saß mit übereinandergeschlagenen Beinen da und wippte im Takt der irischen Folkmusik mit dem Fuß.

Kitty alone, Kitty alone …

Der ist ja stockbesoffen, flüsterte sie. Und küsste Lucky auf den Hals.

Der alte Seemann rückte heran. Zog mühsam seinen Barhocker näher, bis dieser gegen den des Kleinen stieß. Der Mann stank nach Bier und modrigem Stoff, und die drei wichen in einer synchronen Bewegung zurück. Die Stimme des Alten übertönte weiterhin die Musik, sie schnurrte wie ein gut geölter Motor im Maschinenraum eines Schiffs. Er erzählte eine wirre Geschichte von einem Matrosen und einem Albatros, der sie nicht ganz folgen konnten. Es ging um irgendeinen Fluch. Ein Matrose schoss mit seiner Armbrust aus Langeweile einen Albatros vom Himmel und tötete ihn. Daraufhin brach ein Unwetter los. Tote erwachten zum Leben, Ungeheuer tauchten aus den Fluten auf. Das Schiff sank, und der alte Seemann überlebte das Unwetter als Einziger. Er ließ sich endlos über das Wetter und die Dünung an jenem Tag aus.

Uncle Rat, will you marry Lady Mouse?
Kitty alone, Kitty alone …

Der Kleine ließ sich von der monotonen Stimme des alten Mannes einlullen. Von ihrem seltsamen Klang und seinem seltsamen Verhalten. Ein Zombie, sagte das Mädchen. Sie brachte ihren Mund ganz dicht an sein Ohr und erklärte ihm, was ein Albatros ist. Ihr warmer Atem machte ihm eine Gänsehaut. Noch nie war den dreien ein Mensch so alt vorgekommen, und wenn sie ihm in das runzelige Gesicht sahen, konnten sie sich nicht auf die Geschichte konzentrieren. Sie mussten den Blick abwenden, um besser zu verstehen, was er erzählte. Der Seemann bezahlte den Mord an dem Albatros jedenfalls teuer. Die Toten kehrten in die Welt der Lebenden zurück, um ihn zu bestrafen. Der Alte gestikulierte wild, und der Kleine musste mehrmals den Kopf zurückziehen und ihm ausweichen. Am Ende gab es eine Art Moral. Das Mädchen versuchte, sie für die anderen beiden zu übersetzen. Auf dem Meer müsse man für jedes Verbrechen büßen. Für jede Untat. Da hat er recht, sagte sie.

Sobald er seine Geschichte zu Ende erzählt hatte, stand der alte Seemann auf. Er lächelte, als wäre ihm eine schwere Last von den Schultern gefallen. Er machte den Arm lang und stellte seinen leeren Bierkrug in die Spüle hinter der Theke. Hob die Hand zum Abschied und humpelte davon. Der Kleine starrte ihm mit offenem Mund nach, stand dann ebenfalls auf und folgte ihm nach draußen. Zündete sich eine Zigarette an und ging ein paar Schritte in der leeren Gasse auf und ab. Der alte Seemann war in der Dunkelheit verschwunden. Durch die geöffnete Tür drang gedämpfte Musik. Ein Lied von Tom Waits. Die träge Klaviermelodie und die Reibeisenstimme erstarben in der kalten Luft.

She was 15 years old
And she'd never seen the ocean …

Dem Kleinen war mit einem Mal ganz traurig und schwer zumute. Man musste für all seine Verbrechen büßen. Er würde nie vergessen, was auf dem Berg in Italien passiert war. Wo er auch hinginge, die Toten würden tausend Gesichter annehmen und ihm das Leben zur Hölle machen. Auch wenn Mammon kein Albatros gewesen war. Er war eine Krähe gewesen, ein Aasgeier. Einer der Vögel, die sich auf dem Schlachtfeld über gefallene Soldaten hermachten.

Scheiße, stieß er hervor.

Dann pustete er vorsichtig die Zigarettenasche weg, die auf seinem Ärmel gelandet war. Als er zurück in die Kneipe ging, tanzten Lucky und das Mädchen eng umschlungen. Er schimpfte leise vor sich hin und setzte sich an die leere Theke.

Obwohl schönes Wetter angesagt gewesen war, regnete es am nächsten Morgen. Auf dem Asphalt schimmerte der Nieselregen bläulich, aber an einigen Stellen klarte der Himmel schon wieder auf. Seit dem Morgengrauen fiel dreckiges Licht in dünnen Fäden vom Himmel. Es sammelte sich in großen Pfützen auf dem leeren Parkplatz. Beim Aufwachen war der Kleine rings um die Augen verknittert, wodurch irrtümlicherweise der Eindruck entstand, er würde lächeln. Doch seine zusammengepressten Lippen widerlegten die Annahme. In regelmäßigen Abständen ging ein nervöses Zittern durch seinen Körper. Die Gespenster der Vergangenheit verflüchtigten sich, die toten Vögel drehten eine letzte Runde im Inneren des Golfs. Sein Traum löste sich in Luft auf, als er ihn festzuhalten versuchte. Für dieses wackelige Gebilde aus schwankenden Kegeln und Dominosteinen war die Erinnerung viel zu abrupt. Nur eins wusste er mit Sicherheit: Er hatte von dem Mädchen geträumt. Gleich darauf war er sich dessen allerdings nicht mehr so sicher. Vielleicht war es auch ein anderes Mädchen gewesen, das ihr ähnlich sah. Mit schmalen Hüften und schönen Brüsten.

Er verscheuchte das Bild mit einem Achselzucken. Die Wirklichkeit war kompliziert genug, da musste er sich nicht auch noch mit wirren Träumen herumschlagen. Die toten Vögel verzogen sich endgültig hinter die Sonnenblenden. Seine Jeans war zu eng und kniff ihn im Schritt. Er hatte in seinen Kleidern geschlafen. Um nichts in der Welt hätte er sich vor Lucky und dem Mädchen ausgezogen. Auch sie hatten ihre Kleider anbehalten. Sie hatten bloß ihre Hände unter die vielen Stoffschichten geschoben, um die nackte Haut des anderen zu spüren.

Der Kleine fand, dass es in dem Auto stank. Er roch am Ärmel seiner Collegejacke. Dann griff er zwischen den Sitzen und den schlafenden Körpern hindurch, drehte den Zündschlüssel und ließ die beschlagenen Scheiben herunter. Kalte Morgenluft drang ins Wageninnere. Der Ventilator sprang mit lautem Rauschen an. Der Kleine rückte seinen Siegelring mit dem Daumen derselben Hand gerade. Lucky schaltete das Zündschloss wieder aus, ohne sich aufzurichten. Der Hafen war wie ausgestorben. Das Schlagen der Fallen gegen die Masten war mit heruntergelassenen Scheiben noch lauter. Es hörte sich an, als klopften hundert Gäste eines Banketts mit Löffeln gegen die Türen des Autos. Das Mädchen vergrub stöhnend das Gesicht an Luckys Schulter, und der Kleine öffnete die Tür, um sich die Beine zu vertreten. Noch hatte seine neue Jeans ihre Falten. Er zog die Schnürsenkel fest, machte aber keine Schleife. Steckte die Enden seitlich in den Schuh. Schob sie noch etwas tiefer, bis sie nicht mehr zu sehen waren. An kleinen Details lässt sich ablesen, wie viel Selbstwert jemand hat, dachte er. Rückte seinen Kapuzenpullover zurecht und strich sich das Haar glatt.

Als er zufrieden war, ging er davon und ließ die hintere Tür offen. Überquerte den Parkplatz und schlenderte am Meer entlang. Es hatte aufgehört zu regnen, überall liefen Bäche über den glänzenden Asphalt. Am Fähranleger bog er in eine Seitenstraße und betrat eine kleine Bar. Bestellte einen Milchkaffee und ein Croissant. Zerbröselte es zwischen den Fingern. Die Bar war um diese Zeit noch fast leer, aus einem Radio plärrten leise die Nachrichten. Als er gerade seinen zweiten Kaffee bestellte, gesellten sich Lucky und das Mädchen zu ihm. Die Haare des Mädchens waren verfilzt, und Lucky hing mit hängenden Schultern auf seinem Stuhl. Durch den Bartschatten wirkten seine Wangen hohl.

Hast du noch Geld?

Geht so.

Wie viel?

Weiß nicht.

Genug, um die Rechnung zu zahlen?

Ja.

Lucky verkündete, er werde sich nach dem Frühstück einen Geldautomaten vornehmen. Dann könnten sie für ihren Ausflug einkaufen. Für unseren Ausflug, wiederholte er. Um sich zu vergewissern, dass sie auch wirklich verstanden. Lucky sah dem Kleinen in die Augen, und dieser hielt dem Blick stand, ohne zu blinzeln. Der Kleine drehte seine Tasse in den Händen, das Porzellan knirschte auf der Untertasse. Durch den Kontrast zwischen dem blondierten Haar und den schwarzen Augenbrauen sah sein Gesicht aus wie eine Totenmaske. Der Siegelring schimmerte wie die Klinge eines Skalpells.

Okay.

So machen wir es.

Gut.

Sie tranken schweigend ihren Kaffee aus. Das Mädchen verschwand auf dem Klo. Als sie wiederkam, war ihr Haar feucht. Sie hatte sich frisch gemacht. Auf der Toilette hatte sie lange vor dem Spiegel gestanden, einen neu gekauften schwarzen Lippenstift in der Hand. Nach langem Zögern hatte sie den Lippenstift in der Hosentasche verschwinden lassen. Es war fast zehn Uhr, und sie mussten noch viele Vorbereitungen treffen. Lucky hatte ihnen erzählt, dass er ein Boot gefunden hatte, mit einem seltsamen Namen.

Slangevar.

Slangevar?

Das Boot ist seetüchtig, hatte er gesagt. Und gelächelt. Es ist ungefähr sieben Meter lang, hat drei Einzelkojen und eine Doppelkoje. Einen Gaskocher und alles, was man sonst noch braucht. Die Segel liegen unter Deck. In einem Stauraum habe er sogar eine Angelausrüstung gefunden. Und es gibt einen Außenborder. Wir müssen nur einen Kanister Benzin mitnehmen. Es ist dasselbe Gemisch wie für Mopeds. Der Kleine hatte in seinen Kaffee geprustet.

Du willst mit einem Moped über das Meer!

Als sie den Parkplatz erreichten, sprintete Lucky plötzlich los. Er rannte zu den Duschen neben dem Klubhaus. Ein dürrer rothaariger Typ mit einem Handtuch über der Schulter und einem Kulturbeutel in der Hand betrat gerade das Sanitärgebäude. Lucky war bei ihm, kurz bevor die Tür ins Schloss fiel. Er entschuldigte sich keuchend. Behauptete, er hätte den Code auf seinem Boot vergessen. Auf der Slangevar, fügte er hinzu. Noch bevor der andere etwas sagen konnte. Dabei wies er zum Hafen. Der Mann zögerte und musterte ihn von Kopf bis Fuß. Lucky wirkte aufrichtig, und der Rothaarige nannte ihm vier Zahlen. Er hatte einen starken britischen Akzent. Lucky rannte zum Auto zurück und schrieb sich den Code auf den Handrücken. Sie würden später duschen gehen, das würde ihnen guttun. Im Golf zählten sie ihr Geld. Gemeinsam kamen sie auf etwas über hundertfünfzig Euro. Nach kurzem Zögern holte der Kleine das Scheckheft hervor und zeigte es den anderen.

Erklärte, dass nur noch drei Schecks übrig waren. Lucky runzelte die Stirn, griff nach dem Heft und blätterte es langsam durch.

Heißt du Nadine, oder was?

Könnte meine Alte sein.

Damit kommst du nicht durch. Sieh dich mal an.

Ich mach das, sagte das Mädchen. Und griff nach dem Scheckheft.

Okay.

Und zu Hause kann ich bestimmt mindestens tausend Euro mitgehen lassen.

Der Kleine stieß einen Pfiff aus und reckte einen Daumen nach oben.

Das musst du nicht tun, sagte Lucky.

In England werden wir froh über das Geld sein, entgegnete sie.

Wir brauchen noch mehr.

Sie kamen überein, dass sie das Mädchen bei sich zu Hause absetzen und dann einkaufen gehen würden. Lucky ließ den Motor an, und sie fuhren in das Nobelviertel, in dem ihre Eltern lebten. Dächer und große Bäume hinter hohen Mauern aus grauem Stein. Die beiden Jungen rasten in dem Golf davon und fuhren laut singend zurück in die Altstadt. Parkten den Wagen in einer schmalen Gasse, schlenderten ziellos durch die Straßen und hielten nach einem Geldautomaten Ausschau. Der Kleine war froh, endlich wieder mit Lucky allein zu sein. Er fragte sich immer noch, wie er das Mädchen loswerden konnte.

Was hat sie eigentlich?

Keine Ahnung.

Hast du sie nicht gefragt?

Nein.

Dann erzählt sie nur Scheiß.

Kann sein.

Wie auch immer, wenn sie mitkommt, ist sie echt durchgeknallt.

Lucky packte ihn am Arm und brachte ihn so zum Schweigen. Mit dem Kinn wies er auf einen Bankautomaten neben einem Fischrestaurant. Ein Mann steuerte darauf zu. Sie trennten sich voneinander und verhielten sich wie zwei Fremde. Lucky stellte sich rechts neben den Mann, als wollte er ebenfalls Geld abheben, während der Kleine sich schräg von links näherte. Er blieb stehen und ging in die Hocke, um die Schnürsenkel seiner weißen Turnschuhe festzuziehen. Der Mann warf Lucky, der ihm zu dicht auf den Leib rückte, einen misstrauischen Blick zu und tippte seine PIN-Nummer ein. Er schirmte die linke Hand mit der rechten ab, was ziemlich albern aussah. Als der Automat die Karte ausspuckte, reagierte Lucky blitzschnell, riss sie dem Mann aus der Hand und rannte davon. Das Opfer verfolgte ihn mit lautem Gebrüll. Nach einem Sprint über gut zwanzig Meter warf Lucky die Karte im hohen Bogen über seine Schulter. Der Mann blieb abrupt stehen, bückte sich, und als er sich wieder aufrichtete, hielt er die Visa-Karte triumphierend in die Höhe. Da war Lucky längst über alle Berge, und der Kleine hatte sich mit den achtzig Euro aus dem Bankautomaten aus dem Staub gemacht.

Der Ablauf war lang erprobt. Mit demselben Trick erbeuteten sie sechzig Euro aus einem weiteren Geldautomaten in einer ruhigen Seitenstraße. Anschließend gingen sie zurück zu dem Golf und fuhren zu einem großen Supermarkt außerhalb der Stadt. Es hatte wieder zu regnen begonnen. Ein Strafzettel, der unter dem Scheibenwischer klemmte, rutschte über die Windschutzscheibe. Er hinterließ Schlieren auf dem Glas und löste sich bei jedem Wischen ein wenig mehr auf.

Sie kauften so viel ein wie noch nie. Lucky stapelte drei Pakete mit großen Mineralwasserflaschen in einen Einkaufswagen, während der Kleine den anderen Wagen mit Konservendosen und Keksen füllte. Vier Flaschen Wein und zwei Sixpacks Bier, Nudeln und grüne Äpfel. Zucker und Salz. Lucky drehte eine weitere Runde durch den Supermarkt und packte eine Gasflasche und Klopapier ein. Hier einen Korkenzieher. Da einen Dosenöffner. Zum Abschluss parkten sie die Einkaufswagen vor dem Tiefkühlregal. Mit gerunzelter Stirn stellten sie sich vor, sie befänden sich bereits auf dem Meer. Jeder machte sich ein eigenes Bild davon. Sie fragten sich, was sie auf hoher See wohl am dringendsten brauchen würden.

Wir sind ja nicht wochenlang unterwegs.

Wir müssen auf Nummer sicher gehen.

Du hast gesagt, wir sind übermorgen da.

Man weiß nie, wie es kommt.

Wollpullover und Boxershorts. Drei Schlafsäcke. Petroleum für die Öllampe. Eine Taschenlampe und sechs Batterien. Drei Schachteln Streichhölzer. Jede neue Idee katapultierte sie in eine andere Ecke des Supermarkts. Die Einkaufswagen füllten sich, sie quollen fast über. Nichts schien die beiden aufhalten zu können.

Tampons für das Mädchen?, fragte der Kleine. Und legte ein Duschgel mit Kokosmilch in den Wagen.

Quatsch.

Ein Handtuch. Meins stinkt schon.

Nescafé.

Spüli?

Nicht die große Flasche, die andere.

Das reicht, lass uns gehen.

Während die junge Frau an der Kasse die Schlafsäcke und die Gasflasche über den Scanner zog, fragte sie den großen, gut aussehenden Jungen schüchtern, ob sie campen gehen wollten. Lucky nickte und sah ihr tief in die Augen. Ihre Hände berührten sich, als sie ihm den endlos langen Kassenzettel reichte. Hinter ihnen wurden die Leute ungeduldig. Lucky bezahlte und blätterte die Geldscheine einzeln vor sie hin. Dann ging er einen großen Karton und eine Lattenkiste holen. Der Kleine schob sich mehrere Kaugummis in den Mund. Kurz darauf luden sie die Vorräte in den Kofferraum und auf die Rückbank des Golfs.

Warum schlafen wir heute Nacht nicht auf dem Boot?

Wir gehen erst morgen früh an Bord, das ist sicherer.

Aber es wäre viel bequemer als im Auto.

Willst du, dass man uns schnappt?

Dann saßen sie rauchend im Wagen und starrten auf den Parkplatz. Die Scheibe halb heruntergelassen, mit laufendem Motor. Es hatte aufgehört zu regnen. Der Himmel war strahlend blau, es sah ganz so aus, als würde sich das schöne Wetter noch ein paar Tage halten. Nun, da die Sache beschlossen war, hatten sie einander nicht mehr viel zu sagen. Wenn alles gut ginge, würden sie am nächsten Tag in See stechen. Das hatte Lucky so festgelegt. Wenigstens mussten sie jetzt keine Entscheidungen mehr treffen. Sie hatten in einer Sackgasse gesteckt, aber plötzlich war eine Tür aufgegangen. Ihre Flucht stand nach wie vor unter einem guten Stern.

Wir brauchen noch Benzin.

Und Kippen.

Ich kümmere mich um den Sprit. Ich setze dich in der Stadt ab. Du besorgst Zigaretten und Seekarten, sagte Lucky.

Nimm Karten vom gesamten Ärmelkanal, dann sind wir auf der sicheren Seite.

Okay.

Und setz die Kapuze auf. Wegen der Bullen.

Sie suchen nach dir, nicht nach mir.

Sieh dich mal an, sagte Lucky.

Ein paar Minuten später setzte er den Kleinen an der Porte Saint-Thomas ab. Der Golf raste davon. Der Kleine zählte das Geld in seiner Hosentasche. Eine dünne Rolle Geldscheine und eine Handvoll Münzen. Als er an den Geschäften vorbeischlenderte, ärgerte er sich, dass er dem Mädchen die Schecks überlassen hatte. Sie würde wahrscheinlich nichts damit anfangen. Nach einer Weile betrat er eine kleine Buchhandlung. Im Schaufenster waren Bilder von Schiffen und Bücher über das Meer ausgestellt. Er baute sich vor der Kasse auf und fragte nach einer Seekarte. Der Buchhändler sah ihn misstrauisch an. Er könne ihm nur das *Handbuch des bretonischen Seemanns* anbieten. Da der Kleine keine Ruhe gab, sagte der Buchhändler, Spezialkarten für die Navigation gebe es nur in Fachgeschäften, und seine Buchhandlung sei kein solches Fachgeschäft. Er tat, als denke er nach, und verkündete dann, er wisse nicht, wo man Seekarten kaufen könne. Das blondierte Haar des Jungen missfiel ihm.

Vielleicht irgendwo am Hafen.

Gut.

Aber im *Handbuch des bretonischen Seemanns* gibt es auch Seekarten.

Sind Sie sicher?

Natürlich.

Der Kleine kaufte das dicke Buch und dachte, für ihre Zwecke werde es schon reichen. Vorne auf dem Einband stand: Mit dem Kauf des Jahreskalenders unterstützen Sie die bretonische Seemannsmission. Er blätterte das Buch kurz durch und ließ es in seiner Tasche verschwinden. Ihm ging durch den Kopf, dass er zum ersten Mal in seinem Leben ein Buch kaufte. Lesen war sowieso Zeitverschwendung. In England wäre alles anders. Er wäre ein erfolgreicher Geschäftsmann mit einem vollen Terminkalender und einem Adressbuch, in dem die Telefonnummern von einflussreichen Leuten standen. Lucky hatte gesagt, die Engländer seien pragmatisch. In England zähle nicht deine Schulbildung, sondern deine Eigeninitiative. Dort waren unternehmerisches Denken, der Wille, Geld zu verdienen, und elegante Anzüge wichtig. In England konnte man sich neu erfinden. Die Welt stand einem offen, wenn man nur genug Mut hatte. Spätestens in zehn Jahren würde ihm die Welt zu Füßen liegen. Er betrat einen Tabakladen und kaufte drei Stangen Zigaretten. Nun hatte er nur noch etwas Kleingeld übrig.

Er kaufte sich ein warmes Sandwich. Schlang es hinunter, während er durch die Gassen der Altstadt schlenderte. Legte denselben Weg zurück wie am Tag zuvor, als er sich neue Kleider besorgt hatte. Setzte sich wieder auf den kleinen Platz mit dem Kopfsteinpflaster, vor dasselbe Lokal. Der Kellner schüttelte ihm die Hand, als wäre er ein Stammgast. Um ihn herum kamen und gingen die Leute. Satzfetzen schwirrten durch die Luft. Der Kleine fragte sich, warum sie überhaupt von hier wegmussten. Warum er Lucky in seinem selbstmörderischen Plan folgte. Vor allem jetzt, da das Mädchen dabei war. Er würde nur das dritte Rad am Wagen sein. Dann gestand er sich ein, dass er das Mädchen anziehend fand. Was würde passieren, wenn sie und Lucky sich auf dem Meer stritten? Im Prinzip war das unvermeidlich. Vielleicht würde sie sich dann ihm zuwenden. Dann wären die Karten neu gemischt. Schließlich waren er und das Mädchen ungefähr gleich alt. Dann würde Lucky ihnen beiden beim Knutschen zusehen müssen. Er rückte seinen Ring zurecht, schloss die Augen und atmete langsam aus.

Die Luft war schwer wie Wasser. Sie hatten den Golf ganz hinten auf dem Parkplatz abgestellt, weit entfernt von der Straßenlaterne, die sie in der Nacht zuvor gestört hatte. Der Kleine saß auf der Rückbank, die anderen beiden vorne. Angesichts der bevorstehenden Abreise waren sie ebenso ängstlich wie aufgeregt. Den ganzen Tag über hatten der Kleine und das Mädchen Lucky belauert, um zu sehen, ob er seine Entscheidung anzweifelte. Ob er zur Besinnung kommen und seinen verrückten Plan aufgeben würde. Aber Lucky war nicht von der Sache abzubringen. Er grinste übertrieben selbstbewusst und schwang große Reden über das Meer und die Freiheit. Der Kleine hörte ihm gar nicht zu. Poesie und Salzwasser, nein danke. Auf dem Meer kommt man mit großen Worten nicht weit, dachte er. Er spielte an seinem Ring herum und steckte ihn abwechselnd auf alle Finger. Nur auf den Daumen passte er nicht. Selbst als der Kleine ihn in den Mund nahm, um ihn zu befeuchten, blieb er über dem Gelenk stecken. Mit dem Unterarm rieb der Kleine über die beschlagene Scheibe und lehnte die Stirn an das kalte Glas. Fragte sich, ob er sich in Plymouth nicht einen blauen Anker auf den Oberarm tätowieren lassen sollte. Als Andenken. Das Meer hatte die Farbe eines Kormorans. Eines Kormorans, der ins Wasser taucht und erst in einiger Entfernung wieder hochkommt.

Lucky und das Mädchen hatten gewartet, bis sich der Hafen geleert hatte, und waren dann duschen gegangen. Nach einer ganzen Weile waren sie händchenhaltend und lachend zurückgekommen. Als sie in den Golf stiegen, roch es nach Kokosmilch. Aus ihrem Haar tropfte Wasser auf die Kopfstützen. Lucky hatte sich rasiert und wirkte mit den glatten Wangen wesentlich jünger. Der Kleine nahm seine Tasche und bat Lucky um den Rasierer. Lucky sagte, der Bartflaum des Kleinen sehe aus wie das samtige Fell am Bauch einer Katze. Mit seinen Worten brachte er das Mädchen zum Lachen. Der Kleine schlug die Tür mit einem Knall zu. Er stand lange unter der Dusche. Holte sich einen runter und schrubbte sich anschließend so gründlich, als würde er an dem Tag heiraten. Lucky hatte gesagt, er solle die Gelegenheit nutzen. Die Slangevar hatte keine Dusche, und das Meerwasser war zu kalt und zu salzig, um sich damit zu waschen.

Als er zum Golf zurückkehrte, war er sauber und entspannt. Er breitete sein Handtuch über den beiden anderen auf der Hutablage aus und legte sich auf die Rückbank. Lucky sagte, sie müssten jetzt schlafen. Und löschte das Deckenlicht. Für eine Reise muss man ausgeschlafen sein, fügte er leise hinzu. Streckte einen Arm neben der Kopfstütze nach hinten und wuschelte dem Kleinen durch das blonde Haar. Der Kleine schloss die Augen. Die Innenseite seiner Lider war grau wie der Himmel. Von dem intensiven Kokosgeruch und der abgestandenen Luft im Innenraum des Autos wurde ihm schlecht. Er schluckte die Tränen herunter, die in ihm aufstiegen. Äußerlich war er vollkommen ruhig. Friedlich. Man hätte meinen können, er schlafe bereits. Er stieß einen letzten leisen Fluch aus, der sich wie eine Luftblase von seinen Lippen stahl, und ballte im Halbschlaf die

Fäuste. Nach einer Weile beugte sich das Mädchen vorsichtig über ihn und murmelte:

Dans un petit bateau
Une petite dame
Un petit matelot
Tient les petites rames

Ils s'en vont voyager
Sur un ruisseau tranquille
Sous un ciel passager
Et dormir dans une île

Robert Desnos, flüsterte sie. Zu Lucky gewandt.

Halt die Klappe, murmelte der Kleine.

Lasst uns schlafen, sagte Lucky.

In der Nacht machten die drei kein Auge zu. Irgendetwas schien auf dem Golf zu lasten, alle drei spürten einen Druck auf der Brust und dem Bauch. Draußen hinter den beschlagenen Scheiben färbte sich der Himmel schwarz. Mit der unerträglichen Langsamkeit eines drohenden Unheils. Der Kleine hatte sich auf der Rückbank zwischen den Vorräten ausgestreckt, und wenn sich sein Brustkorb hob und senkte, knisterten die Verpackungen. Er fragte sich mehrmals, wo sie die Eier und den Joghurt hingeräumt hatten, war aber zu schläfrig, um nachzusehen. Lucky und das Mädchen saßen Rücken an Rücken auf den Vordersitzen. Zusammengekrümmt wie Crashtest-Dummys. Obwohl alle drei gleichmäßig atmeten, hatten sie die Augen weit geöffnet. Die Stunden vergingen unendlich langsam. Im Auto roch es nach Benzin und Kokosmilch, in der stickigen, feuchten Luft des Innenraums war der Geruch fast greifbar. Ein Müllwagen kam auf den Parkplatz gerumpelt und schluckte den Inhalt der Mülltonnen. Irgendwann richtete sich Lucky auf. Er räusperte sich.

Auf geht's.

Die zwei Wörter durchbrachen die Stille. Es war noch dunkel. Man brauchte ein feines Gespür, um zu erahnen, dass es bald hell werden würde. Die auslaufende Flut würde sie hinaus aufs offene Meer ziehen. Der Kleine richtete sich auf, schob den Schlafsack beiseite und strich seine Jeans glatt. Stumm zog er sich die Schuhe an. Er strahlte etwas ewig Junges und Frisches aus. Das hatte Lucky, dessen Welt viel düsterer war, schon immer fasziniert.

Auf geht's.

Als er den Schlüssel im Zündschloss drehte, zeigte die Digitalanzeige des Golf sechs Uhr und sechs Minuten an. Der Motor sprang nach kurzem Stottern an, und der Wagen rollte vom Parkplatz. Sie fuhren zum Solidor-Turm. Lucky manövrierte den Golf auf der Bootsrampe hin und her, bis der Kofferraum so nah wie möglich am Wasser war. Er wunderte sich, dass die Lampen ausgeschaltet waren. Am Abend zuvor war der Turm beleuchtet gewesen. Nun zeichnete sich seine imposante schwarze Silhouette vor dem dunklen Himmel ab. Nach kurzem Zögern stellte Lucky den Motor ab. Als sie ausstiegen, hüllte sie die Kälte ein. Sie standen in der Finsternis, während um sie herum Tausende Lichter blinkten. Vor ihren Füßen schwappte eine dunkle Masse gegen die Rampe, schwärzer als alles andere. Vom Meer ging ein dumpfes, bedrohliches Grollen aus. Die Luft war tatsächlich schwer wie Wasser, sie befeuchtete ihre Gesichter wie ein Zerstäuber. Der Gestank nach toten Krebsen und fauligen Algen lag auf ihnen wie eine nasse Decke.

Da ist sie, sagte Lucky. Ganz leise. Mit ausgestrecktem Arm.

Nach einer Weile sahen sie einen undeutlichen Umriss, umgeben von anderen Umrissen, die mit der Dunkelheit verschmolzen. Im nächsten Moment erkannten sie sie deutlicher. Sie schien über der Wasseroberfläche zu schweben. Klein, mit viel zu kurzem Mast. Das konnte nicht sein. Lucky packte den Kleinen am Arm und zog ihn zu einer Reihe von Plastikbooten, die vor einer Mauer kieloben lagen. Die meisten waren aneinandergekettet, aber eins der Boote war nicht gesichert. Sie zogen es über die Rampe zum Heck des Golf. Ein Badewannenspielzeug, dachte der Kleine. Und rieb sich die kalten Hände. Lucky ging noch einmal zu den Booten und warf einen Blick unter jedes einzelne. Kam mit zwei hölzernen Paddeln zurück, die schon bessere Tage gesehen hatten.

Und jetzt?

Wir beladen das Ruderboot.

Lucky zeigte auf das Plastikding, das im Schein der Hecklichter rot leuchtete. Als die Wasserflaschen und der Benzinkanister im Boot lagen, war es voll.

Hier stinkt's nach Fisch.

Ich bringe die Vorräte an Bord, sagte Lucky. Und warf einen Blick zum Himmel, der im Osten heller wurde.

Okay.

Packt das Boot so voll wie möglich. Wenn ich es entladen habe, komme ich euch abholen.

Er lehnte sich an den Golf, zog seine Turnschuhe aus, verknotete die Schnürsenkel und hängte sie sich um den Hals. Dann krempelte er die Jeans bis zu den Knien auf. In der Dunkelheit schimmerten seine Füße weiß. Das Mädchen hatte nur eine kleine Tasche dabei. Auf einer Reise braucht man nicht mehr als zwei Dinge, hatte sie gesagt. In belehrendem Ton. Ein elegantes Kleid und einen Schlafsack. Der Kleine hatte sie ausgelacht. Wie kam sie dazu, ihnen neunmalkluge Ratschläge zu geben, wo sie doch keine Ahnung hatte. Und wenn die beiden sie nicht aufgegabelt hätten, hätte sie auch weiterhin keine Ahnung. Ihre Besserwisserei war nur Angeberei. Ein Trick, um ihre Unsicherheit zu überspielen. Er warf sich seinen Rucksack über die Schulter und zurrte die Tragegurte bis zum Anschlag fest.

Auf geht's, sagte er. Und bemühte sich, wie Lucky zu klingen.

Als das Ruderboot voll war, schoben sie es die Rampe hinunter. Der Rumpf schabte über den Beton. Dann beobachteten der Kleine und das Mädchen, wie Lucky ins schwarze, knöcheltiefe Wasser watete und mit einer Grimasse zu den Wasserflaschen und dem Kanister stieg. Das Boot schaukelte bedenklich. Jedes Mal, wenn Lucky eine Bewegung machte, rollten kleine Wellen auf das Mädchen und den Kleinen zu, schwappten wieder zurück und brachten das Boot noch mehr zum Schwanken. Schließlich gelang es Lucky, sich auf dem Benzinkanister niederzulassen. Vorsichtig stieß er sich mit einem Riemen ab. Es war, als ritte er auf einem seltsamen Tier. Auf einem unsichtbaren Kamel, das sich bemühte, auf dem sandigen Meeresgrund Halt zu finden, dem aber immer wieder die Beine wegknickten. Das Boot bewegte sich fast gleichzeitig auf und ab. Ringsum in der Dunkelheit sprachen Hunderte Münder wispernd in einer fremden Sprache.

Das Boot trieb schnell ab. Dann tauchte Lucky die Riemen ins Wasser, das Boot drehte bei, und die aufspritzende Gischt leuchtete im Schein der Rücklichter rot. Der Kleine und das Mädchen sahen dem Boot nach. Es entfernte sich und wurde von der Dunkelheit verschluckt. Das Klatschen der Riemen war der einzige Beweis dafür, dass Lucky noch da war, irgendwo da draußen im rötlich schimmernden Nichts. Irgendwann war nur noch das nervöse Plätschern der Wellen zu hören, die gegen die Betonmauer schlugen. Die kalte Luft brannte ihnen im Hals und brachte ihre Nasen zum Laufen. Unvermittelt schmiegte sich das Mädchen zitternd an den Kleinen. Er stand stocksteif da. Fragte sich, ob er den Golf wenden sollte, um Lucky mit den Vorderscheinwerfern zu leuchten. Aber vielleicht würde das grelle Licht ihn auch nur blenden oder sie verraten. Lucky machte ihn sowieso bei jeder Gelegenheit zur Sau, vor allem, wenn der Kleine sich anmaßte, eigene Entscheidungen zu treffen. Nur Gott sieht eine schwarze Ameise auf einem schwarzen Stein, dachte er. Das hatte seine Mutter immer gesagt, und jetzt wiederholte er den Satz stumm. Die Worte trösteten ihn. Er spürte den warmen Körper des Mädchens an seiner Hüfte, aber er hatte nicht den Mut, ihr einen Arm um die Schultern zu legen. Sie standen eine kleine Ewigkeit da und warteten. Erst eine halbe Stunde später war das Platschen der Riemen wieder zu hören. Dann glitt das Spiegelbild des Boots auf sie zu. Der Kleine löste sich hastig von dem Mädchen. Hielt einen guten Meter Abstand zu ihr.

Ich rieche das Boot, murmelte er.

Ich auch, sagte sie.

Der Verkehrslärm im Hintergrund wurde lauter. Bald würde der Hafen sich beleben. Sie mussten unbedingt weg sein, wenn die ersten Leute auftauchten. Hartgesottene Fischer mit schwieligen Händen, die sie windelweich prügeln würden, wenn sie sie beim Klauen eines Boots erwischten. Und sei es nur ein kleines weißes Segelboot, um das sich sonst niemand scherte. Mit etwas Glück würde es mehrere

Tage dauern, bis der Besitzer merkte, dass es verschwunden war. Bis dahin wären sie über alle Berge. Vielleicht sogar schon in Portsmouth oder Plymouth. Oder dort, wo der Wind sie hintrug. Lucky ließ das Ruderboot in voller Fahrt gegen die Rampe krachen, stieg aus und zog es einen guten Meter aus dem Wasser. Rutschte auf dem nassen Beton aus. Die Hosenbeine seiner Jeans waren nicht mehr umgeschlagen, der Stoff war bis zu den Knien nass. Im rötlichen Licht grinste er zuversichtlich. Mit leuchtendem Gesicht und zu Berge stehenden Haaren.

Ich fahr den Wagen weg, sagte er. Und öffnete die Fahrertür.

Er sah unter den Sitzen und im Kofferraum nach, um sich zu vergewissern, dass sie nichts vergaßen. Die Reifen schlitterten über den nassen Beton, das Auto kroch die Rampe hoch und hielt auf dem leeren Parkplatz. Lucky ließ die Scheibe einen Spalt offen und legte den Schlüssel gut sichtbar auf das Armaturenbrett. Er hoffte, jemand anders wäre so nett und würde sich mit dem Wagen davonmachen, um ihre Spur zu verwischen. Aber eigentlich waren sie auf der sicheren Seite. Er freute sich diebisch darüber, dass es ihnen gelungen war, auf ihrer Flucht quer durch Frankreich unsichtbar zu bleiben. Nur einmal waren sie geschnappt worden. Für ein paar Stunden. Sie hatten ein Loch in die Wand des Polizeicontainers getreten und sich im Wald bei Menton versteckt. In der Nacht waren sie über den Zaun des Polizeiparkplatzes geklettert, in ihr Auto eingebrochen und hatten sich die Walther PKK wiedergeholt, die unter dem Fahrersitz gelegen hatte.

Sie waren überall und nirgends gewesen, und bald würden sie weg sein. Wie Spuren im Sand, dachte er. Wenn sich das Wasser zurückzieht, sind sie verschwunden. Er ging zu den anderen beiden, die betreten zu Boden starrten. Sie boten einen jämmerlichen Anblick und standen verloren in der Dunkelheit herum. Als Lucky sie aufforderte, das Ruderboot zu besteigen, rührten der Kleine und das Mädchen sich nicht vom Fleck. Er runzelte die Stirn. Die Hände in die Hüften gestemmt, wartete er darauf, dass sie sich einen Ruck gaben. Der Kleine beugte sich langsam vor. Zog erst den linken, dann den rechten Turnschuh aus und stopfte die Socken hinein. Er zitterte vor Kälte. Seine nackten Füße krümmten sich zusammen, als sie den kalten Beton berührten. Er tänzelte auf und ab und verlagerte das Gewicht auf die Fersen.

Scheiße, stieß er hervor. Durch die Zähne.

Lucky schob das Boot zurück ins Wasser und hielt ihnen eine Hand hin, um ihnen beim Einsteigen zu helfen. Der Kleine nahm seine weißen Turnschuhe in die andere Hand und watete mit kleinen Schritten ins Wasser. Die Kälte ließ ihn aufstöhnen. Er fluchte, kletterte unbeholfen über die Bordwand und ließ sich im Heck nieder. Von dem Fischgestank wurde ihm schlecht. Das Mädchen zog sich ebenfalls die Schuhe aus. Lucky packte sie an den Hüften und half ihr beim Einsteigen. Dann reichte er ihnen die Lattenkiste und den Karton mit den Lebensmitteln. Der Kleine und das Mädchen saßen zusammengedrängt im Heck des Boots und zogen die Beine an, um ihm Platz zu machen. Lucky stieß sich von der Rampe ab und stieg in das Boot. Fast hätte er sie zum Kentern gebracht. Das Boot schaukelte heftig hin und her. Sie wurden gebeutelt, als befänden sie sich in einem großen Sack, den eine Hand im Himmel zugeschnürt hatte. Lucky bemühte sich, die Riemen in die Dollen einzulegen. Währenddessen trieb das Boot mehrere Meter ab. Endlich entfernten sie sich von der Rampe. Lucky versuchte verzweifelt, gleichmäßig zu rudern, aber das Boot schien auf einem dünnen Faden zu balancieren, der auf der Wasseroberfläche gespannt war. Immer wieder schwappten kleine Wellen über die Bordkante, und der Kleine und das Mädchen wurden von Dutzenden kalten Schlangen angegriffen, die durch ihre Kleider drangen und über ihre Haut schlängelten. Lucky dachte, dass er die anderen beiden nie zum Weitermachen bewegen könnte, wenn ihr Ausflug mit dem Kentern des Ruderboots begann. Er versuchte vergeblich, sich ein Seemannslied in Erinnerung zu rufen. Also pfiff er nur irgendeine Melodie.

Die Rampe wurde von der Dunkelheit verschluckt. Bald waren nur noch einzelne Lichter von den Häusern der Stadt zu sehen. Der finstere Turm neigte sich auf sie zu. Dahinter wies der Leuchtturm von Balue mit seinem riesigen Finger aufs Meer. Lucky ruderte und ruderte. Der Kleine und das Mädchen verrenkten sich den Hals nach dem reglosen Ding, das sie erwartete. Noch war die Slangevar nichts als ein verschwommener Umriss, der sich im Osten abzeichnete, eine Kohlezeichnung im Morgengrauen. Auf dem Damm des Gezeitenkraftwerks bildeten Straßenlaternen eine gelbe Kette. Hinter der Schleuse verschwanden sie um eine Kurve. Auf der anderen Seite versteckte sich der Leuchtturm von Bas-Sablon hinter der Landzunge von Béchard. Noch weiter hinten stand der Leuchtturm von Grand Jardin im Meer, an ihm würden sie vorbeinavigieren müssen. Ganz vorsichtig, um nicht auf die Felsen aufzulaufen. Unzählige blinkende oder leuchtende Lichter markierten Wege auf der endlosen schwarzen Fläche, die sich vor ihnen erstreckte. Sie hatten Mühe, die Leuchttürme und die Fenster der Häuser jenseits der Bucht voneinander zu unterscheiden. Das Meer schien ihr Ruderboot verschlingen zu wollen. Es wurde immer schwerer, die Entfernungen einzuschätzen. Schon zwanzig Meter von der Küste entfernt waren sie mitten auf dem Ozean. Rettungslos verloren. Der Geruch, der in der Luft hing, drehte ihnen den Magen um.

Als sie sich der Slangevar näherten, konnten sie sie schon besser erkennen. Der weiße Rumpf schaukelte sanft auf den Wellen, die unter dem Kiel hindurchliefen. Der Kleine ging als Erster an Bord. Dann streckte er die Hand aus und half dem Mädchen. Sobald er das Gewicht verlagerte, neigte sich das Boot gefährlich zur Seite. Das Mädchen hievte sich mühsam an Deck, der Mast beschrieb bedrohliche Kreise in der Luft. Beide wischten sich die Hände am Hosenboden ab und verzogen das Gesicht, als sie den nassen Stoff berührten. Sie setzten sich auf das Kajütdach. Das war immer noch besser, als zu stehen und sich an den eiskalten Drahtseilen, die hoch zum Mast verliefen, festhalten zu müssen. Lucky reichte ihnen die Lattenkiste, den Karton und die Einkaufstüten. Dann griff er nach einer Leine, die er an Deck bereitgelegt hatte, und knotete sie vorn an dem Ruderboot fest. Fädelte das Ende durch mehrere Schlaufen und zog die Knoten fest. Als er an Bord kletterte, entfernte sich das Beiboot abrupt. Die Leine straffte sich, sodass beide Boote eine Linie bildeten.

Wunderbar, sagte Lucky. Und rieb sich die Hände.

Jede ihrer Bewegungen brachte das Boot zum Schwanken. Es wirkte so leicht und zerbrechlich wie ein Strandspielzeug. Der Kleine kroch auf allen vieren zum Cockpit. Er hangelte sich an der Reling entlang und achtete penibel darauf, beim Kriechen die Knie anzuheben, um seine Jeans nicht schmutzig zu machen. Das Mädchen folgte ihm. Ihre Bewegungen waren sehr viel sicherer als seine. Das Cockpit war schmaler als der Mittelgang eines Busses, und zu dritt wurde es eng. Lucky schob den Riegel des Steckschotts zurück, öffnete den

Niedergang und verschwand pfeifend unter Deck. Der Schein seines Feuerzeugs war eine Aufforderung, ihm zu folgen. Das Mädchen tastete sich voran, der Kleine folgte ihr. Mit vorsichtigen Bewegungen. Drinnen war das Geräusch der Wellen, die gegen die Außenhaut schwappten, viel lauter als draußen. Die Decke war so niedrig, dass sie den Kopf einziehen mussten. Die drei setzten sich auf die Bänke links und rechts von einem schmalen Tisch, auf denen blaue Kunstlederpolster lagen. Es stank nach Schweißfüßen und Schimmel. Lucky wies sie darauf hin, dass sich der Tisch einklappen ließ und sie aufpassen mussten, nicht aus Versehen gegen die Tischbeine zu stoßen. Im Inneren des Boots hatten sie nicht mehr Platz als in dem Golf. Lucky gab dem Mädchen sein Feuerzeug, damit sie ihm leuchtete, während er in den Einkaufstüten zu ihren Füßen kramte. Er fand die Petroleumflasche und die Streichhölzer, nahm die rostige Lampe, die in einem Regalfach stand, schraubte den Glaszylinder ab und füllte den Tank auf. Er schraubte alles wieder zusammen und drehte an dem Rädchen für den Docht, bis unter dem rußgeschwärzten Rand ein halber Zentimeter weißer Stoff zu sehen war. Dann entzündete er ein Streichholz.

Im flackernden Licht tanzten ihre Schatten gespenstisch über die Wände. Der Kleine und das Mädchen kicherten nervös, als sie das seltsame Haus in Augenschein nahmen. Es lief vorne spitz zu, und die Wände waren gewölbt, sodass alles etwas schief wirkte. Unter den Schrauben und Scharnieren verliefen braune Rostspuren wie Wunden im Holz. Von der Lampe stieg eine schwarze Rauchsäule auf, sammelte sich unter der Decke und breitete sich in dünnen Tentakeln um sie herum aus. Tränen traten ihnen in die Augen, und sie mussten husten. Mit angewidertem Gesicht zog sich der Kleine den Pullover vor den Mund. An einigen Stellen blätterte das vergilbte Weiß vom Sperrholz ab und enthüllte mehrere Schichten alter Farbe. Das Meer klopfte gegen ihren Rücken, als wollte es in das Boot eindringen. Das rhythmische Schwappen war zwar nicht laut, hallte aber im Bauch des Boots wider wie in einem Resonanzkörper. Man konnte sich leicht vorstellen, dass die Schläge gegen den Rumpf von etwas anderem als vom Wasser stammten. Der Kleine rutschte auf der Bank hin und her, damit sich der Jeansstoff vom Kunstleder löste. Hob vorsichtig den Glaszylinder der Sturmlaterne an und zündete sich an dem Docht eine Zigarette an.

Das Boot ist Schrott, sagte er. Und hätte dabei fast die Flamme ausgepustet.

Wir haben kein anderes.

Wir müssen das Beste draus machen.

Sie durchstöberten die Regalfächer und legten alles, was sie fanden, auf den Tisch. Einen Signalspiegel und ein verrostetes Jagdmesser. Bunte Wimpel an einem Seil. Eine große rote Tupperdose mit verschieden großen vergilbten Pflastern. Eine Mullbinde, fünf sterile Kompressen und ein Fläschchen Jodlösung, dessen Haltbarkeitsdatum abgelaufen war. Ein Handkompass mit kaputter Scheibe. Ein schwarzer Edding, ein Bleistift. In den Ecken alte Putzlappen und Schwämme, die die Nässe aufsaugen sollen. Das Mädchen entfaltete eine zerknitterte Zeitung vom Juli, und Lucky fand drei Handfackeln, die wie Dynamitstangen aussahen und von einem Haargummi zusammengehalten wurden.

An der Wand neben der Tür hing ein Barometer. Lucky rieb mit dem Ärmel über das Glas. Der Zeiger stand auf Schönwetter, bei einem Luftdruck von 1040 Hektopascal.

Die manuell einstellbare Nadel stand auf Veränderlich, und Lucky drehte an dem Rädchen, bis sie sich über der anderen befand. Der Kleine schlug die Zeitung auf. Ein Foto erinnerte ihn an das Mädchen. Das gleiche Gesicht mit Schmollmund, die gleichen verheißungsvollen Rundungen der Brüste. Daneben irgendein Zeitungsartikel. In diesem Moment hatte der Kleine eine Vorahnung davon, wie sehr die Langeweile an Bord einen zermürben kann. Zumal die anderen beiden miteinander beschäftigt sein würden. Er würde still in der Ecke sitzen und nichts zu tun haben außer zu rauchen und zu lesen. Der Gedanke, dass das Mädchen in den folgenden Tagen immer ganz in seiner Nähe sein würde, gefiel ihm. Er spielte mit dem kaputten Kompass herum und machte sich mit der Nadel die Fingernägel sauber. Dann räusperte er sich und schluckte. Ihm war leicht flau im Magen. Er warf seinen Zigarettenstummel ins Bilgenwasser und hielt Lucky den Kompass unter die Nase.

Was ist das?

Lass das.

Aye, aye, Käpt'n.

Hinter den Plexiglasfenstern wurde es allmählich hell. Lucky hörte auf, die Ablagen zu durchstöbern, und befahl ihnen, alle Dinge, die sich noch an Deck befanden, in die Kajüte zu räumen. Im Tonfall eines Marineoffiziers. Der Kleine blieb unter Deck und räumte alles, was die anderen ihm durch den Niedergang reichten, irgendwo hin. Die Lattenkiste und den Karton unter die Bänke. Die Konservendosen in die Pantry. Das Mineralwasser auf die Koje neben dem Niedergang, die halb unter dem Cockpit verschwand und die an einen Sarkophag erinnerte. Dort verstaute der Kleine auch seine sauberen Kleider und seine Tasche. Lucky hatte sein Gepäck und das des Mädchens auf die Koje im

Bug gelegt. Der Kleine hielt nach Mammons Walther Ausschau, sah sie aber nirgends. Lucky musste sie irgendwo versteckt haben.

Wir haben genug Vorräte für mehrere Wochen, rief er nach oben. Durch den geöffneten Niedergang.

Draußen hantierte Lucky an dem Außenborder herum, der am Heck angebracht war. Es war ein alter Acht-PS-Motor, übersät von öligen Fingerabdrücken, die kein gutes Omen waren. Die Aufschrift MARINER auf der Abdeckung war kaum noch zu lesen. Lucky schüttete die Hälfte des Treibstoffs in den Tank und schloss ihn an. Nahm den kleinen Ball in die Hand und pumpte Benzin in den Schlauch. Richtete sich auf und zog ruckartig an dem Seil wie bei einem Rasenmäher. Er versuchte bestimmt zwanzig Mal, den Motor zu starten. Jedes Mal zog er das Seil auf seiner ganzen Länge heraus. Jedes Mal röchelte der Motor und erstarb nach kurzer Zeit, und irgendwann soff er endgültig ab. Benzingestank hing in der Luft. Der Kleine streckte den Kopf zum Niedergang hinaus und warf dem Mädchen einen fragenden Blick zu. Sie machte ein besorgtes Gesicht. Lucky öffnete die Abdeckung, fluchte und starrte eine Weile auf den ölverschmierten Motor. Blies auf den Zündkerzenstecker, vergewisserte sich, dass er richtig saß, und schloss den Deckel.

Wieder zog er an dem Seil. Und noch mal an dem Seil. Jedes Mal stöhnte er laut. Wie ein Tennisspieler an der Grundlinie. Er zog und zog. Wieder und wieder. Der Kleine verschwand kopfschüttelnd in die Kajüte. Er hatte es geahnt. Mit einem kaputten Motor auf einem schrottigen Boot würden sie nicht weit kommen. Mit etwas Glück würden sie gar nicht erst aufbrechen. Er stützte die Ellbogen auf den Tisch und spielte mit dem Lampendocht herum. Lucky steckte den Kopf durch den Niedergang und sagte, er solle ihm die Segel, die im Bug lagen, bringen.

Auf der Koje, fügte er hinzu. Und brüllte fast.

Seine Wangen waren gerötet und glänzten von Schweiß. Er lief aufgeregt hin und her. Der Kleine stieß sich den Kopf an der Decke, als er Lucky die Segel brachte. Ein großes Paket. Dann stolperte er über den Gedanken, dass Lucky und das Mädchen vorne in der Doppelkoje schlafen würden, während er mit der Einzelkoje vorliebnehmen musste, die etwas von einem Sarg hatte. Wie zur Bekräftigung warf ihm das Mädchen die drei Schlafsäcke zu. Als er wieder an Deck kam, schaukelte das Boot heftig, und ihm wurde kurz schwarz vor Augen. Er räusperte sich und spuckte mehrmals hintereinander ins Wasser. Lucky stand am Mast und hielt ein verknittertes weißes Tuch in den Armen. Er versuchte verzweifelt, das Segel zusammenzuraffen. Eine gespenstisch weiße Stoffbahn hing im schwarzen Wasser wie die Schleppe eines Brautkleides. Das Mädchen beobachtete ihn und knetete ihre Finger.

Wir lassen das mit dem Motor und segeln gleich los, rief er.

Das geht nicht.

Wir müssen hier weg.

Es war fast taghell, als Lucky endlich das Fall fand, mit dem man das Groß setzte. Er befestigte es umständlich am Segel und kam mit drei großen Sprüngen zurück. Dann zog er mit aller Kraft an der schwarzen Leine. Das Großsegel stieg ächzend in die Höhe und schlug zu beiden Seiten schlaff gegen die Wanten. Als der Kopf oben angekommen war, flappte das Segel unten hin und her. Auf dem Tuch prangten schmutzig braune Kreise. Offenbar war es unter alten Autoreifen gelagert worden. Das Mädchen zeigte grinsend auf die Kreise und sagte, sie sähen aus wie feuchte Ringe auf Bierdeckeln. Lucky ließ das Segel wieder herab, ging zurück zum Mast und klammerte sich daran fest.

Dein Boot ist Schrott, brüllte der Kleine. Und stampfte auf die Gräting.

Wir müssen das Segel am Baum befestigen, rief das Mädchen.

Am Baum?

Sie zeigte auf die Stange, die mit dem Mast verbunden war.

Lucky packte das Segel und fädelte das Unterliek in die Nut. Die Stange schwenkte hin und her und hätte ihn zweimal fast über Bord geworfen. Obwohl der Wind nur schwach wehte, schien er von allen Seiten gleichzeitig zu kommen. Beim zweiten Versuch mussten alle drei mit anpacken. Sie zogen mit aller Kraft an der Großschot und banden sie irgendwo fest. Da der Lümmelbolzen aus dem Beschlag gerutscht war, schlug der Baum immer wieder gegen den Mast.

Das zweite Segel schien einfacher zu handhaben zu sein. Allerdings musste man, um es zu setzen, am Bug stehen, wo man dem Wasser bedrohlich nah kam. Lucky hielt sich mit einer Hand am Vorstag fest und schraubte mit der anderen den Schäkel zu, die Finger steif vor Kälte. Wieder wäre er fast über Bord gegangen. Als er sich aufrichtete, sah er aus wie ein Fallschirmspringer. Er hatte das größere der beiden Vorsegel ausgewählt, obwohl das andere in besserem Zustand war. Das Mädchen hatte ihm erklärt, dass das kleinere Segel bei stärkerem Wind zum Einsatz käme. Dabei hatte sie geklungen wie ein Seebär, und Lucky hatte sie ehrfürchtig angeschaut.

Jetzt stand Lucky am Bug und legte den Kopf in den Nacken. Im Arm hielt er einen Haufen Leinen. Allein bei dem Anblick konnte einem schlecht werden. Nachdem er in dem Gewirr das richtige Fall gefunden hatte, flatterten endlich zwei dreieckige Segel im Wind. Das Tuch knatterte laut, und der Baum sauste über ihre Köpfe hinweg, als wollte er sie enthaupten. Die drei ließen sich auf einer Wuling nieder, zwischen zwei Winschen. Das Mädchen führte die Genuaschot durch den Holepunkt. Die Pinne bewegte sich von allein hin und her, als würde jemand unter Wasser mit dem Ruder spielen. Um sie herum schlug das Meer ungeduldig gegen die Bordwände. Lucky folgte den Anweisungen des Mädchens und belegte die Fallen und Schoten auf die Klampen am Mastfuß und die Klemmen im Cockpit. Dann hob er den Blick und prägte sich ein, welche Leinen wohin verliefen. Die dünne schwarze und die dicke rote gehörten zum Großsegel, die grüne und die beiden blauen zum Vorsegel. Das musste er sich merken. Schließlich machte er Knoten in die Enden, damit die Schoten nicht ausrauschen konnten.

Das ist die Genua, sagte das Mädchen. Und zeigte auf das Vorsegel.

Die Genua.

Sollte der Wind stärker werden, müssen wir das Groß reffen.

Aha.

Sonst kentern wir.

Was, wir können kentern?

Scheiße.

Jetzt müssen wir die Leinen loswerfen.

Lucky nickte. Er beugte sich vor und gab dem Mädchen einen Kuss auf die Nase. Der Kleine zog seine Collegejacke fester um sich, setzte die Kapuze auf, zurrte die Bänder fest und vergrub das Kinn in der Jacke. Die Segel flatterten wild im Wind, das Boot schaukelte beängstigend. Der Stoff seiner Jeans war eiskalt. Wenn es in der Kajüte nicht so gestunken hätte, hätte er sich hingelegt und bis zu ihrer Ankunft in England geschlafen.

Zwei Tage, hast du gesagt, oder?

Ja.

Warum haben wir dann so viel zu essen?

Zur Sicherheit.

Zwei Tage, hast du gesagt.

Wir müssen die Leine von der Boje lösen.

Das auch noch.

Dann wird sich das Boot zu einer Seite neigen. Je nachdem, von wo der Wind kommt.

Gut.

Einer von uns muss das Ruder übernehmen, und wir müssen die Segel trimmen.

Meine Hose stinkt nach Fisch.

Wir müssen aufpassen, dass wir dem Gezeitenkraftwerk nicht zu nah kommen.

Das Mädchen hatte die Worte ihres Onkels noch genau im Ohr. Sie fügte noch hinzu, dass sie sich von dem Felsen von Bizeux fernhalten mussten. Setzte sich ans Ruder und nahm die Pinne in die Hand. Streckte den Arm und schob sie nach links.

Ich steuere da lang.

Gut.

Wir müssen erst mal vom Ufer weg.

Okay.

Und dann auf Cézembre zuhalten.

Cézembre.

Der Baum wird gleich übergehen.

Aha.

Wenn alles gut geht, fügte sie hinzu. Und zuckte mit den Achseln.

Ich mache die Leine los. Bin sofort wieder da.

Tu das.

Ihr könnt mich mal.

Tu, was man dir sagt.

Die beiden anderen beobachteten, wie Lucky am Bug kniete und eine lange Leine einholte. Das Boot war nicht schwer, es wurde nur von einem einfachen Knoten gehalten. Wegen der Strömung hatten sie jetzt schon den Eindruck, sich fortzubewegen. Als Lucky sich wieder aufrichtete, zog die auslaufende Flut das Boot bereits vom Land weg. Es trieb rückwärts und begann, sich um die eigene Achse zu drehen. Das Großsegel hörte auf zu schlagen. Lucky kehrte ins Cockpit zurück. Das Mädchen wies ihn und den Kleinen an, eine der Schoten dichter zu holen, damit die Genua nicht auf das Deck schlug. Schon machten sie Fahrt. Wenn sie aufs Wasser schauten, hatten sie sogar den Eindruck, zügige Fahrt zu machen, doch wenn sie zur Küste sahen, wirkte es so, als kämen sie nicht vom Fleck. Das Mädchen behielt die Segel im Blick, so wie man es ihr als Kind beigebracht hatte. Das Ruder durchschnitt das Wasser, die Pinne vibrierte zwischen ihren verkrampften Fingern. Das alte Boot ächzte und stöhnte. Lucky stieß einen Schrei aus und schlug dem Kleinen auf den Rücken.

Siehst du, jubelte er. Wir segeln!

Na ja.

Sie legten ein paar Meter in Schlangenlinien zurück und stießen dann auf ihr erstes Hindernis. Eine massive Silhouette, von der eine Ankerkette ins Wasser führte, ragte plötzlich vor ihnen auf. Ein Stahlkutter mit weit aufgerissenem Bullauge schaukelte auf den Wellen. Das Mädchen versuchte anzuluven. Doch die Segel killten, und sie musste die Pinne wieder heranziehen. Jetzt hielten sie direkt auf den grauen Kutter zu. Sie wollte abfallen und hinter dem Achtersteven vorbeisteuern, als plötzlich im flachen Wasser schwarze Felsen auftauchten. Lucky brüllte ihr zu, sie solle wenden, doch sie halste so abrupt, dass die beiden Jungen übereinanderfielen. Der Baum raste über sie hinweg. Das Boot hielt kurz inne, als die Segel auf die andere Seite wechselten.

Die Slangevar ging mit dem Heck durch den Wind, und sie trieben gegen den grauen Kutter, ohne etwas dagegen tun zu können. Die Wanten der beiden Boote kamen sich in die Quere und vibrierten wie die Saiten eines Kontrabasses. Holz traf auf Stahl, es hörte sich an, als wollte das größere Schiff sie in Grund und Boden stampfen. Die Slangevar schrammte am Rumpf des Kutters entlang und nahm dann wieder Fahrt auf, als wäre nichts gewesen. Ihre Flucht war zur Flucht des Bootes geworden. Der Kleine hatte Luckys Knie in den Bauch bekommen. Er krümmte sich auf der Gräting zusammen.

Die Schoten!

Was?

Schnell!

Scheiße!

Lucky rappelte sich auf und folgte den Anweisungen des Mädchens. Er löste die Genuaschot und zog das Segel auf die andere Seite. Diesmal holte er die Schot so steif er konnte. Er drehte an der Kurbel, und die Winsch klickte wie eine Revolvertrommel. Die Slangevar neigte sich noch stärker zur Seite, hielt aber immerhin brav auf den großen Leuchtturm am Ausgang der Bucht zu. Das Beiboot zuckelte immer noch hinter ihnen her. Der Kleine stand auf und rieb sich den Bauch und die Arme. Er beobachtete die Handgriffe der anderen beiden mit der distanzierten Häme eines Seevogels. Seine weiße Jeans war völlig verdreckt.

Beweg dich, befahl Lucky.

Warum?

Auf See muss jeder mit anpacken.

Sie glitten dahin, stampfend, schlingernd und gierend, während das blasse Morgenlicht sie aufs dunkle Meer hinausschob. Wenn sie aufs Wasser blickten, hatten sie immer noch denselben trügerischen Eindruck von Geschwindigkeit, der sich nicht einstellen wollte, wenn sie zur Küste sahen. Dabei zogen sie einen langen Schweif Kielwasser hinter sich her. Das Morgenlicht färbte die Schaumkronen weiß und löste sie hinter dem Beiboot auf, das wie ein Hund an der Leine hinter ihnen herdümpelte. Kleine Wellen kräuselten sich vor dem Bug und liefen unbekümmert wie ein Kinderlachen an der Bordwand entlang. Wie aus dem Nichts tauchte ein Monstrum mit erleuchteten Fenstern vor ihnen auf, eine gigantische Fähre, die ihnen den Weg abschnitt. Sie steuerte auf den Anleger zu und machte sehr viel schnellere Fahrt als die Slangevar. Die schnell aufeinanderfolgenden Wellen, die sie erzeugte, brachten das Boot zum Schaukeln, als wäre es aus Styropor.

Der lose Baum schlug die ganze Zeit leicht gegen den Mast. Lucky und das Mädchen starrten besorgt auf das Wasser jenseits der Reling. Manchmal beugten sie sich über Bord und versuchten, unter der schwarzen Oberfläche etwas zu erkennen. Stellten sich unterseeische Strände aus feinem Sand zwischen Felsspalten und Steilwänden vor. Der Kleine beobachtete die beiden, aber sie konzentrierten sich so sehr auf die Navigation, dass sie seine Blicke nicht bemerkten.

Die Hände in den Taschen vergraben, die glänzenden Augen im Schatten der Kapuze. Immer wieder musste er schlucken. Wenn die anderen auf ihn geachtet hätten, hätten sie die Angst in seinen Augen sehen können. Er hasste sie. Wenn er hätte schwimmen können, wäre er ins Wasser gesprungen und zum Ufer geschwommen, das sich unerbittlich entfernte. Sein Magen fuhr Karussell und zog sich bei jeder Runde mehr zusammen. Er verfiel in düstere Gedanken. Nach ihrer Ankunft in England würde er sich an den anderen beiden rächen. Sie würden für das, was er durchmachen musste, bezahlen. Teuer bezahlen.

Das Fahrwasser zwischen den Felsen und dem gedrungenen Leuchtturm war schmal. Am Fuß des Leuchtturms brachen sich mächtige Wellen. Erst rollten sie scheinbar sanft heran, doch wenn sie auf den Fels trafen, explodierten sie. Weiße Flammen schossen in die Höhe, Warnschüsse und Feuerwerkskörper knallten. Sie passierten Cézembre und den Leuchtturm von Grand Jardin und wären fast mit der Tonne *Le Sou* zusammengestoßen. Das Mädchen steuerte sie leichthändig an allen Hindernissen vorbei. Als sie die letzten Felsen passiert hatten, stieß das Mädchen einen Jubelschrei aus. Dann bat sie die beiden anderen, die Schoten ein wenig zu fieren. Sie musste aufpassen, der Wind kam von achtern. Sie zeigte auf den Baum. Er könne jederzeit ohne Vorwarnung umschlagen. Die beiden anderen sollten achtgeben, dass er ihnen kein Ohr abriss.

Ein grüngelbes Fischerboot zog langsam an ihnen vorbei. Am Heck stand ein Mann in Seemannspullover. Er hob die Hand zum Gruß. Lucky winkte zurück und hatte Angst, der Mann würde auf sie zusteuern. Doch das Boot fuhr davon, und das Motorgeräusch verklang.

Endlich waren sie allein. Ganz und gar allein. Die Slangevar blieb einigermaßen auf Kurs und schien genau zu wissen, wo sie hinwollte. Der Kleine klammerte sich mit zusammengebissenen Zähnen an der Bank fest. Der Wind und das Morgenlicht spielten in seinem blonden Haar. Seine Jeans war nass, und jedes Mal, wenn ihn die Gischt traf, fragte er sich, wie er den Stoff jemals wieder trocken bekommen sollte. Er überlegte, ob er sich einen Müllbeutel als Spritzschutz um die Hüften binden sollte, entschied sich aber dagegen. Da kam er doch lieber mit einer schmutzigen Jeans in England an. Das werden sie mir teuer bezahlen, dachte er wieder. Wegen der Jeans und allem anderen. Immer wieder drehte sich ihm der Magen um, und er musste schlucken, um die Galle zurückzudrängen. Einen Klumpen groß wie ein Golfball oder ein Ei.

Der Kleine starrte verloren auf das dunkelgrüne Wasser.

Was machen wir hier eigentlich?

Wir hauen ab, antwortete Lucky.

Sie segelten. Segelten übers Meer. Das betagte Boot bewegte sich geschmeidig und flott durchs Wasser, so wie früher, als es noch jung und schnittig war. Immer wieder schüttelte es die Mähne und senkte den Kopf. Hinter ihnen fiel das Morgenlicht schräg auf die Festungs- und Hafenmauern von Saint-Malo. Noch wollte die Stadt nicht verschwinden. Von Westen her kreuzte eine weitere Fähre ihren Weg, ohne langsamer zu werden oder ihren Kurs zu ändern. Gleich darauf überholte sie eine dritte Fähre. Sie fuhr weniger als hundert Meter an ihnen vorbei und stieß ein lautes Tuten aus. Kurz und düster. Gewaltige Schiffsschrauben pflügten durchs Wasser und hinterließen ein weiß schäumendes Meer, wie von einem Schneebesen gepeitscht. Die Slangevar hielt kurz inne, stellte sich gerade und nahm dann wieder Fahrt auf. Auf dem Oberdeck der Fähre standen winzige Passagiere an der Reling und sahen auf sie herunter. Vielleicht fotografierte man sie sogar. Zwischen den Positionslichtern meinten sie Blitzlichter aufflammen zu sehen. Sie ahnten, was für einen malerischen Anblick sie boten. Eine Anmutung von Seenot und Schiffbruch.

Die Fähre fährt nach Plymouth!, rief das Mädchen. Und zeigte auf das weiße Ungetüm.

Das ist unsere Richtung.

Achteraus erschienen kleine weiße Punkte vor dem Hafen *Les Sablons*. Die ersten Jachten liefen aus. Die Erinnerungen an die Nächte, die sie am Hafen verbracht hatten, verstärkten das Gefühl der Kälte und Nässe. Das Mädchen hielt die Pinne nicht mehr ganz so verkrampft. Sie saß kerzengerade da, ihre Brüste wölbten sich unter der offenen Jacke. Vom Heck kam ein gleichmäßiges Gurgeln. Lucky grinste zuversichtlich und atmete erleichtert aus.

Bei der ersten Böe lernten sie, dass sie sich auf die Luvseite setzen mussten, um der Krängung entgegenzuwirken. Die Slangevar wollte ständig anluven, aber das Mädchen zog die Pinne immer wieder zu sich heran und hielt sie auf Kurs. Sie musste die ganze Zeit aufpassen, dass die Slangevar ihre Nase nicht in den Wind hielt, als wäre das Boot ein störrischer Hund, dem man verbieten muss, überall herumzuschnüffeln. Ihre Bewegungen waren ruckartig, aber präzise. Sie wunderte sich selbst über diese Genauigkeit. Zum ersten Mal in ihrem Leben erlebte sie die Freuden der Navigation. Niemand sah ihr über die Schulter und mäkelte an ihr herum. Niemand machte ihr Vorschriften. Lucky lächelte ihr zu. Er machte ein wissendes Gesicht, ein Gesicht, das sie bisher nicht von ihm kannte. Eine freundliche Welle trug die Slangevar auf ihrem Rücken, rollte mit den Schultern und schwang die Hüften. Vor ihnen lag das Meer. Das offene

Meer. Das Meer, das mit dem Himmel verschmolz, so weit das Auge reichte.

Die Slangevar pflügte durchs Wasser. Ihr Bauch war ein Zufluchtsort, an dem man sich verkriechen konnte wie in einem Baumhaus in einer mächtigen Eiche. Neben dem Niedergang befanden sich zwei runde Anzeigen. Die eine hatte eine Skala von null bis zwölf und eine reglose Nadel, die auf das Wort *knots* zeigte. Die andere war gewölbt und mit einer gelblichen Flüssigkeit gefüllt. Sie erinnerte an eine dieser Glaskugeln, die man schüttelt, und dann schneit es. Eine skalierte Scheibe drehte sich jedes Mal, wenn das Mädchen die Pinne bewegte. Darüber schwebte eine große Luftblase. Das ist der Steuerkompass, sagte das Mädchen. Sie kannte sich besser aus, als sie hatte durchblicken lassen. Damit können wir unseren Kurs bestimmen, erklärte Lucky dem Kleinen. Der Kompass war das einzige Navigationsinstrument, über das sie verfügten, sie konnten nur hoffen, dass er nicht den Geist aufgab. Lucky starrte eine ganze Weile darauf. Dann schrieb er ihren Kurs auf seinen Handrücken. 345 Grad, Nordnordwest.

Das Mädchen erklärte ihnen, wie der Kompass funktionierte. Dass die Windrose die Himmelsrichtungen anzeigte. Der Wind konnte aus allen möglichen Richtungen kommen, und man musste die Segel entsprechend einstellen. Man durfte auf keinen Fall direkt in den Wind hineinsegeln. Kam er von vorne, musste man tricksen und am Wind kreuzen. Allerdings verlangsamte einen dieser Zickzackkurs. Das Meer wurde zu einem Billardtisch, das Boot prallte von unsichtbaren Banden ab. Kam der Wind von hinten, war alles einfacher. Im Moment kam der Wind schräg von achtern. Er schob sie in die richtige Richtung. Ein leichter Wind aus Süden, manchmal auch aus Südwesten. Eine väterliche Hand auf dem Rücken, wenn der Weg zu steil ist.

Je mehr man am Wind segelt, desto mehr muss man die Segel spannen.

Klingt einfach.

Nicht unbedingt.

Werfen wir mal einen Blick auf die Karte, sagte Lucky.

Der Kleine räusperte sich. Er schluckte, fuhr sich mit der Zunge über die Zähne und sah zum Himmel hoch. Lucky sagte zu dem Mädchen, sie solle darauf achten, dass der Kompass immer in dieselbe Richtung zeigte. 345 Grad, wiederholte er laut. Nordnordwest. Dann spielte er an den Schoten herum, um zu sehen, wie die Segel reagierten. Nach einer Weile fand er heraus, wie man das Boot dazu brachte, sich auf die Seite zu legen, und wie man es wieder aufrichtete. Bei dieser Entdeckung stieß er ein Triumphgeheul aus. Er ließ die Slangevar schneller und langsamer werden. Zog an den Leinen wie an den Zügeln eines störrischen Pferdes. Zum Glück trieben sie der Wind und die Strömung aufs Meer hinaus. Wenn sie am Wind hätten kreuzen müssen, wären sie wohl auf einen Felsen aufgelaufen. Wer weiß, wie sie dann wieder an Land kommen würden. Und wie sie erklären würden, wie sie an das Boot gekommen waren. Sicher würde irgendein Fischer die Seenotrettung verständigen. Und die Wasserpolizei, dachte Lucky seufzend. Zu allem Überfluss riskierte er eine Anklage wegen Entführung Minderjähriger. Oder Schlimmerem. Das Mädchen würde zwar zu seinen Gunsten aussagen, aber man würde ihr nicht glauben. Ihre Eltern hatten genug Geld, um ihm die besten Anwälte des Landes auf den Hals zu hetzen. Sie würden ihn in der Luft zerreißen, selbst wenn er seine Unschuld beteuerte. Alle, denen sie unterwegs begegnet waren, würden gegen ihn aussagen. Vor allem auch die Familien der Dreckskerle, die er hatte anzünden müssen, um den Kleinen zu retten. Doch jetzt entfernten sie sich erst mal von der Küste. Sie segelten hinaus aufs Meer. Das Mädchen war mit ihnen auf der Flucht und würde ihnen helfen, England zu erreichen. Er richtete sich auf und sog die salzige Meeresluft ein. Lucky war in Hochstimmung. Das kannte man gar nicht von ihm. Der Kleine hingegen schmollte und starrte auf das vorbeiziehende Wasser.

Lucky stand auf dem Seitendeck. Seine Beinmuskeln passten sich den Bewegungen des Boots an. So wie er es sich bei einem echten Kapitän vorstellte. Er schirmte die Augen mit der Hand ab und starrte auf das Meer hinaus, das sich ihm darbot. Wie viele Männer vor ihm hatten empfunden, was er in diesem Moment zum ersten Mal in seinem Leben empfand? Im Blau des Himmels und des Meers lauerte keine Gefahr, und er war froh, dass er so einen schönen Tag für die Überfahrt ausgewählt hatte. Bald würden sie in England sein. Ein neues Leben beginnen.

Sie segelten auf der falschen Seite einer Untiefentonne vorbei, deren schwarze Pfeile nach unten wiesen. Fanden sie düster und abweisend. Das Mädchen murmelte, dass sie keine Ahnung habe, wozu das Ding da sei. Allein inmitten von aufgewühltem Wasser. Lucky sagte, man könne wahrscheinlich sein Boot daran festmachen, falls man mal eine Pause brauche. Oder falls ein Sturm aufziehe. Das Mädchen nickte zweifelnd. Wegen des hohen Wasserstandes blieben ihnen die Felsen verborgen, die direkt unter ihrem Kiel lauerten. Sie glitten einfach darüber hinweg, kamen aber in dem turbulenten Wasser ein wenig vom Kurs ab. Sie meinten, unter der Oberfläche einen Fischschwarm vorbeihuschen zu sehen. Was du sehen kannst, gehört dir, alles andere gehört Gott, sagte Lucky. Obwohl er vom Gegenteil überzeugt war.

Der Kleine krümmte sich auf der Bank zusammen. Das

Mädchen saß lächelnd an der Pinne und lauschte dem Glück, das durch ihren Körper pulsierte. Hin und wieder hob der Kleine den Kopf und beobachtete sie. Der Wind fuhr ihr durchs Haar, die Sonne wärmte ihren Oberkörper unter der offenen Jacke. Sie ließ den Kompass nicht aus den Augen. Nur manchmal warf sie einen Blick auf das Meer. Auf das Meer und auf Lucky, der breitbeinig und stolz dastand und den Bewegungen der Wellen folgte. Mit geradem Rücken und verschränkten Armen, wie ein echter Kapitän. Die Stadt war nur noch ein dunkler Streifen am Horizont. Abgesehen von ein paar Segelbooten in der Ferne waren sie allein auf dem Wasser. Lucky setzte sich zu ihr. Strich ihr über den Kopf und fuhr ihr mit den Fingern durchs offene Haar.

Du steuerst wie ein echter Seemann.

Wir müssen ein paar Manöver üben.

Und dann essen wir was.

Er küsste sie auf die Nase.

Freiheit, Wind und Meer!, rief sie triumphierend.

Ich hab Hunger, sagte der Kleine mit zusammengebissenen Zähnen. Dann drehte er sich um, hielt den Kopf über Bord und übergab sich.

Sie atmeten die Luft der ursprünglichen Tage. Vor ihnen erstreckte sich eine endlose Weite. Es kam ihnen vor, als hätten sie bisher nur Staub geatmet, Staub, Staub und noch mehr Staub. Ihre Lungen knisterten wie die eines Neugeborenen, ganz so, als erlebten sie auf dem Meer eine zweite Geburt. Das Meer erinnerte an einen See, über den kleine Wellen liefen. Sie waren weit und breit die einzigen Erhebungen, und das Auge hielt sich verzweifelt daran fest. Der Schaum, der von schwankenden Kämmen aus schwarzen Tälern gehoben wurde, wucherte wie niedriges Gebüsch, aus dem hin und wieder höhere Sträucher sprossen, die im nächsten Moment unter der Last einer zarten Frühlingsblume zusammenbrachen. Die tiefe Stille betäubte sie und ließ sie schwindeln. Machte ihnen weiche Knie. In der Ferne traf die Wasserwüste auf den Himmel. Dort warfen schwebende Wolken riesige Schatten und färbten große Flächen dunkel. Weit und breit gab es nichts, davon aber umso mehr. Ein Traumurlaub, hatte das Mädchen gesagt. Der Kleine war vollauf damit beschäftigt, sich zu übergeben.

Sie nahmen mehrere Wellen im rechten Winkel wie Hindernisse eines Hürdenlaufs. Instinktiv korrigierte das Mädchen den Kurs und näherte sich den Wellen schräg von der Seite. Nun war der Aufprall nicht mehr ganz so hart. Das Boot passte sich dem monotonen Auf und Ab des Wassers an. Die Slangevar tauchte den Bug ins Wasser und streckte das Heck in die Höhe. Den Bug in die Höhe und das Heck ins Wasser. Wie eine Wippe, deren Mittelachse sich am Mast befand. Der Kleine fragte die anderen, ob man an Seekrankheit sterben könne, und das Mädchen riet ihm, draußen zu bleiben und nicht unter Deck zu gehen. Die frische Luft werde ihm guttun. Davon kriegt man einen freien Kopf, sagte sie. Seit gut drei Stunden fraß sich die Slangevar durch die Wellen wie eine Nähmaschine durch dicken Samt. Mit ihrem vollen Gewicht versuchte sie, die gekräuselte Oberfläche zu glätten. Lucky machte Wasser auf dem Gaskocher heiß. Servierte ihnen Instantkaffee in drei verbeulten Blechtassen, an denen sie sich die Finger verbrannten.

Die Jungen saßen nebeneinander an Deck. Sie lehnten am Aufbau, die Arme um die angezogenen Knie geschlungen. Wunderten sich über das Killen des Großsegels. Es war, als tippte der Wind unaufhörlich mit seinen Fingerspitzen dagegen. Lucky musterte jedes Einzelteil des Bootes, als wollte er begreifen, welchem Zweck es diente, verstünde die zugrundeliegende Logik aber nicht. Dass man die Pinne nach rechts drücken musste, um nach links zu steuern, war ihm klar, aber dann waren da noch all die scheinbar überflüssigen Leinen. Das geheimnisvolle Schwertfall unter Deck. Ganz zu schweigen von den Windfäden, die beidseitig vom Mast an den Wanten hingen. Nichts an Bord war überflüssig. Alles hatte seinen Sinn, jedes Ding hatte im Verlauf der Jahrhunderte eine bestimmte Aufgabe zugewiesen bekommen. Das subtile Zusammenspiel der Einzelteile bot ihnen eine gewisse Sicherheit. Unzählige Seeleute waren wegen durchgescheuerter Leinen und vermoderter Planken im Meer ertrunken. Allerdings musste man erst einmal verstehen, was passierte, wenn man an dieser oder jener Leine zog, die derzeit vollkommen unnütz war. Der kleinste Fehler konnte dramatische Folgen haben, vor allem, wenn der Wind auffrischte und sich Seegang aufbaute.

Der kaputte Außenborder ließ ihnen keine Wahl. Lucky sagte immer wieder, dass sie nicht lang unterwegs sein würden. Ihr Abenteuer stand unter einem guten Stern, und das Glück werde wettmachen, dass sie Grünschnäbel und keine Seebären waren. Doch manchmal kamen ihm selbst Zweifel. Er trug die Verantwortung für das Unterfangen, das ganz allein seine Idee gewesen war. Lieber sterben als in den Knast gehen, hatte er gedacht, als er die verkohlten Leichen von Dolceacqua hinter sich gelassen hatte. Der Kleine durfte auf keinen Fall den Glauben an ihn verlieren. Die Grausamkeit des Meeres war ein Witz im Vergleich zu dem, was sie an Land erlebt hatten. Trotzdem wäre alles, was ihnen zustieß, seine Schuld. Ihrer aller Schicksal hing an seiner Entscheidung, einer Entscheidung, durch die er zu ihrem Anführer geworden war, einem ebenso genialen wie größenwahnsinnigen Anführer.

Das Mädchen saß immer noch am Ruder, und die drei vermieden es, einander anzusehen. Vor Langeweile wirbelten ihre Gedanken durcheinander, als wären sie in einem Schleppnetz gefangen. Wie Seevögel ließen sie ihre Blicke unaufhörlich über das Wasser schweifen, doch diese prallten von der Oberfläche ab. Allmählich dämmerte ihnen, dass es kein Zurück gab. Alles, was vorher geschehen war, war nur ein unwirklicher Traum. Hin und wieder blitzten ein paar Bilder aus der Vergangenheit auf. Zwar waren sie schon seit Marseille auf der Flucht, aber zum ersten Mal war ihr Aufbruch endgültig. In Plymouth würden sie ein großes Guinness trinken, hatte Lucky den anderen beiden versprochen. Um sie in Sicherheit zu wiegen. Dann hatte er überlegt, was er noch sagen könnte, um sie zu motivieren wie ein Fußballtrainer. Er fragte sich, was die Engländer eigentlich aßen. Rührei und Hamburger. Im Grunde war das egal, sie würden sich mit allem zufriedengeben. Wenn sie erst mal da wären.

Seit dem Tagesanbruch machten sie gute Fahrt. Ein nervöser Wind strich über die Segel, und die Strömung zog sie aufs Meer hinaus. Nach einer Weile lernten sie, die Winschen zu gebrauchen, um ihre Arme zu schonen. Sie holten die Schoten dicht und belegten sie, wobei sie viele nutzlose Schlaufen schlugen. Die Winschen klickten, die angeknallten Segel litten stumm. Die Slangevar wollte bauchigere Segel. Da der Baum nicht mit dem Mast verbunden war, drohte das Großsegel zu reißen. Sie flogen über das Wasser, sie hatten keine Kontrolle über die Geschwindigkeit, sie befanden sich im freien Fall. Tränen liefen ihnen über das Gesicht. Jede Gewichtsverlagerung, jede Geste wirkte sich auf ihren Kurs und auf die Segel aus. Sie wunderten sich, wie viel Chaos eine unüberlegte Bewegung anrichten konnte. Die Slangevar zog einen gewundenen Pfad hinter sich her, keine schnurgerade Allee.

Je weiter sie sich von der Küste entfernten, desto häufiger warfen sie verstohlene Blicke zurück. Als der dunkle Streifen im Dunst verschwand, befanden sie sich inmitten eines perfekten Kreises. Wohin das Auge blickte, nirgends Land. Nur endlose Wassermassen. Die drei zerbrechlichen Körper und die paar zusammengenagelten Planken hatten hier eigentlich nichts zu suchen. In regelmäßigen Abständen beugte sich der Kleine über die Bordkante und erbrach sich keuchend. Er spuckte und spuckte und wischte sich hinterher mit der flachen Hand die Speichelfäden vom Kinn. Die Kapuze straff um das bleiche Gesicht gezurrt. Denk immer daran, dass die Erde rund ist, sagte das Mädchen zu ihm.

Mit einem geheimnisvollen Raunen. Aber vielleicht hatte er das auch nur geträumt, denn als er sich umdrehte, saß sie gähnend am Ruder. Lucky dämmerte vor sich hin, die Stirn auf die Knie gelegt.

Zwei kräftige Böen legten die Slangevar auf die Seite. Keiner hatte sie kommen sehen, obwohl sie das Meer vor ihnen schwärzten. Die Slangevar drehte sich in den Wind und krängte so sehr, dass die Reling auf der Leeseite ins Wasser geriet. Der Kleine schrie auf, presste den Rücken an die Reling und klammerte sich an der Scheuerleiste fest. Drinnen fielen unzählige Gegenstände aus den Regalfächern und polterten durch die Kajüte. Im nächsten Moment richtete sich die Slangevar wieder auf. Nahm brav wieder Fahrt auf und freute sich über den kleinen Streich, den sie ihnen gespielt hatte. Als sie sich von dem Schreck erholt hatten, begriffen sie, dass sie ständig auf der Hut sein mussten. Alles, was sie mühsam eingeräumt hatten, war herausgefallen und lag jetzt durcheinander auf dem Boden. Im fauligen Bilgenwasser. Lucky übernahm das Aufräumen und klemmte die Sachen, so gut es ging, in den Schwalbennestern fest. Warf ein durchweichtes Toastbrot und ein aufgeplatztes Paket Reis über Bord. Die Fische würden sich freuen. Dann versuchte er, einen Scherz zu machen, aber sein Blick war ernst. Das Ereignis hatte etwas von einem bösen Omen.

Der Kleine krümmte sich weiterhin zusammen, das Mädchen konzentrierte sich aufs Steuern. Lucky lief zwischen Kajüte und Cockpit hin und her. Stellte ihnen alle möglichen sinnlosen Fragen, um sie zum Reden zu bringen. Kochte noch einen Kaffee. Bot ihnen Zigaretten an. Eine tiefe Apathie hatte sie erfasst, die sie nicht abzuschütteln vermochten. Das Schaukeln ihrer schwimmenden Wiege lullte sie ein. Dennoch wurden ihre Schritte an Deck immer sicherer und ihre Bewegungen präziser. Manche Handgriffe waren ihnen bereits zur Gewohnheit geworden. Ihr Körper passte sich dem Seegang an. Die Muskeln entspannten sich. Die Knochen wurden weicher, und die hoch stehende Sonne spannte ihre Haut und verbrannte ihnen Nase und Ohren. Am Bug stolperten sie mit nackten Füßen über eine hervorstehende Planke. Der Magen des Kleinen war leer und gönnte ihm eine kleine Pause.

Sie wechselten sich am Ruder ab. Das Mädchen erklärte ihnen alles, woran sie sich erinnerte. Wie schwer es war, am Wind zu bleiben, wie gefährlich Manöver bei rauem Wind waren, weil dann der Großbaum unkontrolliert von einer Seite auf die andere schlägt. Sie sprach von Wenden, von back- und steuerbord, von Krängung. Von Bäumen, die Segler erschlagen hatten, und von Halsen, die kein Körperteil waren. Die anderen hörten ihr aufmerksam zu. Mit gerunzelter Stirn schienen sie jedes Wort anzuzweifeln, als könnte es auch etwas ganz anderes bedeuten.

Das ist alles, sagte sie schließlich.

Nicht schlecht.

Mein Onkel hat ein Segelboot.

Na dann.

Früher bin ich oft mit ihm rausgefahren. Ich habe mich an Deck gesonnt. Mit meinen Cousins.

Und, wie war das?

Langweilig. Es gibt nichts Langweiligeres als das Meer. Außer der Schule vielleicht.

Der Vormittag brachte sie ohne Zwischenfälle hinaus aufs offene Meer. Sie hatten den Eindruck, mehr oder minder geradeaus zu segeln. Allerdings hätte ihr Kurs sie unweigerlich zu den Riffs des Plateau des Minquiers oder der Chausey-Inseln geführt. Zum Glück änderte die Strömung ihren

Kurs, ohne dass sie etwas davon mitbekamen. Sie waren völlig ahnungslos, aber ihre Reise stand unter einem guten Stern, und so wurde aus dem Norden unmerklich Westen. Seit dem frühen Nachmittag zeigte der Kompass 315 Grad. Hinter ihnen franste die weiße Spur aus wie ein Kondensstreifen am Himmel. Das orange Beiboot folgte ihnen treu, es hüpfte über die Wellen und scherte manchmal gefährlich weit aus. Sie saßen im Cockpit und aßen Toast mit Dosensardinen. Das Öl, in das die Fische eingelegt waren, spülte ihnen das Salz von den Lippen und brachte ihr Grinsen zum Glänzen. Der Kleine würgte sein Brot mit einer Grimasse hinunter. Nach den ersten Bissen machte er einfach weiter. Obwohl er alles wieder erbrechen würde. Hinterher rauchten sie stumm und tranken lauwarmes Bier. Die Weite des Raums, die sich ihnen darbot, kam ihnen unfassbar vor. Die kühle Luft brannte ihnen auf der Haut. Die Planken unter ihren rauen Händen, aufgescheuert von den Schoten, fühlten sich samtweich an.

Das Mädchen steuerte mit dem Oberschenkel. Immer wieder warf sie einen Blick auf die Segel und korrigierte den Kurs. Indem sie ihre Schenkel zusammenpresste und öffnete. Lucky sagte mit ernster Stimme, ihr Boot sei weit und breit die einzige bewohnte Insel. Bei diesem Gedanken stöhnte der Kleine auf. Doch er beruhigte sich schnell wieder. Seine Jeans war klamm, das weiße T-Shirt steif vom Salz. Ihm war immer noch übel, aber er musste zugeben, dass ihre Flucht eine gute Wendung genommen hatte. Sie hatten alle möglichen Wege nach England durchgespielt, und dieser hier war mit Abstand der glanzvollste. Stattdessen hätten sie sich auch auf einem Lastwagen verstecken können, zwischen Paletten oder im Fahrgestell. Allerdings konnten Grenzbeamte Menschen durch Metallwände riechen. Vielleicht hätte man sie verprügelt oder in Abschiebehaft genommen. Oder sie gleich ins Gefängnis gesteckt, falls das mit Italien aufgeflogen wäre. Jetzt konnten sie die verkohlten Leichen endlich hinter sich lassen. Seekrank zu sein war da das kleinere Übel. Außerdem war der Brechreiz mit vollem Magen erträglicher. Mammons Gespenst blieb in den Alpen zurück, über tausend Kilometer entfernt. Der Kleine genoss die nahezu lautlose Geschwindigkeit des Segelboots. Bald hätte er alles hinter sich. Er musste nur noch kurz die Zähne zusammenbeißen.

In diesem Moment fragte Lucky, wo er die Seekarten hingeräumt habe. Der Kleine ließ ihn die Frage zweimal wiederholen und druckste dann eine Weile herum. Schließlich erzählte er von dem unfreundlichen Buchhändler in Saint-Malo. Lucky regte sich tierisch auf und beschimpfte ihn wüst. Das Mädchen, das an der Pinne saß, zog den Kopf ein und hielt sich mit der freien Hand ein Ohr zu.

Du Idiot! Das war das Einzige, worum du dich kümmern solltest!

Ich wusste ja nicht, dass es so wichtig ist.

Alles muss man selber machen!

Rechter Haken, linker Haken. Lucky schlug abwechselnd mit beiden Fäusten auf ihn ein. Der Kleine hielt sich schützend die Arme vor den Kopf und versuchte unter dem Reitbalken in Deckung zu gehen. Lucky versetzte ihm Fußtritte, bis das Mädchen sein Bein umklammerte und ihn anbrüllte, er solle aufhören. Als sie die Pinne losließ, ging das Boot in den Wind. Die Segel erschlafften abrupt, und die drei stürzten zu Boden. Das Boot vollführte eine Art Z und drehte sich einmal um sich selbst. Das Beiboot stieß gegen den Rumpf, der Baum hätte fast die Wanten abgerissen. Er sauste zweimal wie ein Schwert über ihre Köpfe hinweg.

Der Kleine steckte noch mehrere Schläge ein, aber sie wurden immer schwächer. Er blutete aus der Nase, und an seiner Schläfe begann sich ein Bluterguss zu bilden. Als er sich aufrappelte, zog Lucky wie wild an der Großschot. Das Mädchen hatte sich wieder ans Ruder gesetzt. Stumme Tränen liefen ihr übers Gesicht. Sie brachte die Slangevar ungefähr auf denselben Kurs wie vor dem Gewaltausbruch. Die schlecht getrimmte Genua killte und warf Beulen, die aussahen wie schauerliche Grimassen. Lucky schimpfte vor sich hin, der Kleine schniefte. Er hielt sich mit Daumen und Zeigefinger die Nase zu, damit kein Blut auf sein weißes T-Shirt tropfte.

Ich wusste nicht, dass es so wichtig ist.

Halt die Klappe.

Bisher haben wir doch nie eine Karte benutzt.

Halt's Maul, sag ich.

Was würde uns so eine blöde Karte schon bringen?

Du hast mir nicht zugehört, jetzt höre ich dir nicht zu.

Mehr sagte Lucky nicht. Er belegte die Schot auf einer Klemme und verschwand unter Deck. Sie hörten ihn fluchen und in den Regalfächern herumkramen. Als er zurückkam, war seine Miene hart. Der Blick düster. Der Kleine geriet wieder in Panik. Lucky tippte mit einer Packung Taschentücher auf das *Handbuch des bretonischen Seemanns*. Erklärte feierlich, das sei ihr einziges Hilfsmittel zur Navigation. Er warf dem Kleinen die Taschentücher zu, ließ sich auf die Bank fallen und schlug das Buch auf. Verfolgte die Worte, die er vorlas, mit dem Finger.

DIESES HANDBUCH DIENT DER ALLGEMEINEN ORIENTIERUNG UND NICHT DER NAVIGATION. ES KANN KEINE SEEKARTEN ERSETZEN.

Lucky blätterte in dem Buch. Sein Grinsen erstarrte, als er eine Doppelseite mit einer Weltkarte aufschlug, übersät von kleinen schwarzen Pfeilen, die die Meeresströmungen anzeigten. Auf der Karte waren nur eine Handvoll Inseln eingezeichnet, kleiner als Stecknadelköpfe. Mehr nicht. Er fand einen Gezeitenkalender und ein paar Sinnsprüche, die er in ironischem Tonfall vorlas. *Das Meer gibt, das Meer nimmt. Nur wer weiß, wo er hinsegeln will, setzt die Segel richtig. Man kann keine neuen Ozeane entdecken, wenn man nicht den Mut hat, die Küste aus den Augen zu verlieren.* Und so weiter.

Ganze Kapitel sollten ihnen die Einfahrt in Häfen erleichtern, die sie nie besuchen würden, von der Somme-Bucht im Norden Frankreichs bis zur Bucht von Chingoudy an der spanischen Grenze. Nichts davon half ihnen, ihre Position zu bestimmen, jetzt, wo kein Land mehr in Sicht war. Das Handbuch schien sich mit seinen Sprichwörtern und rätselhaften Tabellen über sie lustig zu machen. Lucky zeigte auf den schmalen Meeresarm, der Frankreich und England voneinander trennte. Verkündete, dass sie irgendwo auf diesen drei Zentimetern seien. Drei Zentimeter für Millionen Kubikmeter Wasser. Das Buch half ihnen nicht weiter. Er blätterte die Seiten um, als handelte es sich um eine Zeitschrift. Dann warf er ihnen das Handbuch vor die Füße und stemmte die Fäuste in die Hüften.

Ohne Karte sind wir tot.

Der Kleine unterdrückte einen Brechreiz. Dachte, dass das in ihrer Situation sowieso keinen Unterschied machte. Lucky tat oberschlau, aber er hätte eine Seekarte gar nicht lesen können. Davon war der Kleine überzeugt. Er sah hinaus aufs Meer und fragte sich, was man auf einer Seekarte überhaupt erkennen konnte. Wahrscheinlich nichts. Eine Seekarte war nichts als ein blaues Rechteck, auf dem Segler irgendwelche Linien einzeichneten, nachdem sie alle möglichen komplizierten Rechnungen angestellt hatten, um herauszufinden, auf welcher Welle sie sich befanden. Auf einer Landkarte war eingezeichnet, was man sah. Eine Seekarte war nichts als ein leeres Blatt. Ohne jeden Anhaltspunkt. Der Kleine rollte mit steifen Fingern ein Stück Taschentuch zu einem Pfropfen und schob ihn sich in die Nase. Zuckte mit den Schultern und starrte auf das Nichts vor dem Bug.

Da müssen wir lang, sagte er.

Lucky und das Mädchen warfen ihm vernichtende Blicke zu.

Wir dürfen jetzt nicht aufgeben.

Halt die Klappe.

Rechts von ihnen zog die MV Armorique vorbei und bedachte sie mit einem wütenden Tuten. Nachdem die gigantische Metallwand an ihnen vorbeigezogen war, tanzte die Slangevar auf den Wellen. Auf den Decks der Fähre standen Menschen und sahen auf sie herab, als beobachteten sie eine Schule Delfine, die sich im Wasser tummelt. Das Mädchen hob den Zeigefinger und fuhr sich lasziv über die Lippen. Die Geste missfiel dem Kleinen. Als die Schaulustigen ihr zuwinkten, wiederholte das Mädchen die Geste und fand sichtlich Gefallen daran. Dann konzentrierte sie sich wieder aufs Steuern. Das Segel war erschlafft und drohte schon wieder umzuschlagen. Lucky hob das Handbuch auf und vertiefte sich in die Weltkarte. Dann wies er das Mädchen an, ihren Kurs um 30 Grad nach Norden zu korrigieren. Das sollte ungefähr hinkommen, sagte er. Sie mussten sich vor den Inseln und Riffs in Acht nehmen.

Das Mädchen bewegte langsam die Pinne, um die 340 Grad zu erreichen, aber das viel zu dicht geholte Groß drohte überzugehen, und die Genua war kurz vor dem Einfallen. Die Slangevar schlingerte stark. Das Mädchen war überzeugt, dass sie den Kurs hätte halten können, wenn die Segel besser getrimmt gewesen wären, aber sie wagte nicht, Lucky darum zu bitten, die Schoten zu fieren. Kurz überlegte sie, ob sie eine Halse fahren und auf Schmetterlingskurs gehen sollte. Dem Manöver hätte es nicht an Schneid gemangelt, aber sie hätte sich keinen Fehler erlauben dürfen, und die Gefahr war groß, dass sie es verpatzte. Deshalb behielt sie ihren ursprünglichen Kurs bei. Und entschuldigte sich deswegen bei Lucky. Der murmelte, das gehe schon in Ordnung. Den Kurs nach dem Gefühl zu bestimmen war eine Navigationsmethode vergangener Zeiten, denn Menschen machten Fehler, und auf die Intuition war nicht immer Verlass. Trotzdem hatten Generationen von Seeleuten darauf vertraut. Viele von ihnen waren sicher in den Hafen zurückgekehrt und gleich wieder ausgelaufen, um fremde Länder zu entdecken und gefährlichen Riffs zu trotzen.

Das Meer glitzerte in der Sonne, und sie mussten die Augen mit der Hand abschirmen. Irgendwann würde unweigerlich die Nacht kommen. Doch erst einmal schoben sie diesen Gedanken beiseite. Sie vermieden das Thema, solange es ging. Der Wind kam aus Südwesten und brachte warme Luft und eine für die Jahreszeit ungewöhnlich stabile Wetterlage mit. Das Mädchen und Lucky trugen nur einen Pullover, während der Kleine seine Collegejacke enger um sich zog. Das Boot machte gute Fahrt. Die Langweile war greifbar, die Stille beklemmend. Das Mädchen fragte leise, was sie tun solle, wenn sie mal müsse. Die Frage stellte sie sich schon seit geraumer Zeit. Die Jungen hatten schon zweimal ihre Blase geleert. Sie hatten sich einfach am Achterstag festgehalten und ins Wasser gezielt. Auf dem kleinen weißen

Segelboot gab es keine Toilette. Keine Dusche und keine Toilette. Und ringsherum war nichts als Wasser.

Unter einer der Kojen steht ein Eimer.

Da steht WC drauf. Mit schwarzem Edding.

Das Mädchen zog eine Grimasse und hob schicksalsergeben die Hände.

Und hinterher?

Der Kleine und Lucky grinsten breit.

Am besten schöpfst du vorher etwas Meerwasser in den Eimer.

Wie ekelig.

Das Mädchen zögerte und sah sich an Deck um. Wenn sie sich breitbeinig auf die Bank stellte, könnte auch sie über Bord urinieren. Als Kind hatte sie das manchmal getan. Aber sie wollte nicht, dass Lucky und der Kleine ihr dabei zusahen. Sie schämte sich und hatte Angst vor ihren Reaktionen. Menschen sind auch nur Tiere, dachte sie und sah aufs Meer, bis der Drang schier unerträglich wurde. Sie presste die Knie zusammen und biss sich auf die Lippe. Lucky half ihr aus der Klemme.

Wir gehen schwimmen.

Was? Hier?

Das Meer ist ruhig, die Sonne warm.

Der Kleine machte ein skeptisches Gesicht, während Lucky schon darüber nachdachte, wie er das Boot anhalten konnte. Er befahl dem Mädchen, die Pinne heranzuziehen. Das Boot drehte sich und verharrte kurz auf der Stelle, die Nase im Wind. Die Segel flatterten. Das Rigg ächzte und stöhnte, der Baum schlug gegen den Mast wie der Klöppel einer Glocke. Schon war der Moment vorbei. Die Segel gingen auf die andere Seite über, das Boot änderte seinen Kurs und nahm wieder Fahrt auf, langsam zunächst, dann immer zügiger. Es überwand die Wellen mit der Gleichmäßigkeit eines Karussellpferdes. Lucky rief ihnen zu, das sei eine gute Übung, und entwirrte die Leinen, in denen sich seine Füße verfangen hatten. Beim zweiten Mal legte das Mädchen die Pinne langsamer um. Als das Tuch im Wind zu flattern begann, befahl sie den anderen, die Segel zu bergen. Unfreiwillig wendeten sie erneut, und es brauchte zwei, drei mühsame Manöver, bis die Slangevar nackt war. Ihr entblößter Mast ragte in den Himmel und zog über ihren Köpfen Kreise wie ein Geier.

Eine schwache Dünung, die sie bisher nicht bemerkt hatten, ließ das Boot stampfen und warf alles, was sie nicht richtig eingeräumt hatten, durch die Kajüte. Das Auf und Ab hatte eine fatale Wirkung auf den Kleinen, der es gerade noch schaffte, den Kopf über Bord zu halten, bevor er einen Schwall Erbrochenes von sich gab. Halb verdautes Toastbrot und Sardinenstücke glitzerten auf dem Wasser. Die Segel rutschten an Deck hin und her, der Baum polterte auf das Kajütdach und hinterließ Kratzer in der Farbe. Ohne die Segel sah die Slangevar aus wie ein gestrandetes Wrack. Das orange Beiboot stupste ihm in die Seite.

Inmitten dieses Aufruhrs zog sich Lucky komplett aus. Das Mädchen lachte, der Kleine wandte den Blick ab. Lucky verschwand unter Deck und kehrte mit einer Schwimmweste zurück. Knotete eine Leine an den Gurten der Weste fest und schlang das Ende mehrmals um eine Klampe. Auf dem Kragen der Weste stand SLANGEVAR, SM. SM für den Heimathafen Saint-Malo. Vermutlich hatte jemand dafür denselben schwarzen Edding benutzt wie für das W und das C auf dem Toiletteneimer. Lucky probierte die Plastikpfeife aus, die wie ein Spielzeug vor seiner Brust baumelte. Zwei identische Töne gellten durch die Luft und verloren sich in der Ferne.

Das Wasser ist bestimmt eiskalt, sagte der Kleine kopfschüttelnd.

Zehn, zwölf Grad, schätze ich.

Du bist verrückt.

Lucky sprang ohne Vorwarnung ins Wasser, um die anderen beiden zu beeindrucken. Er versank in den schwarzen Fluten und tauchte erst nach mehreren Metern wieder auf. Spuckte eine Ladung Salzwasser. Kreischte und kämpfte gegen unsichtbare Arme, die ihn in die Tiefe ziehen wollten. Während er um sich schlug, warf er einen Blick unter Wasser. Sah nichts als das Salz, das ihm in den Augen brannte. Das Seil, das ihn mit dem Boot verband, spannte sich und zog ihn zum Beiboot. Er klammerte sich daran fest und schnappte nach Luft. Das Mädchen stand abrupt auf und zog sich ebenfalls aus. Von Kopf bis Fuß. Lief bibbernd unter Deck und holte die zweite Schwimmweste. Der Kleine starrte ihr hinterher, als sie im Niedergang verschwand. Er konnte nicht anders. Als sie wieder zum Vorschein kam, musterte er sie verstohlen von vorne. Ein krauses braunes Dreieck vor weißer Haut. Hastig wandte er den Blick ab und hörte, wie sie mit einem spitzen Schrei ins Wasser sprang. Beobachtete, wie die beiden aufeinander zuschwammen.

Das braune Dreieck stand ihm noch immer vor Augen, wie ein Fleck auf der Hornhaut. Ihre Hände umklammerten einander, die Füße traten Wasser, damit der Kopf nicht unterging. Sie küssten sich lachend und zitternd. Reckten den Hals aus den Schwimmwesten, in denen sie sonst bis zu den Ohren versunken wären. Der Kleine ahnte, dass das Mädchen die Gelegenheit zum Pinkeln nutzte. Stellte sich vor, wie ihr der Urin warm über die Haut lief. Als er die beiden wie Stehaufmännchen auf dem Wasser tanzen sah, zog er eine Grimasse. Er wandte sich ab und griff nach der Pinne. Um sie festzuhalten und damit er etwas zu tun hatte.

Er stellte sich vor, was wäre, wenn er die Leine durchschnitt, die die beiden mit dem Boot verband. Gleichzeitig würde er den Knoten lösen, mit dem das Beiboot befestigt war. Das wäre ihre einzige Rettung. Eine simple, endgültige Entscheidung. In den verbleibenden Stunden bis England wäre er der einzige Kapitän an Bord. Das Steuern schien nicht schwer zu sein. Die beiden würden hilflos auf dem Meer treiben, und Lucky wäre gezwungen, das Mädchen zu essen, falls sie nicht bald irgendwo an Land gespült wurden. Die Strömung würde sie hinaus auf den Atlantik tragen, vielleicht sogar noch weiter, zu Südseeinseln, wo einheimische Schönheiten ihnen Blumengirlanden um den Hals legen würden. Vielleicht würden sie auch von Haien gefressen. In allen Weltmeeren lauerten Haie. Und Muränen und Kraken, die dir ihre Tentakel um die Beine schlangen. Die dich langsam in die Tiefe zogen, zum Ursprung allen Lebens, zu den Bakterien, die sich im Urschlamm tummelten.

Er versuchte, sich Lucky in dem orangen Kunststoffboot vorzustellen, allein mitten auf dem Atlantik. Er versuchte sich vorzustellen, wie er den Unterschenkel des Mädchens wie eine Lammkeule hielt und herzhaft hineinbiss. Dann fragte er sich, was er selbst in einer solchen Situation tun würde. Bei der Vorstellung, wie er seine Zähne in das noch warme Fleisch schlug, wurde ihm speiübel, und er schob den Gedanken rasch beiseite. Kauerte sich neben der Pinne zusammen. Zündete sich in der hohlen Hand eine Zigarette an. Schon kam das Mädchen zum Boot zurückgeschwommen. Lucky folgte ihr, aber seine Füße verhedderten sich in der Leine. Der Kleine reichte ihnen eine Hand und half ihnen an Bord. Sie wickelten sich in ihre Handtücher und klapperten laut mit den Zähnen. Ihre Haut war blau, das Haar klebte ihnen am Schädel. Sie hörten ihren eigenen Herzschlag in der Luft vibrieren. Das Mädchen versuchte zu sprechen, aber jede Silbe klang, als bisse sie in einen Apfel.

Schon ko-komisch, sagte sie.

Lucky nickte und schwieg. Ihre Lippen waren schwarz. Ihre vom Salz geröteten Augen scheuerten an den rauen Lidern, ihre Haut sah aus wie die einer gerupften Gans. Sie zogen hastig die Schwimmwesten aus und rieben sich gegenseitig mit eckigen Bewegungen warm. Hüpften auf und ab, sodass der Rumpf auf das Wasser klatschte. Auf beiden Seiten des Kiels bildeten sich kleine Wellen, die einander verfolgten, bevor sie mit dem Meer verschmolzen.

Das Wa-asser ist zu tie-ief. Man hat das Gefü-ühl, da u-unten ist was, das dich be-berührt. Dich in die Tiefe zieht.

Lucky nickte immer weiter. Er wurde von Krämpfen geschüttelt, die wie Stromstöße durch seinen Körper fuhren. Das Blut rauschte schmerzhaft kribbelnd zurück in seine Arme und Beine. Sie zogen sich Pullover über und schlangen sich die Handtücher um die Hüften. Schmiegten sich aneinander, direkt vor den Augen des Kleinen, der zum Horizont starrte.

A-als wäre der Kö-örper zu schwer.

Ach so, sagte der Kleine.

Er schnippte den Zigarettenstummel ins Wasser.

Wir sind hier nicht am Strand. Das hier ist das Meer.

Die Segel wieder zu setzen war kein Kinderspiel. Das Kopfbrett wollte sich nicht über die Saling hinausziehen lassen. Bei jedem Versuch rutschte der Baum aus dem Beschlag. Vor Kälte waren ihre Arme taub und ihre Finger steif. Immer wieder mussten sie gähnen. Eigentlich hätten sie ein paar Runden rennen müssen, um sich aufzuwärmen, aber auf den vier oder fünf Quadratmetern, die ihnen zur Verfügung standen, war dafür nicht genug Platz. Lucky riss sich die Handfläche an einer hervorstehenden Niete am Mast auf. Ein tiefer, unsauberer Schnitt. Das Mädchen verband ihm die Hand so dick, dass er große Mühe hatte, das Vorliek in die Nut einzuführen. Das Blut war ihm am Arm runtergelaufen und aufs Kajütdach getropft. Immer wieder traten sie in die Lache und verteilten das Blut an Deck. Während Lucky an dem Segel herumfummelte, hatte er keine freie Hand mehr, um sich auf dem schwankenden Boot festzuhalten. Eine Hand für den Mann, die andere fürs Boot, rief das Mädchen ihm zu. Das hatte ihr Onkel immer gesagt. Und als das Kopfbrett endlich oben angekommen war, ließ der Kleine auch noch das Fall los. Sie mussten wieder von vorn beginnen.

Die ganze Zeit trieben sie steuerlos auf dem Meer. Lucky fragte sich, ob die Strömung stark genug war, um sie völlig vom Kurs abzubringen, oder ob ihnen das Glück weiterhin hold wäre. Er zitterte am ganzen Körper, seine Zähne schlugen aufeinander. Er schüttelte sich und schob die Fragen, auf die er ohnehin keine Antwort hatte, beiseite. Am Morgen, wenn sie England erreichten, würden sie es erfahren. Ein kaum spürbarer Seegang wiegte die Slangevar sanft hin und her, eine leichte Brise bauschte die Segel. Raumschotskurs, sagte das Mädchen. Oder: Halber Wind von backbord. Komplizierte Worte für einfache Dinge. Lucky saß am Ruder. Er achtete darauf, dass die Nadel des Kompasses immer auf 280 Grad blieb.

Die Slangevar krängte. Krängte immer stärker. Seit dem Morgen lag ein unsichtbarer Finger auf dem Mast und brachte sie aus dem Gleichgewicht. Ringsherum gab es nichts als das Meer, so weit das Auge blickte. Zum ersten Mal in ihrem Leben atmeten sie eine Luft ein, die frei vom Geruch des Festlandes war. Der einzige Geruch weit und breit kam von ihnen selbst. Von ihnen und von ihrem schwimmenden Haus, in dem es trotz des offenen Niedergangs muffig roch. Auch die Geräusche kamen nur von ihnen. Von ihnen und vom Rumpf der Slangevar, der von ungeduldigen Wellen gepeitscht wurde. Das Mädchen hatte angeboten, etwas zu essen zu kochen, und war unter Deck verschwunden, kam aber gleich wieder mit drei lauwarmen Bieren zurück. Sie machte keine Anstalten, ihre Ankündigung in die Tat umzusetzen. Das, wovor alle drei am meisten Angst hatten, kam unaufhaltsam näher. Die Nacht. Insgeheim fürchtete sich jeder von ihnen vor der Dunkelheit. Lucky fummelte an seinem Verband herum und machte ein unbeteiligtes Gesicht.

Die Angst erlegte ihnen ein drückendes Schweigen auf, das sie nur brachen, um irgendwelche sinnlosen Sätze zu sagen. Ein Tag schob den nächsten davon, das war der Lauf der Dinge. Ihre erste Nacht auf dem Meer stand ihnen vor

Augen. Die müde Herbstsonne verschwand immer wieder hinter einem dunklen Schleier. Sie warfen ihr besorgte Blicke zu und flehten sie an, noch ein wenig zu bleiben. Die Überfahrt von Saint-Malo nach Plymouth dauerte dem Handbuch zufolge achtzehn bis sechsundzwanzig Stunden, je nach Wind und Strömung. Sie hatten keine Ahnung, wie viel Fahrt sie eigentlich machten. Die Entfernung betrug etwa hundertdreißig Seemeilen. Da sie gegen sieben Uhr morgens losgesegelt waren, müssten sie am folgenden Morgen ankommen. Vielleicht auch eher, noch vor Sonnenaufgang. Viel mehr konnten sie dem Handbuch nicht entnehmen, außer, dass die Angaben Richtwerte seien und deshalb mit Vorbehalt zu betrachten. Lucky nahm einen Kugelschreiber und zog auf der Seite mit den Entfernungen eine Linie von einem Ufer zum anderen. Der Strich führte zwischen den Inseln Bréhat und Jersey hindurch und von dort aus nach Norden durch den Ärmelkanal zur englischen Küste. Ein Katzensprung. Auf dem Papier jedenfalls.

Im Dunkeln war das natürlich etwas anderes. Die Dämmerung brach für die Ewigkeit einer einzigen Nacht herein. Lucky und das Mädchen mussten sich ständig kratzen. Das Salz von ihrem Bad im Meer machte ihnen zu schaffen. Sie leckten sich über die Hand oder den Unterarm und schmeckten die ungewohnt salzige Haut. Die Wunde unter Luckys Verband brannte leicht. Der Kleine betrachtete die weiße Haut unter seinem Siegelring. Er konnte nicht fassen, dass er in kurzer Zeit so braun geworden war. Alle Versuche, sich abzulenken und an etwas anderes zu denken, waren zum Scheitern verurteilt.

Bald verdunkelten sich der Himmel und das Wasser. Die Nacht der ersten Menschen mit ihrem Aberglauben und ihren Urängsten brach über sie herein. Die Nacht der Sippe, die schweigend in der Höhle zusammenhockt. Jeder für sich allein. Die endlose Nacht begann mit einem endlosen Sonnenuntergang. Um die Zeit totzuschlagen, übergab Lucky dem Mädchen die Pinne. Er nahm das Handbuch, setzte sich neben sie und las vor.

DIE ZEHN GOLDENEN REGELN DES JACHTSEGELNS

Als er die Gesichter der anderen sah, begriff Lucky, dass er besser schwieg. Er übernahm wieder das Ruder, nahm die Pinne in die unverletzte Hand und bemühte sich, Kurs zu halten. Der Kompass durfte sich nicht bewegen. Bald war von der Sonne nichts übrig als ein heller Fleck vor dem Grau des Himmels. Kein Rot, kein leuchtendes Orange. Vom Meer stieg feiner Nebel auf und blieb wenige Meter über dem Boot hängen wie Wasserdampf beim Kochen. Die Slangevar segelte in dem Zwischenraum dahin und zerriss den Schleier mit der Spitze ihres Mastes. Das Grau verfinsterte sich allmählich. Die Kühle der Nacht war lange vor Einbruch der Dunkelheit spürbar.

Wie spät ist es?

Wir haben keine Uhr.

Aber wir haben die Handys, sagte der Kleine.

Er verschwand unter Deck, durchsuchte seinen Rucksack und kam mit zwei Handys zurück. Keines von beiden ließ sich anschalten, die Akkus waren leer. Der Kleine senkte die Arme und grinste verlegen. Wortlos riss ihm Lucky die Telefone aus der Hand und schleuderte sie mit aller Kraft über Bord. Sie flogen in hohem Bogen durch die Luft und landeten ein paar Meter entfernt im Wasser.

Wir wissen, dass es Abend ist, Ponyboy.

Idiot!

Mittlerweile war das Meer schwarz, und seine geschuppte Oberfläche wirkte hart wie Schiefer. Die Slangevar pflügte angespannt durch die Wellen, ganz so, als würde sie von denselben Ängsten geplagt wie sie. Der Kleine hatte sich die Kapuze tief ins Gesicht gezogen. Er hatte keine Kraft mehr. Jedes Mal, wenn er dachte, er würde einschlafen, gingen seine Augen von selbst wieder auf. Sein Blick wanderte misstrauisch über das Wasser, er trippelte nervös mit dem Fuß. Obwohl es nichts mehr gab, was er hätte erbrechen können, zog sich sein Magen immer wieder zusammen, und er musste ins Wasser spucken. Er fragte mit tonloser Stimme, woher eigentlich die Wellen kämen. Lucky antwortete, er sei zu alt für solche Fragen.

Je mehr die Nacht ihnen auf den Leib rückte, desto größer wurden ihre Ängste. Wie gern wären sie zum Horizont gesegelt, dieser tröstlichen Grenze. Das Mädchen warf ihre leere Bierflasche über Bord. Stand auf und verschwand wortlos unter Deck. Der Kleine sah ihr nach. Er fand sie plötzlich sehr begehrenswert. Aber sie gehört einem anderen, dachte er. Und vergrub das Kinn in der Jacke. Als das Mädchen die Stufen hinunterging, ertappte Lucky den Kleinen beim Starren. Versetzte ihm einen Schlag gegen den Hinterkopf. Der Kleine steckte den Schlag ein, ohne mit der Wimper zu zucken. Die beiden Jungen musterten einander einen Moment lang und wandten dann den Blick ab. Das ständige Klatschen der Wellen gegen die Außenhaut zerrte an ihren Nerven.

Irgendwann lernt jeder jemanden kennen.

Oder kennt ihn schon.

Man muss Geduld haben.

Sie versuchten, am Töpfeklappern zu erkennen, was das

Mädchen kochte. Hörten, wie ein durchweichtes Streichholz mehrmals über die Reibefläche gezogen wurde, dann das Zischen von Gas und das dumpfe Plopp eines Weinkorkens. Zündeten sich Zigaretten an und hielten sie in der hohlen Hand, damit der Wind sie ihnen nicht wegrauchte. Bald stieg ihnen Essensgeruch in die Nase. Dann flammte die Petroleumlampe auf und erhellte den Niedergang. Der Holzrahmen umfasste ein leuchtendes Rechteck. Ringsherum war es dunkel. Die Nacht war hereingebrochen, ohne dass sie es bemerkt hatten. Vom Sonnenuntergang blieb nur ein dünner Streifen. Das gelbe Auge einer schlafenden Katze. Irgendwo in dem Spalt zwischen ihren Lidern lag England.

Der Petroleumgestank überdeckte den Geruch nach Spaghetti mit Tomatensoße. Der Kleine räusperte sich und spuckte zweimal hintereinander ins Wasser. *Lieber eine Lampe entzünden, als sich über die Dunkelheit ärgern.* So lautete eines der Sprichwörter aus dem Handbuch. Das einzige Licht weit und breit kam von ihnen. Das Mädchen rief mit heller Stimme, das Essen sei fertig, und Lucky bedeutete dem Kleinen, er solle nach unten gehen.

Geh nur.

Wenn du meinst.

Lös mich ab, wenn du fertig bist.

Der Kleine zögerte und stieg dann vorsichtig die beiden Stufen hinunter. Der Klapptisch war mit drei Tellern, drei Gläsern, Brot und einer Flasche Rotwein gedeckt. Das Mädchen saß auf dem blauen Kunstlederpolster und hatte die Ellbogen auf den Tisch gestützt. Der Kocher und die Petroleumlampe hatten die Luft erwärmt, unter Deck war es jetzt noch stickiger als zuvor. Der Kleine quetschte sich wortlos auf die gegenüberliegende Bank. Das Mädchen tat ihm eine große Portion Nudeln auf. Die Kajüte war so schmal, dass sich ihre Knie berührten und der Kleine zusammenzuckte. Der Wein brannte ihm auf der Zunge und im Hals, trotzdem kippte er sein Glas in einem Zug hinunter. Dann stopfte er sich den Mund mit Toastbrot voll, um den Alkohol aufzusaugen. Er fand es angenehmer, sich mit vollem Magen zu übergeben als mit leerem. Sie saßen in ihrem schwimmenden Haus und lauschten dem unheilvoll dumpfen Klatschen. Hier unten glaubten sie an höhere Wellen und stärkeren Wind als an Deck.

Das Mädchen ließ sich mit dem Essen Zeit. Hin und wieder hob sie den Blick und vergewisserte sich, dass der Kleine ebenfalls aß. Keiner sagte ein Wort. Ihre Knie berührten sich im regelmäßigen Auf und Ab des Boots. Ihr schwimmendes Haus war eine kleine Holzhütte, die hin und her schwankte wie eine Raumkapsel im All. Ein zugleich stiller und lauter, sicherer und unsicherer Zufluchtsort. Die Blechschüsseln und das Besteck schmeckten metallisch. Die Petroleumlampe flackerte und warf zuckende Schatten auf die Wände. Kiel, Spanten und Bodenwrangen bildeten den Brustkorb eines Wals. Der Kleine stocherte sich mit der Kompassnadel zwischen den Zähnen herum. Die düsteren Gedanken ließen ihn nicht los. Am Morgen würde alles unverändert sein. Die Sonne würde aufgehen und neue Albträume mitbringen. Er nahm sich Nachschlag und rollte die Spaghetti mit der Gabel auf. Schlang alles hinunter, ohne zu kauen, und senkte das Kinn, weil es sich so leichter schlucken ließ. Das Mädchen starrte ihn an. Ihr Knie war hart und warm. Um das Schweigen zu brechen, sagte sie, dass das Meer unter ihrem Kiel bestimmt zwanzig bis dreißig Meter tief sei.

Halt die Klappe.

Zwanzig Meter, das ist so hoch wie ein sechsstöckiges Haus.

Halt die Klappe, wiederholte der Kleine. Er räusperte sich und schluckte Speichel.

Dann wischte er den Teller mit einer Scheibe Toastbrot sauber.

Ich will das gar nicht wissen.

Dann eben nicht.

Sie starrten stumm auf ihre Teller. Von der Bilge stieg ein beißender Gestank auf. Neben ihren Füßen schwappten aufgeweichte Toastscheiben vom Mittagessen hin und her. Sie boten ihre aufgeschwemmten Bäuche dar wie tote Fische. Draußen musste es mittlerweile stockdunkel sein. An der Kajütdecke sammelte sich Kondenswasser und rann an den Wänden hinab. Dicke gelbe Tropfen hingen über der Lampe. Hier unten hörte sich das Schlagen der Segel an wie Papier, das zusammengeknüllt oder zerrissen wird. Wie raschelnder Samt oder eine knallende Peitsche.

Der Kleine stand auf und zog den Kopf ein, um sich nicht an der Decke zu stoßen. Er spülte seinen Teller und das Besteck und räumte beides in die Pantry. Das Mädchen hatte den Eimer mit Meerwasser gefüllt und etwas Spülmittel hinzugegeben. Der Kleine verzog das Gesicht. Bei dem Gestank des Toiletteneimers drehte sich ihm der Magen um. Er ging ins Cockpit und bedeutete Lucky mit einer Geste, er könne jetzt essen gehen. Hielt sich den Bauch und schluckte die aufsteigenden Spaghetti herunter. Ringsherum war es stockfinster. Wie in einem fensterlosen Raum. Einem Sarg. Ein beklemmendes Gefühl, obwohl ihm kühle Luft ins Gesicht wehte und die Gerüche vertrieb, die ihm unter Deck zugesetzt hatten.

Die Slangevar segelte mit geschlossenen Augen durch die Nacht. Die aufspritzende Gischt bildete fluoreszierende Girlanden, und der Bug hatte einen Schnurrbart aus weißem

Schaum. Der Kleine schauderte und vergrub die Hände in den Taschen seiner Jeans. Lucky wies mit seiner verbundenen Hand auf die Pinne. Der Kleine übernahm das Ruder, ohne ihren Kurs zu ändern. Vollführte eine halbe Drehung, als er sich hinsetzte, und starrte auf den Kompass. Wagte nicht, einen Blick aufs Wasser zu werfen. Lucky schob ihm die Taschenlampe unter den Oberschenkel, sodass sie den Kompass anstrahlte. Dann fuhr er ihm durchs Haar.

Wenn du dir sicher bist, kannst du die Lampe auch ausschalten.

Gut.

Um die Batterien zu schonen.

Ja, ja.

Lucky blieb einen Moment im Niedergang stehen, als wollte er noch etwas sagen. Dann ging er die beiden Stufen hinunter und trat in den Lichtkegel. Der Kleine steckte sich eine Zigarette an und rauchte sie in der hohlen Hand. Nachts hört man viel mehr Geräusche als am Tag. Sein Blick ging zwischen den Segeln und dem Kompass hin und her. Auf keinen Fall wollte er woandershin sehen, auf das tosende Nichts, das ihn zu verschlingen drohte. Seine klamme Jeans juckte, er schob eine eiskalte Hand zwischen den Stoff und die Haut. Lust überlagerte den Schmerz, besänftigte ihn. Tausend Gedanken schwirrten ihm wie Fliegen im Kopf umher. Es war mühsam, sie abzuwehren, und so beschloss er, einen auszuwählen. Das Bild vom Nachmittag. Er entspannte sich. Zum ersten Mal, seit er an Bord gegangen war, fühlte er sich wohl in seinem Körper. In diesem Moment war das Mädchen alles, was er kannte, alles, woran er sich erinnern wollte.

Aus dem Haus unter dem Kajütdach drangen Gelächter und Stimmen. Mit etwas Mühe hätte der Kleine vielleicht verstehen können, worüber die beiden sich unterhielten. Das

Mädchen sagte sicher irgendwelche Sachen, die verliebte Mädchen eben so sagen. Und aß noch ein paar lauwarme Spaghetti. Wir sind füreinander bestimmt. Oder: Ich gehe mit dir, wohin du willst. Dummes Zeug eben. Bei dem Gedanken wurde ihm wieder übel. Dann dachte er nur noch an den Körper des Mädchens und zeichnete ihn im Kopf nach. Streckte die Beine aus und legte die Füße auf den Traveller. Schloss die Augen. Im Rücken spürte er das kalte Metall einer Relingstütze. Irgendwann würden die beiden sich streiten. Dann würde Lucky sagen, dass er nie versprochen hatte, sie für immer zu lieben. So stand es im Handbuch: *Nach einem Sturm vergisst der Matrose seinen Liebesschwur.* Die Slangevar segelte blind durch die Nacht. Ihnen blieb nichts übrig, als mit ihr zu segeln, bis sie auf Land stießen oder auf einen Felsen aufliefen.

Lucky kam mit der Petroleumlampe nach draußen. Um sich nicht die Finger zu verbrennen, hielt er sie am Sockel. Er hatte den Verband gewechselt und schonte seine verletzte Hand. Er stellte die Lampe vorsichtig zu Füßen des Kleinen ab und achtete darauf, dass sie stabil stand. Ringsherum in der Nacht leuchteten Augen. Das Licht flackerte über die Segel wie über eine alte Kinoleinwand. Der Kleine bat Lucky, die Lampe zu löschen, aber er drehte nur den Docht herunter. Er zeigte auf die Lichter in der Dunkelheit.

Wir brauchen die Lampe.

Warum?

Wegen der Containerschiffe.

Warum?

Damit sie uns sehen.

Ach so.

Sonst fahren wir mit ausgeschalteten Scheinwerfern über eine Autobahn voller Lastwagen.

Ich mag Lastwagen lieber als Containerschiffe.

Lucky gab ihm eine Zigarette, der Kleine zündete sie an. Seine Spucke schmeckte nach Salzwasser, und auch der Teer konnte nichts dagegen ausrichten. Er schluckte literweise Speichel. Dann beobachtete er die Positionslichter, die Lucky ihm gezeigt hatte. Die Slangevar war bestimmt nur ein winziger Punkt auf dem Radar der Containerschiffe, ein Punkt auf einem Bildschirm, über den eine grüne Linie hinwegwischte. Vermutlich warf ein freundlicher Kapitän hin und wieder einen kurzen Blick auf den Bildschirm, fragte sich aber nicht, was ein so kleines Boot so weit draußen auf dem Meer zu suchen hatte. Niemand kümmert sich mehr um den anderen, dachte der Kleine. Und schluckte wieder Speichel. Die Welt ist von Verrückten bevölkert, die seltsamsten Dinge gelten plötzlich als normal.

Das Mädchen gesellte sich zu ihnen ins Cockpit, schmiegte sich an Lucky und zeigte auf den sternenübersäten Himmel. Lucky küsste sie auf die Nase, und sie zog die Whiskyflasche unter ihrem Pullover hervor. Setzte die Flasche an ihre Lippen, tat aber nur so, als würde sie trinken, weil ihr der Whisky in der Kehle brannte und ihr Tränen in die Augen trieb. Allmählich gewöhnten sie sich an die Dunkelheit. Der Raum bekam Tiefe, und das Meer kam ihnen mit einem Mal unendlich viel weiter vor als der Himmel. Der Kleine warf seine Kippe ins Kielwasser. Nahm einen kleinen Schluck aus der Flasche. Der Whisky bohrte sich ihm in den Hals wie ein Nagel. Der Mond verschwamm hinter einem gelblichen Schleier. Der dunkle Umriss des Beiboots käute ihr Kielwasser wieder und zuckelte hinter ihnen her wie ein unwilliger Hund. Wieder trat beklommenes Schweigen ein. Das Boot machte kaum noch Fahrt. Der Seegang war nicht besonders stark, aber immerhin stark genug, um ihnen immer wieder den Wind aus den Segeln zu nehmen. Der Kleine riss mehrmals die Pinne herum und verhinderte im letzten Moment, dass die Segel auf die andere Seite übergingen.

Lucky fierte die Genuaschot um einen guten Meter und war mit dem Ergebnis zufrieden. Waren die Segel zu straff gespannt, verlor das Boot an Geschwindigkeit und lief wie mit angezogener Handbremse. Sollte der Wind weiter nachlassen, drohte die Slangevar stehen zu bleiben. Lucky sprach mit sich selbst, als könnte ihn jemand hören. Dem Kleinen lief ein kalter Schauer über den Rücken. Sie hatten einfach keine Ahnung, was sie hier taten. Das Mädchen schmiegte sich an Lucky. Schloss die Augen und ließ sich vom Rauschen des Wassers einlullen. Hätte der Wind nicht sämtliche Zwiebelschichten ihrer Kleidung durchdrungen, hätte sie das Gefühl gehabt zu träumen. Sie müsste nur die Zeit anhalten, dann würde die friedliche Nacht abseits der Welt ewig dauern. Mit Luckys Atem an ihrer Stirn und dem Plätschern des Wassers, das ihnen Beifall spendete. Doch Lucky löste sich behutsam von ihr und streckte sich wie eine Katze.

Es wird eine lange Nacht.

Der Kleine nickte. Und suchte Luckys Blick in der Dunkelheit.

Ich komme wieder.

Das hoffe ich doch sehr.

Wenn irgendwas ist, sag Bescheid.

Geh ruhig.

Die Nächte gehören dir, außer der Nacht deines Todes.

Ja, ja.

Das Mädchen stand mit ihm auf. Die beiden verschwanden in der Kajüte und ließen den Niedergang offen. Der Kleine blieb allein zurück. Allein an Deck, das ihm mit einem Mal viel länger vorkam. Die Segel erinnerten an ein Grabtuch. Der Schein der Lampe vergrößerte jede Bewegung und malte die dunklen Umrisse von Augenhöhlen und Oberschenkelknochen auf das Tuch. Der Kleine warf einen kurzen Blick auf das Wasser und schauderte. Er sah die Wellen nicht heranrollen, hörte sie aber gegen den Bug prallen. Spürte, wie sie an den Bordwänden vorbeiglitten, wie die Pinne gegen seine Hand presste und nachgab. Am Ruderblatt gurgelte es. Das Geräusch klang wie das Gluckern alter Rohre.

Das Mädchen kam wieder nach draußen, sie hatte sich einen Pullover übergezogen. Sie wollte eine Wäscheleine zwischen dem Niederholer und dem Großschotblock spannen. Dazu musste sie auf dem Kajütdach balancieren, die Schot fieren und das Groß in ihre Richtung bewegen. Die Slangevar mochte solche Scherze überhaupt nicht. Das Mädchen knotete das eine Ende der Leine fest und fädelte Luckys und ihre Unterhose auf. Direkt vor den Augen des Kleinen, der ihr stirnrunzelnd zusah. Sie knotete das andere Ende fest und ließ das Segel wieder los. Verschwand unter Deck, kam mit dem Eimer zurück und kippte das Spülwasser über Bord. Dann vergewisserte sie sich, dass die Wäscheleine hielt, ging zurück unter Deck und verschloss den Niedergang.

Gute Nacht, sagte sie noch.

Der Kleine beobachtete die flatternden Segel. Ein Lumpenboot, mit Reifenspuren auf den Segeln und Unterhosen, die unter dem Baum trockneten. Erst fielen die Tropfen in schneller Folge auf das Deck, dann wurden die Abstände immer größer. Als er einen Blick auf den Kompass warf, bemerkte er, dass sie schon wieder zwanzig Grad vom Kurs abgekommen waren. Er zog die Pinne zu sich heran, um den Kurs zu korrigieren. Der Wind hatte spürbar nachgelassen.

Das Meer glitt unter ihnen hinweg, während das Boot stillzustehen schien. Das Wasser war wie eine Tischdecke, die man mit einem Ruck fortziehen konnte, ohne Teller und Besteck zu bewegen. Der Kleine beugte sich vor und drehte das Rädchen der Petroleumlampe bis zum Anschlag. Dunkelheit und Petroleumgestank hüllten ihn ein. Über dem Mast war der Himmel wolkenlos. Er hatte noch nie so viele Sterne gesehen. Hinter sich erahnte er die bretonische Küste, vielleicht sogar den schwachen Schein der Städte. Also waren sie nicht völlig verloren. Um sie herum pulsierte das Leben, und er musste nur die Pinne umlegen und sie zurück zum Festland steuern. Die Leere, die sie umfing, war nur ein Zwischenzustand, eine vorübergehende Verirrung.

Vom Bug drangen Stöße an sein Ohr. Stöße und Stöhnen, verzerrt wie alle anderen Geräusche. Unter Deck musste Lucky dem Mädchen in die Brüste beißen. Der Kleine stellte sich ihr Keuchen vor und das Kratzen seines Kinns über ihren weichen Bauch. Er rief sich den nackten Körper des Mädchens vor ihrem Sprung ins Meer in Erinnerung. Er hätte nichts dagegen gehabt, wenn Lucky und er sich nicht nur am Steuer abgewechselt hätten, sondern auch bei dem Mädchen. Er hätte nichts dagegen gehabt, sich mit ihr in einem Gewirr aus Segeltuch auf der Koje zu wälzen. Ihre weißen Brüste schwebten vor dem Kompass, dessen Nadel verrücktspielte. Die Unterhosen tanzten vor seinen Augen. Er drückte die Pinne von sich weg und zog sie dann hastig wieder heran, weil sich die Nadel in die falsche Richtung bewegte. Die Slangevar knatterte vorwurfsvoll mit den Segeln.

In der nächsten Stunde bemühte sich der Kleine, den Kurs zu halten. Sein Magen gönnte ihm eine Pause und behielt die Spaghetti. Der Kleine beugte sich vor und griff nach der Whiskyflasche zu seinen Füßen. Nahm zwei Schluck, die ihm in der Kehle brannten. Das Jucken seiner Haut hatte nachgelassen. Ein überwältigendes Gefühl der Macht stieg in ihm auf und entlockte ihm ein ekstatisches Grinsen. Seine Augen hatten sich gut an die Dunkelheit gewöhnt, er konnte die Kompassnadel sehen, ohne die Taschenlampe einschalten zu müssen. Als er aufs Wasser hinausblickte, wunderte er sich über die Vielzahl an Lichtern, die er vorher nicht wahrgenommen hatte. Manche bewegten sich schnell, andere gar nicht. Der bisher so leere Ärmelkanal hatte sich in ein viel befahrenes Binnengewässer verwandelt. Die Lichter waren kleiner als Augen, sie leuchteten oder blinkten schwach. Der Kleine konnte nicht erkennen, woher sie stammten oder wie weit sie entfernt waren. Er verstand das Kauderwelsch der um die Wette flimmernden Sterne nicht. Alles war so groß, und er war so klein.

Seine Augen brannten, er konnte sie kaum noch offen halten. Der endlose Tag lastete schwer auf seinen Lidern. Sternenhimmel und Sternenmeer verschwommen vor seinen Augen. Er bewegte die Beine, um seine verkrampften Muskeln zu lockern, räusperte sich und spuckte ins schwarze Wasser. Dann stieg er auf die Bank und drehte sich mit dem Rücken zum Heck. Ließ die Hose runter und stellte einen Fuß auf die Pinne. Schob das Gesäß zurück, so weit es ging, legte den Kopf schräg, um der Achterstagstalje auszuweichen. Senkte seine nackten Schenkel auf den Heckkorb und entleerte seinen Darm ins Wasser. Darauf hatte er viel zu lange gewartet.

Eine Stunde, nachdem er eingeschlafen war, schreckte Lucky schreiend hoch. Er hatte sich halb aus seinem Schlafsack befreit und war schweißüberströmt. Im Traum stand er am Bug eines Segelboots, das funkelte wie eine Messerklinge. Das Meer war finster und der Himmel auch, allerdings wirkte seine Schwärze künstlich. Als hätte eine unsichtbare Hand das Licht ausgeschaltet. Das Boot glitt auf eine gigantische Mole aus Granitblöcken zu, die vom ständigen Aufprall der Wellen geschwärzt waren. Die Mole war so hoch, dass er den Kopf in den Nacken legen musste, um ihren Rand zu sehen. Ein Stück weiter oben ragte ein blutroter Leuchtturm in den Himmel. Das strahlende Schwarz schien von dem Leuchtturm auszugehen, als würde sein Feuer kein Licht, sondern Finsternis in die Welt hinausschicken. Das Boot machte zügige Fahrt und glitt lautlos über das Wasser. Ein Zusammenstoß war unvermeidlich, auch wenn Lucky die Szene wie in Zeitlupe wahrnahm. Als das Boot schließlich ungebremst gegen die Hafenmauer prallte, wurde es von den Granitblöcken verschlungen. Lucky schreckte brüllend aus dem Schlaf hoch. Das Mädchen kuschelte sich an ihn und schlief weiter. Draußen strichen die Wellen behutsam über den Rumpf.

Lucky schüttelte den Kopf, um den Albtraum zu verscheuchen. Er lauschte den Geräuschen des Boots und hoffte, dass der Kleine nicht eingeschlafen war. Die Krängung war nicht zu stark, die Stille hatte etwas Beruhigendes. Lucky fuhr sich über das Gesicht. Verstrubbelte sein Haar und zog sich im Dunkeln die Schuhe an. Stand vorsichtig auf, um das Mädchen nicht zu wecken. Das Steckschott des Niedergangs wurde langsam aufgeschoben. Der Kleine sah Lucky auftauchen wie ein Gespenst im Mondschein. Lucky zog den Reißverschluss seiner Jacke bis zum Kinn und ließ den Blick über das finstere Meer schweifen. Beim Anblick der Wäscheleine mit den Unterhosen musste er lächeln. Sein Atem bildete weiße Wölkchen. Der Kleine hielt die Pinne fest umklammert und blieb beharrlich auf Kurs, obwohl ihm die Augen zufielen und die Kälte unerbittlich seine Collegejacke durchdrang. Er grinste, um seine Angst nicht zu zeigen. Das blonde Haar stand ihm zu Berge.

Du hast die Lampe ausgemacht.

So sehe ich besser.

Das ist gefährlich.

Mir doch egal.

Geh schlafen, sagte Lucky. Und klopfte ihm auf die Schulter.

Die Pinne war warm, als sie die Hand wechselte. Mit Luckys Erscheinen war der Zauber der Nacht gebrochen. Der Kleine erhob sich mühsam. Er klapperte mit den Zähnen und war besorgniserregend bleich. Die Spaghetti waren schließlich doch noch im Meer gelandet, und auch jetzt krampfte sich sein Magen schmerzhaft zusammen. Der Kleine rieb sich die Hände, die vom nassen Nylon der Schoten gerötet waren. Taumelte die beiden Stufen hinunter und ließ sich auf seine Koje fallen. Er hatte keine Kraft mehr, die Jacke und die nassen Jeans auszuziehen. Er schloss die Augen und hoffte, dass er sich beim Aufwachen besser fühlen würde. Sein Körper zitterte unkontrolliert. Der Kleine biss auf den Saum seines Schlafsacks und schlief ein. Träumte von trockener Bettwäsche und einem weichen Schlafanzug.

Währenddessen überprüfte Lucky den Segeltrimm. Der Wind drang in die Nähte seiner Kleidung ein, kroch ihm die Ärmel hoch und strich ihm mit kalten Fingern über die Achseln. Er überlegte, ob er die Sturmlaterne wieder anzünden sollte, kam aber zu dem Schluss, dass er ohne sie besser sah. Das Meer war schwärzer als der Himmel und lag vor ihm wie ein uferloser See. Lucky lehnte sich an den Außenborder und genehmigte sich einen kräftigen Schluck Whisky. Wenig später gesellte sich das Mädchen zu ihm. Sie trug ihren Schlafsack um die Schultern, ihr schwarzes Haar war zerzaust. Sie setzte sich neben ihn, holte die Genua ein wenig dichter und schoss die Schoten auf. Begutachtete den Whiskypegel, stieß einen Pfiff aus und gab Lucky die Flasche zurück. Er küsste sie auf die Nase. Kuschelte sich an sie und begann leise zu erzählen. Sie schloss die Augen, zog den Schlafsack enger um sich und hörte ihm zu. Sie hatten nichts zu verlieren. Der Kleine war kurz nach seinem sechzehnten Geburtstag von der Schule geflogen. Lucky hatte seine Ausbildung abgebrochen. Von Marseille aus waren sie nach Italien gegangen. Die Rückkehr war nicht so leicht gewesen.

Ich habe Konditor gelernt.

Das ist doch mal was.

In Italien haben wir schwarzgearbeitet, für ein paar echt miese Typen.

Meine Eltern wollen nicht, dass ich arbeite.

Für den Kleinen war das hart.

Pass auf den Kurs auf, murmelte sie.

Für diese Typen bist du der letzte Dreck.

Verstehe.

Dann mussten wir abhauen. Recht überstürzt.

Warum?

Es gab Schwierigkeiten.

Was für Schwierigkeiten?

Wir mussten aus Italien weg und sind runter zum Meer. Immer am Strand entlang. Nach Hause konnten wir nicht. In einem Hotel in Roquebrune haben wir Klamotten geklaut. Ab da war es einfacher. Wir konnten uns unter die Touristen mischen. Das war wie Urlaub.

Nicht schlecht.

Als wir ins Landesinnere kamen, war das, als hätten wir

eine Grenze überquert. Man weiß nicht, was einen erwartet. Wir sind in die Cevennen getrampt und haben da unser erstes Auto geklaut. Später haben wir beschlossen, uns nach Calais durchzuschlagen. Wir haben eine ganz schöne Strecke zurückgelegt. Stattdessen sind wir dann aber in Saint-Malo gelandet. Bei dir.

Ich bin doch unwichtig.

In den Bergen gab es nur Bären.

Das Mädchen kicherte. Lucky löste sich von ihr und richtete die Flasche auf, die umgekippt und gegen seine Füße gerollt war. Er lauschte den Wellen und dem Knarzen der Takelage. Die Nacht kam ihm jetzt gar nicht mehr so bedrohlich vor. Er überlegte, was er ihr noch erzählen könnte und was er ihr nicht erzählen durfte. Was er ihr vielleicht später erzählen würde, falls sie noch einmal nachfragte.

Mein Vater lag in Marseille im Krankenhaus und bestellte mich an sein Bett. Ich hatte ihn seit Monaten nicht gesehen. Ich habe extra ein weißes Hemd angezogen. Er war von Kopf bis Fuß verkabelt. Ich konnte ihm nicht in die Augen sehen, als er sich von mir verabschiedet hat.

Der Kurs, murmelte das Mädchen.

Er sagte zu mir: »Lass alles hinter dir. Nur die Freiheit zählt. Ich werde über dich wachen. Alles wird gut.« Dann hob er die Hand, und ich bin abgehauen. Im Flur habe ich geflennt wie ein kleines Kind. Eine Krankenschwester hat gesagt, es wäre vorbei. Es würde kein nächstes Mal geben. Das waren seine letzten Worte. Die einzigen, an die ich mich erinnere. Am nächsten Tag habe ich den Kleinen abgeholt. Ganz spontan. Ein paar Stunden später saßen wir in einem Pick-up. Auf dem Weg nach Italien.

Einfach so?

Jetzt kennst du unsere Geschichte.

Ich liebe dich, sagte das Mädchen. Und fuhr sich mit der Zunge über die Lippen.

Und was ist mit dir?

Mit mir?

Was hast du für eine Krankheit?

Das habe ich nur gesagt, damit du mich mitnimmst.

D*ogwatch*, das ist die Nachtwache, in der der Körper nicht mehr will und nach Schlaf schreit. Doch dann überwindet er seinen toten Punkt und setzt genug Endorphine frei, um ein Pferd zu betäuben. Die Kälte lähmt jeden Muskel, die Gedanken zersplittern zu Träumen, sprengen die Realität und suchen sich andere Gefilde. Man hört nichts als das Meer, es übertönt alle anderen Geräusche. Die fünfte oder sechste Welle weckt dich so schnell, wie die vorigen Wellen dich eingeschläfert haben. *Dogwatch.* Während der Hundewache zuckt der Kopf nervös hin und her, und die gespitzten Ohren versuchen die rätselhaften Klopfzeichen des rastlosen Universums zu entschlüsseln. Die Wellen und sonst nichts. Tiefes Wasser, eine torkelnde Kompassnadel, Segel mit Beulen und dunklen Ringen.

Lucky starrte über vier Stunden lang in die Dunkelheit. Geschätzte vier Stunden, denn er hatte kein anderes Indiz für das Vergehen der Zeit als die dünne Mondsichel, die langsam über den Himmel wanderte. Seine Lider waren schwer, und seine Augen brannten, aber er durfte sie nicht reiben, sonst hätte ihn das Salz blind gemacht. Mal glaubte er, an stummen Bergen vorbeizugleiten. Dann wieder an Hügeln im Dämmerlicht. An reglosen Containerschiffen, denen er reflexartig ausweichen wollte, indem er in sinnlosem Bemühen die Pinne herumriss. Im Bauch der Slangevar rollten die anderen beiden in ihren Kojen hin und her.

Bisweilen stieß einer von ihnen hart mit der Schulter gegen Holz und stöhnte vor Schmerz. Der Wind kam abwechselnd von achtern und von der Seite. Lucky bemühte sich vergeblich, geradeaus zu steuern, und büßte an Geschwindigkeit ein. Sein Kurs erinnerte an einen halb aufgefalteten Zollstock. Die Slangevar gehorchte nur dem Ruder. Unter den Sternen war nichts als Leere. Leere, so weit das Auge reichte.

Einmal verlor er die Nerven. Fuhr eine Patenthalse und hatte große Schwierigkeiten, die Segel wieder richtig zu trimmen. Der Schnitt unter dem Verband seiner freien Hand schmerzte. Er musste seinen Kreislauf in Schwung bringen, sich bewegen. Unter seinen kalten Fingern fühlte sich die hölzerne Pinne steinern an. Stolz und beharrlich stellte er sich der Aufgabe, die Nacht zu besiegen. Die Nacht und das Meer in der Nacht. Jede Bewegung kostete ihn große Mühe, unendlich viel Mühe, eine Mühe, die er nicht mehr aufzubringen vermochte und die er trotzdem aufbrachte. Der durchnässte Stoff auf seiner Haut brannte wie Brennnesseln. Der Kleine und das Mädchen schliefen. Aus dem Bauch des Boots drang hin und wieder leises Schnarchen an sein Ohr und verlor sich im monotonen Plätschern der Wellen.

Nach und nach sah Lucky mehr. Erst den Bug, dann das Meer, das er seit dem Abend nicht mehr erblickt hatte. Die Slangevar glitt unermüdlich über die wellblechartige Fläche. Das Großsegel färbte sich weiß und warf einen spitzen Schatten auf die Genua. Die Kompassnadel fluoreszierte schüchtern, so wie sie es auch nach Sonnenuntergang für kurze Zeit getan hatte. Lucky warf einen Blick über die Schulter. Im Osten zeichnete sich der Horizont als heller Bogen ab. Das grellorange Beiboot, das sich mit Spritzwasser gefüllt hatte, zuckelte weiter hinter ihnen her. Lucky beobachtete es sorgenvoll. Später würde er es leeren müssen, bevor es unterging wie ein Betonblock. Noch später würden sie in dem Beiboot in Plymouth oder in einem anderen englischen Hafen an Land gehen. Gott hält seine schützende Hand über die Seefahrer, dachte er. Und hob den Blick zum Himmel.

Allmählich dämmerte der Morgen. Fast hätte Lucky laut losgelacht, aber er riss sich zusammen. Das Grinsen klaffte in seinem Gesicht wie eine offene Wunde, der Bartschatten schwärzte ihm die Wangen. Achteraus brach ihr zweiter Tag auf dem Meer an. Die Segel nahmen als Erste das frische Weiß des Morgens an. Lucky war die ganze Nacht lang wach geblieben, aber jetzt überfielen ihn Kälte und Müdigkeit. Er hielt die Pinne locker in der Hand. Hing schlaff auf der Bank, stützte den Hinterkopf auf den Relingsdraht. Zum Schutz vor der Kälte hatte er sich seinen Schlafsack um die Beine und den Bauch gewickelt. Der Verband an seiner Hand war verrutscht. Die Wunde bestand aus zwei rosa Wülsten mit weißen Rändern. Er führte sie immer wieder zum Mund. Das Salz arbeitete unter der Haut. Er fierte die rote Schot ein wenig und holte die blaue ein paar Zentimeter dicht. Seit kurzer Zeit hatte der Wind gedreht, und sie glitten über ein spiegelglattes Meer. Die Containerschiffe, die am Horizont vorbeizogen, erinnerten ihn an die abgekoppelten Waggons eines Güterzugs. Sie bildeten eine Lichterkette. Das Meer hatte nichts von der Romantik einer Wüste. Die endlose Nacht ging erstaunlich schnell zu Ende.

Lucky reckte sich in der fahlen Morgensonne. Mit zwei ausgeleierten Expandern band er die Pinne rechts und links an der Reling fest. Ein Autopilot, dachte er, stolz auf seinen Einfall. Er schälte sich aus seinem feuchten Schlafsack und stand schwankend auf. Ringsherum erinnerte das Meer an einen riesigen See aus kalter Asche. Morgennebel waberte über das Wasser, und der Geruch von nassem Holz stieg zum Himmel auf. Der Südwestwind schob sie sanft voran, die prallen Segel bauschten sich wie eine Bluse. Die Slangevar machte gute Fahrt.

Kein Land war in Sicht, dabei konnte es nicht mehr weit sein. Lucky fragte sich, ob sie den Containerschiffen folgen oder zwischen ihnen hindurchsegeln sollten. Zwischen den riesigen Frachtern hindurchsegeln, das war, als überquerte man barfuß eine Autobahn. Er streckte sich ausgiebig und lockerte seine steifen Muskeln. Zog an jedem einzelnen Finger und ließ ihn knacken. Pinkelte in hohem Bogen ins Wasser, die Knie gegen den Heckkorb gestützt. Die erste Nacht zu überstehen war wie die Umsegelung von Kap Hoorn oder des Kaps der Guten Hoffnung. Eine Tradition, die beim allerersten Mal beginnt. Er verwarf den Gedanken, etwas anderes in die Hand zu nehmen als das Drahtseil des Achterstags, knöpfte seine Hose wieder zu und rauchte zitternd eine Zigarette. Stellte sich vor, wie wohltuend heißer Kaffee an seinen eiskalten Lippen wäre. Wir machen viel zu viel Wind um die Nacht, dachte er. Dabei ist sie ruhig.

Lucky zurrte die Expander fest und korrigierte ihren Kurs. 280 Grad, plus minus fünf Grad. Die anderen beiden schliefen noch immer in ihren Kojen. Er wartete, bis es richtig hell geworden war, trimmte ein letztes Mal die Segel und ging zum Niedergang. In ihrem schwimmenden Haus war es unerträglich stickig. Ganz anders als draußen an Deck. Er verzog angewidert das Gesicht und musste zweimal Anlauf nehmen, bevor er sich in das Halbdunkel vorwagte. Von den schlafenden Körpern ging ein beißender Geruch aus, verstärkt noch vom feuchten Holz. Er schlug mit der flachen Hand erst auf den Schlafsack des Kleinen, dann auf den

Schlafsack des Mädchens. Sie lag schräg auf der Koje im Vorschiff.

Aufstehen!

Die beiden Jugendlichen stöhnten. Beim Anblick ihres zerzausten Haars musste er grinsen. Er ging zum Kocher und leerte eine halbe Wasserflasche in einen verbeulten Topf. Rieb zehn Streichhölzer an, bis es ihm gelang, die Gasflamme zu entzünden. Die Zündköpfe zerbröselten, sobald er sie über die feuchte Reibefläche zog. Das letzte Streichholz erzeugte eine schwache blaue Flamme, die sofort erlosch, als er es an den verrosteten Kocher hielt.

Der Kocher erwachte fauchend zum Leben. Lucky nahm die Reispackung und schüttete ein paar Körner in jede Streichholzschachtel, um ihnen die Feuchtigkeit zu entziehen. Dann rieb er sich die Hände über dem Topf wie ein alter Mann. Der Kleine fuhr sich durch sein blondes Haar und beobachtete ihn. Als er das Schwanken des Boots spürte, verzog er angewidert das Gesicht. Mit der Erinnerung kehrte schlagartig auch die Übelkeit zurück. Er stöhnte, als er die Teebeutel aus dem Supermarkt sah. Blieb in seinem Schlafsack und verlangte ein Frühstück, wie es seine Mutter zubereitete. Einen Nescafé mit einem frischen Croissant. Lucky hielt grinsend das Toastbrot hoch.

English breakfast.

Ich habe Angst, dass es wieder losgeht, sagte der Kleine. Und schluckte Speichel.

Denk an was anderes.

Lucky setzte sich auf die untere Stufe des Niedergangs und beobachtete das Mädchen. Sie wickelte sich in ihren Schlafsack und durchstöberte ihre Koje auf der Suche nach ihrer nassen Jeans und den zwei schwarzen Pullovern, die sie am Tag zuvor getragen hatte. Er ertappte den Kleinen dabei, wie er dem Mädchen verstohlene Blicke zuwarf, während er so tat, als räume er seine Koje auf. Das Mädchen zog sich den Schlafsack bis zum Kinn. Ihr zerzaustes Haar sah aus, als wäre es mit Spray fixiert. Bei der Erinnerung daran, wie sich ihre Haut anfühlte, durchfuhr Lucky ein Schauer. Er beobachtete das Zucken ihres Schulterblattes, als sie sich anzog. Der Kleine ließ sich keine ihrer Bewegungen entgehen.

Sind wir da?

Die Sonne ist aufgegangen.

Wie spät ist es?

Keine Ahnung.

Angesichts der Stille und Enge ihres schwimmenden Hauses überkam sie Beklemmung. Das Boot kam ihnen kleiner vor als das kleinste Auto, das sie je gestohlen hatten. Eine unwirtliche Höhle, die Schutz bot. Das Meer war allerdings kein Parkplatz. Das Wasser verstärkte ihre Einsamkeit, indem es die Bordwände zusammenpresste wie ein Schraubstock. Ihr neues Zuhause sei zwar klein, aber gemütlich, und sie konnten in ihm tun und lassen, was sie wollten, sagte Lucky. Um die anderen zu beruhigen. Sie müssten nur noch ein paar Stunden durchhalten. Dann hätten sie eine ganze Insel für sich. Eine Insel, die groß wie ein Kontinent war.

Wir müssten längst da sein, sagte der Kleine.

Bald.

Das sagst du immer.

Warst du die ganze Nacht wach?, fragte das Mädchen.

Lucky nickte. Und starrte auf die Wunde an seiner Hand. Dann leerte er seinen Becher mit einem Zug, nahm sich zwei Scheiben Toastbrot und ging hoch an Deck. Das Licht spiegelte sich gleißend auf dem Wasser, sodass er die Augen zusammenkneifen musste. Die Sonne zerfloss über einem wolkenverhangenen Horizont. Die Segel killten, und er griff nach der Pinne, um den Kurs zu korrigieren. Nordnordwest. Die Slangevar drängte nach Westen, und Lucky musste sie immer wieder zurück auf den rechten Pfad bringen. Der Wind blies ihnen in den Rücken wie ein Ventilator. Das Meer war glatt, alles war gut. Jetzt mussten sie nur noch auf Kurs bleiben und nach dem Festland Ausschau halten. Abwarten und Tee trinken.

Sobald die Küste in Sicht käme, würden sie darauf zusteuern und irgendwo unbemerkt an Land gehen. Lucky streckte sich gähnend. Aß sein Toastbrot und warf die Krümel über die Reling. Dann stolperte er die beiden Stufen zur Kajüte hinunter. Stieg über den Kleinen hinweg und ließ sich mit ausgebreiteten Armen auf die Koje im Vorschiff fallen. Landete mit dem Gesicht in dem zerwühlten Spinnaker.

Ihr seid dran, rief er. Ich ruhe mich aus.

Im nächsten Moment war er eingeschlafen. Die beiden anderen saßen zu beiden Seiten des Tisches und beobachteten ihn. Der Kleine war noch nicht aus seinem Schlafsack gekrochen. Gelassen trank er die letzten Schlucke seines Tees. Er musste die Ellbogen heben, um die Bewegungen des Boots auszugleichen, damit nichts überschwappte. Die Becher wärmten ihnen die Hände. Der Dampf strich ihnen übers Gesicht. Das Mädchen warf immer wieder besorgte Blicke zu dem Halbkreis aus diesigem Himmel, der sich hinter dem Niedergang abzeichnete. Draußen standen die Segel unter strahlendem Grau im Wind. Das Mädchen trank ihren Tee aus und ging an die frische Luft. Korrigierte den Kurs um zwanzig Grad und straffte die Expander, die die Pinne fixierten. So konnte sie sich woanders hinsetzen und hatte die Hände frei, um ihr Haar zu bändigen. Der Wind blies ihr die Strähnen in die Augen. Der Kleine kam mit seiner Zahnbürste und einer Wasserflasche an Deck. Sein Pullover roch nach nassem Hund, seine weißen Jeans waren schmutzig. Er sah sich mit leeren Blick um.

Alles tot hier.

Da sind doch Schiffe, sagte sie.

Ließ ihr Haar los und zeigte auf den Güterzug Containerschiffe, der vor dem Bug vorbeifuhr. Der Kleine hob das Kinn, den Mund voller Schaum.

Seh ich nicht.

Du guckst in die falsche Richtung, Ponyboy.

Scheißegal.

Wie du meinst.

Sag mir einfach Bescheid, wenn du Land siehst.

Der Kleine spuckte den Schaum über die Reling, gurgelte mit Wasser und spuckte es in mehreren Schüben ins Meer. Ein Speichelfaden flog durch die Luft und blieb neben dem Mädchen am Relingsdraht hängen. Die Zahnpasta bereitete ihm Übelkeit, und er musste sich mehrmals den Mund ausspülen, um den Geschmack loszuwerden. Er schüttete Wasser über sein Haar und schüttelte sich wie ein Welpe. Dann warf er die Flasche über Bord.

Wir dürfen kein Wasser verschwenden.

Wasser gibt's hier genug.

Aber kein Trinkwasser.

Das Meer war genauso grau wie der Himmel. Beide wirkten austauschbar, wie ein Spiegelbild des anderen. Eine Naht verband beide miteinander, ein schmaler Spalt, rund wie ein abgeschnittener Fingernagel. Der Kleine verschwand unter Deck. Kehrte mit dem Handbuch in der einen und seinen Turnschuhen in der anderen Hand zurück. Die Schuhe stellte er zum Trocknen auf das Kajütdach. Dann streckte er sich auf einer Bank aus und legte die Füße übereinander. Sein Kopf ruhte auf einem angewinkelten Arm. Er hielt sich das dicke Buch vor die Augen und las die ersten Worte, bis sie vor seinen Augen verschwammen. Ließ das Buch auf sein Gesicht sinken wie einen Sonnenhut. Währenddessen hatte sich das Mädchen die Zähne geputzt und ihr Haar in Ordnung gebracht. Sie war unter Deck gegangen, gleich darauf mit dem Eimer wieder aufgetaucht, hatte seinen Inhalt verstohlen über die Reling gekippt und den Eimer dann ausgespült. Behielt dabei immer die Segel, den kapriziösen Kompass und die Containerschiffe in der Ferne im Blick. Der Kleine wackelte mit den Zehen, als wären sie Finger.

Wenn wir wenigstens wüssten, wie spät es ist.

Was würde das ändern?

Ich habe nichts dagegen zu sterben, scherzte er. Mit verstellter Stimme.

Sie kicherte dümmlich.

Aber ich möchte wissen, wann es so weit ist.

Sie hätten einen Orientierungspunkt gebraucht, um sicher sagen zu können, dass sie sich fortbewegten. Der Mast neigte sich in leichtem Bogen nach hinten. Sonst gab es auf dem Boot nichts zu tun. Das öde Meer hatte seine Schönheit eingebüßt, die Eintönigkeit zerrte an ihren Nerven wie eine tickende Standuhr. Endlose Stunden vergingen, in denen der Kleine das dicke Buch bestimmt zwanzig Mal zur Hand nahm, nur um es gleich darauf wieder auf sein Gesicht sinken zu lassen. Der Bug schlug auf die Wellen. Das Wasser schwappte gegen den weißen Rumpf. Ein Blick über die Schulter, ein Gähnen, bei dem sich die Haut spannte. Eine Zigarette an der anderen anzünden. Den Rauch langsam durch die Zähne entweichen lassen. Wieder gähnen, dass der Kiefer knackt.

Als Lucky im Niedergang auftauchte, warf sich das Mädchen ihm an den Hals. Küsste ihn wild, mit eckigen Bewegungen und jener rohen Begierde, die ihn so sehr erregte. Lucky schob sie grinsend beiseite. Im grellen Licht kniff er die Augen zusammen. Starrte aufs Wasser hinaus und strich ihr übers Haar. Streckte den Rücken durch, ging zurück in die Kajüte, zog seinen vom Salz steifen Pullover über, begann Kaffee zu kochen. Dabei pfiff er vergnügt vor sich hin.

Er desinfizierte seine Wunde mit der abgelaufenen Jodlösung. Schnitt einen halben Meter Mullbinde ab und wickelte sie straff um seine Hand. Hielt sich den kleinen Signalspiegel vors Gesicht und betrachtete die geplatzten Blutgefäße in seinen Augen. Goss etwas Wasser in den Schraubverschluss einer Flasche und spülte sich die Augen aus. Eine Bindehautentzündung, dachte er. Er hätte sich eine Sonnenbrille besorgen sollen. Und eine Armbanduhr. Ein Fernglas und echte Seekarten. Er gab je einen Löffel Instantkaffee in drei Becher und goss das Pulver mit siedendem Wasser auf. Reichte die Becher durch den Niedergang nach oben. Stieß den Kleinen beiseite, damit er ihm Platz auf der Bank machte.

Nachdem der Kaffee ausgetrunken war, öffnete Lucky mit seiner unverletzten Hand den Backskistendeckel. Fand eine Angelschnur, die auf ein Stück Styropor aufgewickelt war. Eine blaue Nylonschnur, an deren Ende ein Bleigewicht, mehrere Federbüschel und Blinker sowie ein dreizackiger Haken hingen. Musterte die ausgeblichenen Plastikschuppen der Köderfische. Überprüfte misstrauisch die rostigen Haken mit ihren winzigen Widerhaken. Die Blinker faszinierten ihn. Er hielt sie hoch und schüttelte sie leicht. Fragte sich, wie sie wohl unter Wasser aussahen, im gebrochenen Licht. Die Köder würden im Takt des Boots in den Wellen tanzen, beschleunigen, wenn die Slangevar beschleunigte, und langsamer werden, wenn die Slangevar langsamer wurde.

Eine perfekte Täuschung, dachte er. Und tippte mit der Fingerspitze auf eine der verrosteten Spitzen.

Er stieg auf die Bank. Stellte sich breitbeinig ans Heck, um nicht das Gleichgewicht zu verlieren. Zog das Beiboot heran, das schwer war wie eine Schubkarre voller Zement. Es war so vollgelaufen, dass es zu sinken drohte und er den Kleinen um Hilfe bitten musste. Die Slangevar reagierte äußerst empfindlich auf ihr Zerren und Zurren. Erst nach mehreren Anläufen gelang es ihnen, das Beiboot zu einem guten Drittel aus dem Wasser zu ziehen, es schräg zu stellen und zu leeren. Als das kleine Boot wieder hinter ihnen über die Wellen hüpfte und sich über das weiße Lätzchen erhob, das es vor der Brust trug, gewann die Slangevar spürbar an Fahrt.

Lucky entrollte die Angelschnur und warf den Haken aus. Er schleuderte das Blei in hohem Bogen durch die Luft, sodass es hinter dem Beiboot landete und seinen Federschmuck mit in die Tiefe zog. Als er die Schnur etwa zwanzig Meter nachgegeben hatte, knotete er sie an eine der hinteren Relingstützen. Wie ein Profi ruckte er mehrmals an der Schnur, holte sie ein und ließ sie wieder nach, obwohl ihm das nie jemand beigebracht hatte. Seine Bewegungen waren von angeborener Anmut. Mit stolz geschwellter Brust erfand er sich eine ganze Ahnenreihe aus Fischern. Die anderen beiden berührten neugierig die straffe Schnur. Machten skeptische Gesichter und spöttische Kommentare. Das Mädchen verschwand unter Deck, verschloss den Niedergang, kam wenig später mit dem Eimer wieder zum Vorschein und kippte seinen Inhalt über Bord. Der Kleine kroch unter dem Großsegel hindurch und pinkelte über die Reling. Die dünne Schaumspur trieb an der Bordwand entlang auf das Beiboot zu. Er verfolgte sie bis zu der Stelle, wo die blaue Nylonschnur im Wasser verschwand, und verlor sie dann aus den Augen.

Handangeln erforderte keine besondere Aufmerksamkeit. Hin und wieder zog Lucky prüfend an der Schnur. Dabei achtete er darauf, dass sein Verband nicht nass wurde. Ein paarmal holte er die Schnur ein ganzes Stück ein und sammelte sie zu einem Knäuel auf der Bank. Sobald er den Köder an der Wasseroberfläche blitzen sah, ließ er sie wieder durch die Finger gleiten. Zweimal musste er die Leine vollständig einholen, um sie von schweren Tangbündeln zu befreien. Vorsichtig löste er die schleimige Masse von den Haken und passte auf, dass er sich nicht verletzte. Die Schnur kitzelte ihm die Hand und spritzte ihn nass, als er sie wieder ins Wasser ließ. Der Kleine legte sich auf seinen angestammten Platz und beschwerte sich, dass die Bank nass sei. Ließ das Buch wieder wie ein Spitzdach auf sein eingefallenes Gesicht sinken. Sonst gab es nichts zu tun.

Aber dann kam etwas auf sie zu. Erst war es nur ein Fleck auf dem spiegelnden Wasser, dann eindeutig ein Segel. Das Mädchen steuerte darauf zu. Beide Boote schienen durch eine Leine verbunden, die eingeholt wurde. Die drei standen an Deck, schirmten die Augen ab und sahen dem Eindringling entgegen. Ein Mast, eindeutig länger als ihrer, zwei rechteckige Fenster, eine blaue Linie auf weißem Rumpf. Kein Mensch, weder an Deck noch im Cockpit. Das Mädchen wich dem Boot im letzten Moment aus. Das Geisterschiff glitt lautlos an ihnen vorbei.

Die drei brüllten sich die Kehlen aus dem Hals, aber niemand kam an Deck. Die Segel der Slangevar erschlafften für einen Moment, flatterten und stellten sich dann wieder in den Wind. Über der blauen Linie auf dem Rumpf des anderen Boots stand SUN ODYSEE. Das Mädchen vermutete, dass es auf Autopilot lief. Die Besatzung schien zu schlafen. Sie lasen den Namen auf dem Heck der Jacht. Nick wäre fast mit ihnen zusammengestoßen.

Hurensohn!, brüllte Lucky Nick hinterher. Und reckte die Faust in die Luft.

Was für ein blöder Name, murmelte der Kleine.

Das Mädchen steuerte konzentriert. Sie faszinierte den Kleinen, er ließ sie nicht aus den Augen. Sie saß kerzengerade da und hielt sich mit der freien Hand das Haar aus dem Gesicht. Kniff die Augen gegen das grelle Licht zusammen. Sie spürte seinen Blick wie eine unerwünschte Berührung und befahl ihm kalt, er solle ihnen etwas zu essen machen. Der Kleine sagte, ihm werde unter Deck schlecht. Lucky ließ von seiner Angelleine ab und erklärte sich widerwillig bereit, sich um das Essen zu kümmern. Kehrte gleich darauf mit einer Tüte Chips und drei Sandwiches zurück. Er hatte das Toastbrot mit Dosenthunfisch und Tomatenscheiben belegt. Das Öl lief ihnen an den Armen hinunter, und bald war der Boden des Cockpits von Krümeln übersät. Das Mädchen übergab dem Kleinen die Pinne. Zum Nachtisch aßen sie jeder einen Apfel und tranken Kaffee, der salzig schmeckte, weil sie die Becher mit Meerwasser gespült hatten. Die Sonne stand hoch am Himmel, es konnte nicht viel später als ein Uhr mittags sein. Auf der Weltkarte im Handbuch wirkte der Ärmelkanal viel übersichtlicher. Um sie herum gab es so viel Wasser wie mitten auf dem Atlantik.

Der Horizont flirrte in der Sonne, die Stunden zogen sich in die Länge. Irgendwann kam Bewegung in das Blätterrauschen in ihrem Kielwasser. Lucky warf sich auf die Angelschnur. Zog ruckartig daran und holte sie probeweise ein Stück ein. Sie war schwerer als zuvor, schien zu zögern. Sein Rucken wurde mit einem Rucken beantwortet. Langsam holte er die Schnur ein. Rollte sie säuberlich auf, damit sie sich nicht verhedderte. Irgendwann zappelte ein Fisch an der Wasseroberfläche. Gleich darauf tauchte ein zweiter in der Gischt auf. Der Fisch versuchte abzutauchen und die Leine mit sich in die Tiefe zu ziehen. Lucky beschleunigte seine Bewegungen, zog drei Fische an Bord und klatschte sie auf die Gräting. Sie wanden sich an der Schnur. Machten unbeholfene Sprünge. Ihr unkontrolliertes Zucken wurde schwächer und wieder stärker. Stärker und wieder schwächer. Verzweifelt schlugen sie mit ihren Köpfen und Schwanzflossen gegen die Füße der drei Jugendlichen. Lucky und das Mädchen fingen einen der Fische ein. Während Lucky den Fisch festhielt, versuchte das Mädchen, ihn von dem Haken zu befreien, der ihm im Maul steckte.

Der Kleine beugte sich neugierig vor. Er wollte nichts von dem Spektakel verpassen. Die spitzen Zähne in dem aufgerissenen Maul. Der Haken, der die wulstige Unterlippe durchbohrte. Beim Anbeißen hatte der Widerhaken keinen großen Schaden angerichtet, aber beim Herausziehen würde er dem Fisch das Maul zerfetzen. Der Fisch beobachtete die Finger, die in seinem Maul herumfummelten, aus großen schwarzen Augen. Blutige Hautfetzen und durchsichtige Knorpel. Als der Haken entfernt war, landete der Fisch wieder auf der Gräting. Seine schimmernden Flanken bewegten sich nicht mehr, er sperrte ein letztes Mal vergeblich das Maul auf. Bei seinem letzten Atemzug stellten sich die Kiemen auf, umgeben von zu viel Licht und Luft. Bald würde seine Farbe verblassen wie die von nassen Kieseln, die trockneten.

Der Kleine fragte sich, ob ein Mensch beim Ertrinken unter Wasser auch nach Luft schnappte. Wenn Gott gewollt hätte, dass wir schwimmen, hätte er uns mit Schwimmhäuten ausgestattet, dachte er. Während er auf die Fische hinabsah. Die grün, blau und schwarz schillernden Schuppen waren eine gute Tarnung. Er berührte den Rücken des Fisches, der neben seinem Fuß lag. Die halbmondförmige Flosse schlug ihm unvermittelt gegen die Hand, und er zuckte zurück. Die anderen beiden lachten. Der Kleine beschimpfte sie, richtete sich auf und stellte einen Fuß auf den Fisch. Mit dem Zeh drückte er leicht auf den Kopf. Spürte den Körper unter seinem Fuß zittern. Sah Mammons Arm im Staub der italienischen Berge zucken. Er musste würgen. Fische haben irre Augen, dachte er. Und drückte fester zu. Leere Augen ohne Lider, die ängstlich in die Welt hinausblicken, ohne zu wissen, was sie da eigentlich sehen. Ihm fiel die Geschichte des alten Seemanns ein. Hastig zog er den Fuß zurück.

Zwei Makrelen und ein Stöcker, verkündete das Mädchen.

Ein was?

Den können wir wieder ins Wasser werfen, fügte sie hinzu.

Warum?

Der besteht nur aus Gräten.

In einer Stunde erbeuteten sie sieben Makrelen. In der darauf folgenden Ewigkeit blieb die Angelschnur deprimierend schlaff. Die Fische mussten weitergezogen sein, einer Laune folgend wie ein Schwarm Stare. Wir waren nicht schnell genug, dachte Lucky. Er hoffte inständig, dass sie noch weitere Fische fingen. Doch der Schwarm war längst woanders, an einem unerreichbaren Ort. Die sieben Verlierer lagen zwischen ihren nackten Füßen im Sterben.

Die stinken, sagte der Kleine. Und roch an seinen Fingern.

Wir müssen sie ausnehmen.

Ich weiß, wie das geht, sagte das Mädchen.

Sie verschwand unter Deck und kam gleich darauf mit

dem Toiletteneimer und einem Opinel-Messer zurück, das sie weit von sich wegstreckte. Sie setzte sich auf die Bank und klemmte sich den Eimer zwischen die Schenkel. Holte tief Luft, woraufhin ihr Pullover ein paar Zentimeter weiße Haut freilegte. Strich mit dem Daumen über den Rücken der Klinge, beugte sich vor, packte eine Makrele an den Kiemen und hob sie hoch. Der Fisch wand sich in einem letzten verzweifelten Versuch, zurück ins Wasser zu gelangen. Das Mädchen stieß ihm die Spitze des Messers in den Anus. Schnitt den Fisch bis zum Kopf auf. Eine grünschwarze Brühe tropfte in den Eimer. Große Klumpen baumelten an schleimigen Fäden. Dickes Blut lief über die Klinge und ließ die Schuppen des Fisches stumpf werden.

Der Kleine verpasste keine Bewegung. Sein Blick wanderte von den blutigen Fingern des Mädchens zu ihrem angespannten Gesicht. Von den Eingeweiden zu ihren zusammengepressten Lippen. Irgendwas an dieser primitiven Szene konnte er nicht ganz fassen. Er hätte seine Gefühle nicht beschreiben können. Eine Mischung aus Faszination und Abscheu. Er rieb seinen Siegelring mit den Fingern blank. Das Mädchen schabte mit dem Messer die letzten Innereien aus dem klaffenden Schnitt. Lucky rückte näher und beugte sich über den Eimer. Griff nach dem Jagdmesser und nahm drei Fische nacheinander aus. Das Mädchen kam auf vier. Als der Eimer voll war, kippte Lucky die Eingeweide ins Meer. Der Kleine beobachtete, wie die blutige Masse im Wasser versank. Wollte sagen, dass sie damit Haie anlockten, brachte den Satz aber nicht zu Ende. Hielt den Kopf über Bord und erbrach sich.

Die ausgenommenen Fische auf der von Schuppen übersäten Bank schillerten blau in der Sonne. In einem metallischen Blau, das an frische Tinte erinnerte. Lucky und das

Mädchen küssten sich und spülten das Cockpit mit mehreren Eimern Wasser. Nur tote Fische schwimmen mit dem Strom, rief das Mädchen übermütig. Und schüttete dem Kleinen einen Eimer Wasser über die Füße. Sie lachten. Das Wasser floss nicht durch die Lenzklappen im Heck ab, der Pegel stieg schnell. Lucky stocherte mit einer Metallstange, die er in der Backskiste fand, in den Lenzklappen herum und befreite sie von Schmutz.

Als alles Blut fortgespült war, blieben die Schuppen zurück. Die Gräting funkelte wie Quarz. Alle drei hatten Pailletten auf Armen und Beinen. Das Mädchen sammelte die Fische ein und verschwand unter Deck, um sie in Klopapier einzuwickeln. Legte sie in Plastiktüten und stellte diese zur Kühlung ins Bilgenwasser. Als sie ins Cockpit zurückkam, suchte Lucky den Horizont ab. Er beschattete seine Augen mit den Händen. Ärgerte sich, dass er kein Fernglas hatte. Das Mädchen bot an, ihnen etwas zu essen zu machen, bekam aber keine Antwort.

Wir müssten die Küste längst sehen, murrte der Kleine.

Ich sehe was, sagte Lucky.

Überall ist nur Meer.

Dahinten sind dunkle Flecken.

Das ist das Meer, sagte der Kleine. Mit trotzigem Gesicht.

Ihr zweiter Tag auf dem Wasser war lang und eintönig. Das Angeln hatte sie nur für kurze Zeit beschäftigt, jetzt lastete die Luft wieder schwer auf ihnen. Das Mädchen verschwand unter Deck, um ein paar Sandwiches zu machen, mit viel Butter und den restlichen Tomaten. Sie ließ sich Zeit. Fragte sich, wie sie die Makrelen zubereiten sollten. Sie hatten nur einen kleinen Topf und eine rostige Pfanne. Die drei aßen so langsam, wie es nur ging. Dann streckten sich Lucky und das Mädchen an Deck aus, schlossen die Augen und rauchten. Das Leben auf dem Meer wurde allmählich zur Routine, der Nachmittag plätscherte dahin wie auf einer Vergnügungsfahrt. Das Jucken war ansteckend, es brauchte bloß einer von ihnen damit anzufangen, schon kratzten sich alle. Lucky übernahm wieder das Ruder, der Kleine setzte sich neben das Mädchen. Der Wind war abgeflaut, die schlaffen Segel brauchten keine Aufmerksamkeit. Tausende von Fischen tummelten sich in der Brühe ihres Kielwassers. Krebse krochen über den Meeresgrund und reckten ihre Scheren.

Der Wind wurde schwächer und schwächer. Das Wasser schien stillzustehen, die Segel hingen herab wie ein Badetuch. Lucky hielt die Angelleine lose in einer Hand, die Pinne in der anderen. Wäre die Schnur ein paar Dutzend Meter länger gewesen, hätten sie durchsichtige Krebse fangen können. Das Mädchen setzte sich unter das Groß und achtete darauf, dass es nicht umschlug. Selbst in der Waagerechten hatten die drei das Gefühl, dass sich das Boot nach vorne neigte. Es schien immer abwärts zu gehen, einen immer steileren Abhang hinunter. Inmitten seiner sanft gewellten Hügel barg das Meer tiefe Täler, vor denen sie sich in Acht nehmen mussten.

Man kann sein Leben nicht auf dem Meer verbringen, sagte der Kleine.

Warum nicht?

Sonst ist man schon tot.

Die beiden anderen sahen ihn belustigt an.

Ich würde gern rennen.

Du kannst ja um den Mast laufen, Ponyboy.

Na klar.

Wenn du vom Bug zum Heck läufst, sind das zwölf Meter hin und zurück.

Mach das hundert Mal und du kommst auf einen Kilometer, sagte das Mädchen. Und lachte.

Ich würde gern rennen und mich dann wieder hinsetzen, sagte der Kleine.

Und nichts bewegt sich mehr.

Er stieg über die Travellerschiene hinweg, griff nach dem Handbuch und ging in die Kajüte, um sich schlafen zu legen. Er fühlte sich schwerelos. Nach der harten Bank war die dünne Matratze sehr bequem. Er schob sich die Hände unter den Hinterkopf und lauschte seinem Atem. Sein Magen kam seiner Kehle bedrohlich nah. Wenn er schluckte, konnte er ihn zurückdrängen, aber immer nur für kurze Zeit. Seit er am Morgen aufgewacht war, brannten seine Augen. Du schläfst und weißt es nicht mal, dachte er. Sein Atem ging gleichmäßig. Ein Arm rutschte zur Seite, bis die Fingerspitzen im Bilgenwasser hingen. Der Siegelring warf einen Lichtfleck auf die Oberfläche. Ihr zweiter Tag auf dem Meer neigte sich seinem Ende zu. Was blieb, war die Macht der ihnen auferlegten Stille, die Unerträglichkeit des Wartens und ein gebrochenes Versprechen.

Sie segelten immer weiter aufs Meer hinaus. Brachten hinter sich, was auf sie zukam. Fraßen Wasser und spuckten es hinten wieder aus. Über ihnen zerlegten Kondensstreifen, klar wie Kreidestriche, den Himmel. Diese Schneisen durch das Nichts versprachen weiterhin gutes Wetter, und auch das Barometer stand immer noch auf Schönwetter. Der schwache Wind deutete nicht darauf hin, dass sich das so bald ändern würde. Es war ein außergewöhnlich warmer Herbst. Vögel, von denen sie nur die dicken Bäuche sahen, zogen über sie hinweg.

Lucky steuerte die Slangevar über das Meer. Selbst wenn er nicht am Ruder saß, hielt er ständig nach dem kleinsten Anzeichen eines Problems Ausschau. Der seemännische Instinkt hatte sich von selbst eingestellt. Es war, als hätte er nie etwas anderes getan. Man musste nur seinen Verstand gebrauchen. Vorsichtig sein. Einen kühlen Kopf bewahren. Ein Vorfahr von ihm musste schon vor Jahrhunderten die Meere befahren haben. Allerdings zweifelte er an ihrem Kurs. Wenn sie zu weit nach Westen gerieten, drohten sie Cape Cornwall zu verpassen und sich in der endlosen Weite des Ozeans zu verlieren. Trotzdem zögerte er, einen nördlicheren Kurs einzuschlagen. Er fürchtete, in der Enge des Ärmelkanals könnten sie zurück zur französischen Küste getrieben werden. Das Handbuch warnte vor allen möglichen unberechenbaren Strömungen.

So steuerte Lucky weiterhin auf die sinkende Sonne zu. Verbreitete Optimismus oder gab sich streng, wenn die beiden Jüngeren ungeduldig wurden. Alle drei hatten sonnenverbrannte Gesichter, aber Lucky sah mit seinem Dreitagebart düster wie ein Fregattenkapitän aus. Sein Mund war noch trockener als seine von den Nylonleinen aufgescheuerten Hände. Ständig trimmte er die Segel neu und warf nervöse Blicke aufs Meer und zum Himmel. Mit seinem Verhalten machte er die anderen beiden misstrauisch. Die beiden Jüngeren dösten an Deck oder im Cockpit. Lucky trug schwer an der Rolle des Anführers, aber er hatte keine Wahl. Die Gefahr, die vom Meer ausging, war sehr real, und ihr aller Leben hing davon ab, dass er diese Gefahr abwendete. Der Kleine und das Mädchen waren sauer wegen seiner rätselhaften Stimmungsschwankungen und wegen seines gebrochenen Versprechens. Ihre Sorglosigkeit brachte sie einander näher. Mehrmals steckten sie die Köpfe zusammen und tuschelten. Ihr abschätziges Grinsen brachte Lucky auf hundertachtzig. Mit einem Mal war der Altersunterschied deutlich spürbar. Er hatte das Gefühl, in den letzten Tagen um Jahre gealtert zu sein, und die Vorwürfe der beiden schwebten als zusätzliche Bedrohung über ihm.

Um die Zeit totzuschlagen, begann er, den Motor zu reparieren. Er kramte in der Backskiste und brachte ein paar verrostete Werkzeuge und einen öligen Lappen zum Vorschein, in den ein Zündkerzenschlüssel eingewickelt war. Er schob einen Schraubenzieher in den Schlüssel, zog den Zündstecker ab und musste all seine Kraft aufbringen, um die Zündkerze herauszudrehen. Er inspizierte das Gewinde, roch daran und trocknete es mit dem schmierigen Lappen. Dann kratzte er mit dem Messer an den funktionsuntüchtigen Elektroden herum, bis sie blank waren. Bog sie mit dem Fingernagel auseinander. Blies in den Benzinschlauch, um ihn frei zu bekommen. Dann schraubte er die Zündkerze wieder in die Fassung. Steckte den Zündstecker auf. Klappte die Abdeckung zu, ließ den Verschluss zuschnappen, wischte sich die öligen Hände an dem Lappen ab. Machte ein zufriedenes Gesicht. Die Wunde auf seiner Handfläche sah aus wie ein schwarzes Komma. Er betätigte den Choke und packte den Anlasser. Zog sechsmal an dem Seil. Schweiß stand ihm auf der Stirn. Am Benzingeruch merkte er, dass die Zündkerze schon wieder abgesoffen war. Lucky schraubte sie heraus und begann von vorn.

Als er wieder an dem Seil zog, spotzte der Motor und erstarb, bevor er den Gasgriff drehen konnte. Er schob den Choke wieder hinein und begann die ganze Prozedur von Neuem. Der Motor erwachte stotternd zum Leben, und seine Umdrehungen wurden immer schneller. Lucky ließ ihn aufheulen, indem er den Gasgriff bis zum Anschlag drehte. Eine durchsichtige Flüssigkeit spritzte aus dem Schaft, und hinter dem Heck bildete sich eine weiße Rauchfahne. Lucky kippte den Motor nach hinten, der Propeller fraß sich ins Wasser. Sofort wurde die Slangevar schneller. Wegen der Flaute hatten sie kaum noch Fahrt gemacht.

Die nutzlos gewordenen Segel fielen brav ein. Der alte Mariner brummte wie ein Küchenmixer und wirbelte das Wasser auf.

Er läuft!, brüllte Lucky.

Warum machst du ihn wieder aus?

Um Benzin zu sparen.

Wir machen keine Fahrt mehr.

Wir brauchen den Motor, um an Land zu kommen.

Falls wir jemals an Land kommen.

Der Benzingeruch war schon wieder verflogen. Abermals legte sich die Stille über sie, die Segel stellten sich wieder in den schwachen Wind. Der Kleine verschränkte wütend die Arme vor der Brust. Lucky hängte den Tank ab und verstaute ihn in der Backskiste. Nuckelte gedankenverloren an seiner Wunde. Hielt sich die flache Hand wie einen Knebel vor den Mund. Er wusste, dass sie höchstens Benzin für eine Stunde hatten. Dann würde der Mariner ausgehen. Er wollte ihn sich als Joker aufsparen, falls sie in Schwierigkeiten gerieten. Auch wenn kaum noch Wind wehte. Die Slangevar würde bald im bleigrauen Wasser festsitzen. Je weiter sie aufs Meer hinaussegelten, desto kleiner wurden sie. Als stünden sie am Hafen von Saint-Malo und würden sich selbst nachblicken.

Die Haut des Meeres und die des Himmels trafen in einer sinnlichen Falte aufeinander. Die Sonne durchdrang die Segel, ließ sie erröten und erweckte sie zu neuem Leben. Bald würde die schwarze Nacht sie zum zweiten Mal einfangen. Lucky machte sich ein Bier auf und klemmte sich die Pinne zwischen die Beine. Das Kinn des Mädchens verschwand in ihrem Pullover. Sie summte vor sich hin. Der Kleine beobachtete sie eine Weile und schloss dann die Augen. Die Sonne schmolz dahin, es wurde kalt. Sie holten die Angelschnur ein, denn der Kleine wollte auf keinen Fall, dass sie nachts angelten. Er verkündete, er würde lieber verhungern, als in der Dunkelheit von einem halb toten Ungeheuer verfolgt zu werden. Schließlich wusste man nie, welche Bestien in den Untiefen des Meeres lauerten. Außerdem hatten sie reichlich Fisch gefangen.

Was essen wir zu Abend?

Reis mit hart gekochten Eiern, sagte das Mädchen.

Sie packte die Griffe im Niedergang und schwang sich

wie eine Turnerin in die Kajüte. Der Kleine setzte sich neben Lucky. Rieb sich nervös die Hände.

Und was jetzt?

Wir segeln weiter.

Wie lange noch?

Bis wir da sind.

Das dauert aber lang!

Die Eier brauchen zehn Minuten, rief das Mädchen von unten. Der Reis ein bisschen länger.

Der Kleine ging ebenfalls unter Deck und setzte sich ihr gegenüber. Sofort musste er wieder aufstoßen. Der Kocher zischte, vom Topf stieg eine senkrechte Säule Dampf auf. Der Dampf breitete sich unter der Decke aus und kondensierte zu großen, runden Tropfen. Alles, was sie an Bord aßen, schmeckte metallisch. Der Pulverkaffee war mittlerweile verklumpt. Sie mussten mit der Spitze eines Löffels darin herumkratzen, um eine Tasse Kaffee aufbrühen zu können. In der Kajüte vermischte sich der Geruch nach kaltem Zigarettenrauch und Essen mit dem Geruch ihrer ungewaschenen Körper. Außerdem gab es noch einen weiteren Geruch, der die anderen überlagerte. Die beiden konnten ihn nicht gleich zuordnen. Es roch nach Verwesung. Vielleicht hatte sich eine Ratte irgendwo verkrochen und war in ihrem Versteck verendet.

Das Mädchen hatte Teller und Gabeln hervorgeholt. Sie legte die Hände flach auf den Tisch und wartete, dass der Reis garte. Ihr Blick ging ins Nichts. Die Slangevar bewegte sich so schwach, dass sie sich, wenn sie die Augen schloss, vorstellen konnte, sie befände sich in einer Hängematte, die zwischen zwei Bäumen hing. In einem verwunschenen Garten, in dem sie ganz allein war. Den niemand sonst kannte. Der Kleine wühlte auf der Suche nach dem Handbuch in seinem Schlafsack. Dann kam er zurück an den Tisch. Sie rührte sich nicht, selbst dann nicht, als sein Knie ihres berührte.

Du hättest nicht mitkommen sollen.

Warum nicht?

Jetzt sitzt du in der Falle.

Quatsch.

Wir werden nicht überleben.

Woher weißt du das?

Ich weiß mehr, als du denkst.

Er verstummte und spielte gedankenverloren an dem Rädchen der Lampe herum. Drehte die Flamme hoch, bis sie hellgelb loderte. Drehte sie runter, bis sie nur noch knapp über dem Docht flackerte. Hoch und runter, als würde er einen Lichtschalter betätigen. Dann drehte er den Siegelring an seinem Finger.

Als ich klein war, wollte meine Mutter nicht, dass ich ins Wasser gehe. Am Strand durfte ich dem Meer nicht zu nahe kommen. Wenn die anderen schwimmen gingen, musste ich bei ihr bleiben. Sie hatte immer Angst um mich. Sie sagte, ich würde ertrinken. Eine ihrer Freundinnen, die Tarotkarten legte, hatte das vorhergesagt. Dass ich ertrinken würde …

Tarotkarten, das ist doch Unsinn.

Aber jetzt bin ich hier.

Ja, aber du bist nicht ertrunken.

Das ist alles deine Schuld.

Das Mädchen drehte sich um und rührte mit einer Gabel den Reis um. Dann ließ sie vorsichtig drei Eier ins siedende Wasser gleiten. Ihre Haut war rosa von der Sonne. Sie hatte dunkle Ringe unter den Augen. Er hatte den Eindruck, als wäre ihr Haar seit dem Vortag ein Stück gewachsen und würde deshalb in alle Richtungen abstehen. Der Kleine ärgerte sich, dass sie ihn nicht ansah. Er planschte mit den Turnschuhen im Bilgenwasser. Warf das Handbuch auf seine Koje, atmete geräuschvoll aus und streckte sich.

Du stinkst, sagte er.

Du auch.

Bei einem Mädchen ist das schlimmer.

Du kannst mich mal, Ponyboy.

Sie beugte sich über die Eier, die im Topf klapperten. Ihr Gesicht war feucht von dem aufsteigenden Dampf. Mit einem Mal fand der Kleine sie dick und hässlich. Er stand mit einem Ächzen auf und ging nach draußen zu Lucky. Zündete sich eine Zigarette an dessen Kippe an und stieß den Rauch aus, bis seine Lungen leer waren. Der Himmel war einen Deut heller als das Wasser, obwohl es längst Nacht war. Eine mondlose, uferlose Nacht. Kälte stieg vom Wasser auf wie aus einer offenen Kellerluke. Der Kleine versenkte zitternd das Kinn in seiner Collegejacke. Verschränkte ruckartig die Arme vor der Brust, erst in die eine, dann in die andere Richtung. Lucky saß am Ruder eines reglosen Boots. Sie machten eine Radtour auf dem Zimmerfahrrad. In regelmäßigen Abständen stand Lucky auf und schob den Baum zur Seite, doch dieser kehrte immer wieder auf seine Ausgangsposition zurück, direkt über ihren Köpfen. Am Heck pflügte ein einzelner Finger durchs Wasser. Luckys unbeholfene Manöver hinterließen Luftblasen.

Das Mädchen kam mit zwei Tellern Reis ins Cockpit und stellte sie mit einem Knall auf die Bank. Warf dem Kleinen einen finsteren Blick zu, verschwand wieder unter Deck und kehrte mit ihrem eigenen Teller und den drei Eiern zurück. Verbrannte sich die Finger an den Eiern. Die drei schlugen die Eier an den Winschen auf und warfen die Schalen über

Bord. Lucky sagte zu dem Mädchen, dass sie den Reis in Meerwasser hätte kochen sollen, um Trinkwasser zu sparen, und sie zeigte ihm den Mittelfinger. Sie aßen schweigend. Die Weinflasche wanderte von einem Mund zum anderen. Hinterher warfen sie auch die Flasche über Bord. Es wurde immer dunkler. Eine schwache Brise strich über den Baum, vermochte die Segel aber nicht zu füllen. Nur wenn sie sich über die Bordkante beugten, konnten sie sehen, wie die Slangevar langsam über das Wasser glitt. Oder standen sie still, und das Wasser glitt unter ihnen hinweg?

Lautes Tuten dröhnte durch die Nacht und warf sie von den Bänken. Sie sprangen auf wie ein Mann, mit rasendem Puls und aufgerissenen Augen. Die Teller fielen klappernd zu Boden. Ein riesiges Containerschiff hielt direkt auf sie zu. Zwei weiße Lichter. Ein grünes und ein rotes. Das Signalhorn tutete noch mehrere Male. Plötzlich flammte eine Reihe Flutlichter auf und tauchte das Deck in helles Licht. Im nächsten Moment leuchteten weitere Scheinwerfer das Meer zwischen ihnen und dem Frachter aus. Das Wasser wurde durchsichtig wie Kirchenfenster. Alles ging so schnell, dass sie nicht wussten, was sie tun sollten. Sie hatten keine Zeit mehr, den Motor anzuwerfen. Die Slangevar glitt voran wie eine Nacktschnecke auf einer Eisenbahnschiene.

Der Kleine flüchtete sich in die Kajüte, Lucky klammerte sich an die Pinne. Er wagte nicht, sie herumzureißen. Schloss die Augen. Zählte die Sekunden. Der finstere Massengutfrachter schob sich mit zwanzig Knoten in unmittelbarer Nähe vorbei. Sein Wulstbug pflügte mit dem Schneid einer Axt und dem Eifer einer Stichsäge durchs Wasser. Eine über hundert Meter lange Mauer zog an ihnen entlang. Sie spürten das Dröhnen der Maschinen in ihrem Körper und in Slangevars Eingeweiden. Um sie herum bebte das Wasser vor Wut. Schickte ein höllisches Lied und das Echo des Sonars zum Himmel.

Aus einem Lautsprecher plärrte eine Stimme in einer unverständlichen Sprache. Das Horn tutete noch zweimal und verstummte dann. Bald sahen sie von dem Frachter nur noch ein kleines weißes Licht in der Ferne. Stille und Dunkelheit hüllten sie wieder ein. Lange Wellen brachten sie zum Schaukeln und erzeugten Geräusche, die wie raschelndes Laub und klirrendes Metall klangen. Stumm sammelten sie die heruntergefallenen Teller ein. Das Mädchen schob den Baum gegen die Wanten, und Lucky überprüfte, ob das Beiboot noch da war. Es dauerte eine ganze Weile, bis der Kleine sich wieder aus der Kajüte traute. Das Dröhnen des Signalhorns hallte ihm noch im Schädel. Hier draußen dräute von anderen Schiffen eine viel größere Gefahr als von Unterwasserfelsen. Sie mussten ständig auf der Hut sein und in die Dunkelheit hinausstarren, um einen tödlichen Zusammenstoß zu verhindern.

Es war ihre zweite Nacht auf dem Meer. Wieder übernahm der Kleine die erste Wache. Gleich nach dem Essen ließen die anderen beiden ihn im Cockpit allein. Nicht, ohne ihm noch einmal den Kurs einzubläuen. Der Kleine gab keine Antwort. Er warf immer wieder ängstliche Blicke über die Schulter, als erwarte er, jeden Moment eine Armee von Containerschiffen am Horizont auftauchen zu sehen, eines größer als das andere. Lucky und das Mädchen verschwanden in ihrem schwimmenden Haus. Es war nichts zu hören als das Wasser, das am Rumpf entlangstrich. Lucky kam noch einmal zurück und warf ihm seinen Schlafsack zu, bevor er den Niedergang verschloss. Als schlüge er ihm eine Tür vor der Nase zu.

Die zweite Nacht auf dem Meer war ganz anders als die

erste. Trotzdem schien alles immer gleich. Das Dröhnen des Signalhorns hing noch in der Luft. Genauso wie das unwirkliche Bild eines Kolosses, der sich aus den Fluten erhebt. Am schlimmsten war die Kälte, dachte der Kleine. Er rückte seinen Ring zurecht und packte die Pinne fester. Die Kälte und die Feuchtigkeit, die dir in die Knochen kriechen. Und die Dunkelheit, es gibt nichts Gruseligeres, als nachts auf dem Wasser zu sein. Noch schlimmer war, dass er nicht laufen oder rennen konnte. Dass er eine Zwangsjacke trug, in einem engen Käfig saß. Und am allerschlimmsten war, dass er nicht einfach abhauen konnte. Oder Fernsehen gucken. Ein Gefängnis ohne Mauern, dachte er. Dann merkte er, dass er vom Kurs abgekommen war, und legte die Pinne um. Die Slangevar gehorchte ohne große Begeisterung. Im Grunde war es egal, ob der Kleine den Kompass im Blick behielt oder nicht.

Die Luft strich ihm kalt über den Hals. Die Segel standen wieder im Wind, und die Slangevar wurde einen Deut schneller. Das Schlimmste lag noch vor ihnen. Vielleicht sollte er geradeaus steuern und hoffen, dass irgendjemand sie sah oder sie irgendwann auf Land trafen. Er würde einfach auf das erste Licht zuhalten, das er sah. Vielleicht war die Mannschaft des nächsten Containerschiffs ja hilfsbereit, und er könnte sie auf sich aufmerksam machen. Er würde wild mit den Armen winken wie ein Schiffbrüchiger auf einem steuerlos auf dem Meer treibenden Floß. Oder die drei Handfackeln zünden. Er wäre ein Schiffbrüchiger in internationalen Gewässern. Auf einem Öltanker aus den USA würde man ihm Bourbon zu trinken geben und ihm eine Greencard überreichen. Auf einem russischen Gastanker ein Glas Wodka und eine heiße Suppe. Die russischen Seeleute, die er am Hafen von Marseille gesehen hatte, redeten laut und hatten vor nichts Angst. Man würde ihm eine dieser goldenen Wärmedecken um die Schultern legen. Ihn wie einen Helden behandeln.

Heutzutage gibt es keine echten Abenteurer mehr, dachte er. Und zog an den Ärmeln seiner Collegejacke. Insgeheim hoffte er, bald den vertrauten Geruch von Land zu riechen. Den Geruch nach feuchter Erde und Abgasen. Sie seien von Gott verlassen, hatte Lucky gesagt, aber ihre Reise stehe unter einem guten Stern. Einem verdammt guten Stern. Das war alles nur Gerede gewesen, um sie von seiner wahnwitzigen Idee zu überzeugen. Sie waren ihm gefolgt wie die Ratten dem Flötenspieler. Mittlerweile zweifelte der Kleine an allem, was Lucky ihnen erzählte. Das Meer war eine Sackgasse, eine Falle, in der sie festsaßen. Sie würden elendig verrecken. Verstümmelte Schatten zuckten über das Deck. Reptilien huschten lautlos über die Segel und sprangen über die Bordkante. Horden von Gespenstern erhoben sich aus den Schiffswracks auf dem Meeresgrund. Mammon und seine Komplizen kamen, um sich an ihnen zu rächen. Vielleicht waren ihre Leichen durch die Meerenge von Gibraltar in den Atlantik getrieben. Die Knochen ausgebleicht, die Augäpfel von Krebsen gefressen.

Da es völlig windstill war, blieben dem Kleinen weder die schmatzenden Münder noch die raschelnden Schlafsäcke erspart. Ganz zu schweigen von den noch viel verdächtigeren Geräuschen. Das blinde Boot trieb langsam dahin wie ein Blatt auf einem See. Die beiden anderen lagen drinnen in ihrem gemütlichen Nest, während der Kleine draußen auf einem kahlen Ast hockte. Irgendwann würde er sich trauen, und das Mädchen würde sich in ihn verlieben. Naiverweise war er davon ausgegangen, dass das Mädchen zu ihm kommen würde, sobald Lucky einschlief. Wenn sie neben ihm säße, wäre die Nacht nicht ganz so unheimlich. Stattdessen schlief sie tief und fest in seinen Armen, während klebrige Hitze von ihren ineinander verschlungenen Körpern aufstieg.

Luckys Augen waren weit geöffnet, so wie die Augen der Fische, die sie am Nachmittag gefangen hatten. Seine Wunde schmerzte wie tausend Nadelstiche, obwohl er sie mit Jodlösung gereinigt und einen sauberen Verband angelegt hatte. Vorne in der spitz zulaufenden Koje lagen seine Füße auf dem Anker. Er hatte den Spinnaker wie ein Laken über das Polster gebreitet, damit das Kunstleder nicht an der Haut klebte, und das Ende zu einem Wulst gerollt, auf dem sein Kopf ruhte. Ihre Schlafsäcke knisterten wie Regenjacken auf dem rot-schwarzen Tuch.

Der Petroleumgestank bereitete ihm Übelkeit. Lucky lauschte dem leisen Klatschen des Wassers. Fragte sich, was sie tun sollten, wenn es windstill bliebe. Die Slangevar schaukelte auf einem matten Meer und nickte mit dem Kopf wie ein altersmüder Greis. Wie lange würden sie hier auf der Stelle dümpeln? Bis sie verhungerten? Wie lange konnte es dauern, bis wieder Wind aufkäme? Vermutlich waren in der Vergangenheit ganze Schiffsbesatzungen beim Warten auf den Wind zu Tode gekommen. Er empfand die Flaute als persönliche Niederlage. So würde er keine heldenhaften Geschichten von Stürmen erzählen können. Plötzlich fragte Lucky sich, was er tun würde, wenn tatsächlich Sturm aufkäme. Hoffentlich forderte er das Schicksal nicht heraus, wenn er sich über die Windstille beschwerte. *Eine ruhige See macht keinen Seemann*, stand im Handbuch. Das im Übrigen nicht von Wind und Wellen sprach, sondern von grober See und Starkwind. Jetzt, wo sie sich auf den Rücken der Bestie geschwungen hatten, mussten sie Demut zeigen und auf das Beste hoffen. Im Prinzip brachte es nichts mehr, wenn der Kleine auf den Kurs achtete. Sie dümpelten auf den Wellen und trieben sonst wo hin.

Lucky hätte sich zum Schlafen gern zusammengerollt, aber das Mädchen klammerte sich an ihn und ließ ihm keinen Platz. Ohne Uhr konnte er die Ewigkeit der Nacht nicht auf ein vernünftiges Maß herunterbrechen. Er ging in Gedanken ihre Vorräte durch. Im Supermarkt hatte er das Gefühl gehabt, dass sie viel zu viel kauften, aber jetzt wurde das Essen knapp. Vor allem das Wasser würde ihnen bald ausgehen. Von den achtzehn Flaschen, die sie an Bord gebracht hatten, waren nur noch zehn übrig. Sie hatten noch fünfzehn Liter Wasser und ein paar Konservendosen. Eine Tüte Toastbrot. Etwas Reis und ein Kilo Nudeln. Drei Eier. Ein halbes Päckchen weiche Butter und sieben Makrelen, die sich in dem fauligen Bilgenwasser nicht lange halten würden. Der regelmäßige Atem des Mädchens an seinem Hals hatte eine beruhigende Wirkung. Er schloss die Augen und schlief ein.

Irgendwann wachte er davon aus, dass ihm eine Hand über den Bauch strich. Er spreizte die Schenkel, um ihr Platz zu machen. Das Mädchen rollte sich auf ihn und zog ihren Schlafsack um sich. Schob sich vor, sodass er ihre Brüste küssen konnte, und bewegte sich langsam wieder zurück. Setzte sich mit ihrem vollen Gewicht auf ihn. Ihr Auf und Ab inmitten von zerknittertem Nylon und Polyester wurde immer schneller. Sie wälzten sich in der dunklen Enge hin und her. Die Augen des Mädchens glänzten. Ihre Bewegungen verstärkten das Stampfen des Bootes. Durch ihre Akrobatik drohte die Slangevar zu kentern und zu sinken. Lucky verhedderte sich mit dem Fuß in der Ankerkette und fluchte leise, den Mund am Ohr des Mädchens. Sie ertastete seine

Lippen, schob ihm vier Finger in den Mund und sagte, er solle sie beißen. Fest beißen, bis sie aufwachte.

Am anderen Ende des Boots vernachlässigte der Kleine den Segeltrimm. Der Baum schlug nach eigenem Gutdünken hin und her. Die Nacht hatte weder Form noch Tiefe. Die Sterne hingen hinter einer dichten Wolkendecke am Himmel. Er träumte vor sich hin und rauchte, den Rücken an die Reling gelehnt. In seiner Fantasie kam das Mädchen auf ihn zu. Mit willigem Gesichtsausdruck. An ihren Handgelenken und Fußknöcheln klirrten Ketten. Das Salz kommt aus dem Meer, das Böse aus der Frau, dachte er. Er lauschte dem monotonen Klatschen des Wassers, bis irgendwann Luckys zerzaustes Haar im Niedergang auftauchte. Lucky ließ sich seufzend auf die Bank fallen. Sein Körper verbreitete eine feuchte Wärme, von der dem Kleinen übel wurde.

Du stinkst nach Muschi.

Du kannst mich mal.

Und nach Schweiß.

Lucky beugte sich über die Bordkante. Ließ die Hand ins Wasser hängen und drohte, ihn nass zu spritzen. Der Kleine sprang auf und brachte sich in Sicherheit. Lucky befeuchtete sein Haar mit eiskaltem Wasser. Zerwühlte es und strich es dann glatt, sodass er aussah wie Jacques Chirac.

Das solltest du auch machen, Ponyboy.

Verpiss dich!

Lucky verschwand in der Kajüte, um sich abzutrocknen, und der Kleine musste sich wieder ans Ruder setzen. Er sehnte sich nach einer Dusche. Einer heißen Dusche. Nach Süßwasser und Duschgel, das wie ein Nachtisch duftete. Danach, seine Wäsche zu waschen. Nach einer sauberen Hose. Er wickelte die Expander mehrmals um die Pinne, kroch unter dem reglosen Segel hindurch und streckte sich an Deck aus. Vergewisserte sich, dass der Reißverschluss seiner Collegejacke bis oben geschlossen war. Spürte, wie die Wärme aus seinem Körper wich und Kälte eindrang. Zwängte sich in seinen Schlafsack und zog ihn bis zum Kinn. Ließ einen Arm draußen und hielt sich an der Reling fest. Die Wolkendecke war aufgerissen, und ein paar Sterne, die sich bisher versteckt hatten, zierten den Himmel. Die kalte Luft brannte ihm in den Lungen. In der Verlängerung des Stevens sah er das weiße Licht eines Leuchtturms. Er zählte bis fünfzehn. Fünfzehn Sekunden Dunkelheit bis zum nächsten grellen Blitz. Sein Blick wanderte über das schwarze Wasser, und er schlief ein. Wo ein Leuchtturm war, war die Küste nicht fern. Sie glitten genau darauf zu.

Das Kielwasser zog sich als heller Streifen durch die schwarze Nacht. Eine halbe Seemeile hinter dem Heck löste sich der Schaum auf, als wäre die Slangevar an dieser Stelle aus den Fluten aufgetaucht. Nun schliefen sie alle drei. Schaukelten hin und her. Die Wellen klatschten mit dem Geräusch einer abgespielten Schallplatte gegen den Rumpf. Der Kompass drehte sich langsam, bis die Nadel auf 270 Grad stehen blieb. Westen. Das Kielwasser machte eine Kurve, schlug einen großen Bogen. Die Slangevar übernahm das Kommando und steuerte auf die Koordinaten eines geheimen Treffpunkts zu. Zwei laute Knalle rissen den Kleinen aus dem Schlaf. Sein Herz raste. Die Sterne spiegelten sich im Wasser, Haifischaugen auf der stillen Oberfläche. Obwohl der zweite Knall noch in der Luft hing, fragte der Kleine sich, ob er das Ganze nicht nur geträumt hatte. Schon verblasste das Geräusch in seiner Erinnerung. Direkt über dem Mast zog ein helles Licht über den Sternenhimmel. Der Kleine vermutete, dass es ein Flugzeug war, das die Schallmauer durchstoßen hatte.

Die Planken waren hart. Der Kleine kroch in seinem Schlafsack zurück ins Cockpit. Wie eine Raupe. Lehnte sich an den Außenborder und zog die Beine an. Das Flugzeug war nicht mehr zu sehen. Nur das Licht des Leuchtturms durchbrach alle fünfzehn Sekunden die Dunkelheit. Er warf einen Blick zum Himmel und schätzte, dass es ein Uhr morgens war. Ungefähr. In einer knappen Stunde könnte er Lucky wecken, damit dieser ihn ablöste. Er würde sich in der feuchtwarmen, muffig riechenden Kajüte schlafen legen. Das blaue Polster seiner Koje wäre gemütlicher als das weichste Bett der Welt.

Der Mond war ein Bullauge mit goldenem Rand. Der Kleine zog sein Feuerzeug und seine Zigaretten aus seiner Hosentasche. Er hatte noch zwei Zigaretten, genug für den Rest der Nachtwache. Der Wind hatte nicht aufgefrischt, vielleicht war er sogar noch schwächer geworden. Die Segel hingen schlaff herunter und schienen nichts zur Fortbewegung des Boots beizutragen. Er richtete den Strahl seiner Taschenlampe erst auf den Kompass und dann auf den Horizont, wo er von der Dunkelheit verschluckt wurde. Der Kleine schaltete die Lampe hastig wieder aus. Seine Augen mussten sich erst wieder an die Dunkelheit gewöhnen. Rechts das Ruder, links die Whiskyflasche. Zwischen den Fingern die Zigarette, die von der Nacht aufgeraucht wurde.

Nach der zweiten Zigarette stand er leise auf, watschelte im Schlafsack zum Niedergang und spähte in die Kajüte. Undeutlich sah er die beiden ineinander verschlungenen Körper in der Dunkelheit. Zurrte die Pinne wieder mit den Expandern fest, schälte sich aus dem Schlafsack und drang in die feuchte Höhle ein. Knipste die Taschenlampe an, um besser sehen zu können, und schirmte den Strahl mit der Hand ab. Schlich die Stufen hinunter. Die Slangevar reagierte auf jeden Schritt mit einem Schaukeln. Der Kleine spreizte die Finger, bis er die vordere Koje sehen konnte. Die beiden schliefen mit dem Kopf im Bug, vergraben im rotschwarzen Tuch des Spinnakers. Das Mädchen lag auf dem Rücken, ihr Schlafsack war bis zu den Schultern hochgerutscht. Ihre nackten Beine kreuzten Luckys Beine. Sie waren wunderschön, lang und weiß, und hoben sich von Luckys behaarter Haut ab. Der Kleine beobachtete das schlafende Mädchen. Ihr Bauch hob und senkte sich im Takt des Boots. Man hätte meinen können, sie gebe die Bewegungen vor.

Der Kleine hörte seinen eigenen Atem. Plötzlich wurde er von Gefühlen überwältigt. Er bekam weiche Knie und musste sich auf dem Tisch abstützen. Er spürte das Blut in seinen Schläfen pochen. Zitternd machte er einen Schritt nach vorn. Streckte eine Hand nach dem Fuß des Mädchens aus, achtete aber darauf, sie nicht zu berühren. Beugte sich noch etwas vor, um sie besser zu sehen. Fragte sich, ob sie nur so tat, als schliefe sie. Falls ja, musste sie ihn schlucken hören. In der Dunkelheit prallte die Slangevar unvermittelt gegen ein Hindernis. Ein Stück Treibgut oder eine verirrte Welle. Das Boot stand für einen Moment still und setzte sich dann wieder in Bewegung. Der Kleine wurde nach hinten geworfen und landete auf dem Tisch, der unter seinem Gewicht zusammenklappte. Lucky und das Mädchen schreckten hoch. Die Taschenlampe war auf ihre Koje gefallen und leuchtete ihnen ins Gesicht. Geblendet hielten sie sich einen Arm vor die Augen.

Scheiße! Was machst du da?

Ich bin gestolpert.

Was hast du hier zu suchen?

Du bist dran mit der Wache, sagte der Kleine. Mit erstickter Stimme.

Er befreite seinen Fuß und versuchte, den Tisch wieder aufzurichten.

Dein Boot ist Schrott.

Du hast den Tisch kaputt gemacht.

Ist doch nicht schlimm.

Was ist denn dann schlimm?

Aus der Glut der Nacht wurde die Asche des Morgens. Der Wind hatte aufgefrischt und presste gegen die Segel. Die Slangevar riss ohne große Geräusche die Wasseroberfläche auf. Sie tranken Kaffee und reckten sich, aber der Schlaf wollte nicht weichen. Möwen zogen über sie hinweg und setzten ihren Weg fort, ohne den Kopf zu wenden. Sie interessierten sich nicht für das kleine weiße Segelboot. Für sie war die Welt bloß ein umgekehrter Himmel. Der Morgennebel ließ das Universum schrumpfen, verzerrte die Perspektiven und erzeugte schemenhafte Bilder.

In der Nacht hatten sie mehrmals das dumpfe Hupen eines Schiffshorns gehört. Sie konnten nicht sagen, aus welcher Richtung es kam. Einige Male schien es sich auf sie zuzubewegen. Sie segelten blind, inmitten von Gastankern und Containerschiffen, die sich mit fünfundzwanzig Knoten vorwärtsbewegten und Stapel gigantischer Bauklötze geladen hatten. Jetzt war das Wasser ruhig, algengrün und seltsam lichtdurchflutet. Die spiegelglatte Oberfläche lastete schwer auf dem Seegang, die Sonne faserte aus wie verschlissener Stoff.

Der dritte Tag brach an wie eine Endlosigkeit. Vom stundenlangen Hinausstarren aufs Wasser brannten ihnen die Augen, ihr Blick verschwamm, und die Ungenauigkeit übertrug sich auf ihre Bewegungen. Die Slangevar schien immer wieder zu zögern und wurde ruckartig langsamer, als kratzte sie über einen Planktonteppich, der rau wie Schmirgelpapier war. Sie schwiegen. Die Kaffeebecher erkalteten in ihren eisigen Händen. Der Kleine hatte die halbe Nacht durchwacht. Jetzt schlief er im Sitzen. Mit angezogenen Knien, das Kinn in seiner Jacke vergraben. Hin und wieder hob er den Kopf und schluckte, ohne die Augen zu öffnen. Er versuchte nicht mehr, lässig zu wirken. Lucky und das Mädchen wechselten einen Blick. Sie waren sich einig, dass das Meer ihm guttat. Er war in den letzten Tagen reifer geworden. Dann errötete das Mädchen und murmelte, dass sie fast genauso alt war wie er. Aber bei Mädchen war das etwas anderes.

Seit einer ganzen Weile suchte Lucky den Horizont ab. Plötzlich stieß er einen Schrei aus, sprang auf das Seitendeck und hielt sich die Hände wie ein Fernglas vor die Augen. Das Mädchen und der Kleine standen ebenfalls auf, aber sie sahen nichts als das dunstverschleierte, unverhofft durchsichtige Meer. Lucky kam mit einem zufriedenen Grinsen zurück ins Cockpit. Packte die Pinne und steuerte auf das zu, was er am Horizont gesehen hatte. Die Slangevar gehorchte widerspruchslos. Das Mädchen und der Kleine warfen Lucky fragende Blicke zu, aber er grinste nur und holte die Segel dicht. Trotz des schwachen Winds legte sich die Slangevar auf die Seite. Lucky schien genau zu wissen, was er tat. Der Kompass wanderte von Nordwesten zu Nordosten. Eine Stunde verging in beklommenem Schweigen, bis der Dunst sich verzog und blauer Himmel zum Vorschein kam. Wenig später erblickten sie am Horizont eine aufragende Säule. Als sie näher kamen, sahen sie, dass obendrauf eine Art flacher Hut mit einer Krempe aus Speeren saß. Ein wuchtiger Turm erhob sich wie die Freiheitsstatue vor Manhattan aus dem Meer und wies ihnen den Weg.

Daher kam also das Licht heute Nacht, sagte der Kleine gähnend.

Warum hast du nichts gesagt?

Alle fünfzehn Sekunden. Ich habe mitgezählt.

Du hättest es mir sagen müssen!

Du hast geschlafen.

Der Turm wurde größer. Nun konnten sie seine massige Gestalt klar und deutlich sehen. Er thronte auf einer kleinen Insel aus braunem Fels. Ein Leuchtturm im Meer, einsam inmitten der Fluten. Lucky genoss seinen Triumph schweigend. Er legte Ruder und steuerte auf den Turm zu. Der Kleine begann zu jubeln, das Mädchen vollführte einen Freudentanz. Bis auf den Felsen, der den Turm auf seinen Schultern trug, gab es weit und breit nichts als Wasser. Als Nächstes konnten sie die versetzt angeordneten Fenster erkennen. Auf dem Dach befand sich ein Hubschrauberlandeplatz, der auf einem komplizierten Geflecht aus weißen Stahlträgern und Solarzellen ruhte. Der Felsen war nicht groß, und die drei verzogen das Gesicht, als ihnen klar wurde, dass es auf so kleinem Raum kein Leben geben konnte. Der Leuchtturm ragte aus dem Wasser wie der Kirchturm eines untergegangenen Dorfs. Die Insel selbst erinnerte an einen untergegangenen Ozeandampfer, von dem nur noch ein Schornstein zu sehen war. Lucky erklärte feierlich, dass Leuchttürme davon kündeten, wo sie standen. Das Mädchen fügte hinzu, dass sie vor allem auch von Gefahren in ihrer Umgebung kündeten. Sie warf einen misstrauischen Blick auf das ruhige Meer. Die Slangevar zeigte Anzeichen von Nervosität.

Ist der Turm bewohnt?, fragte der Kleine.

Heutzutage gibt es keine Leuchtturmwärter mehr.

Nicht mal in England?

Nirgendwo.

Sie steuerten auf das graue Bauwerk zu, ohne sich um mögliche Gefahren zu scheren. Ohne Sicherheitsabstand. Lucky übergab dem Kleinen die Pinne. Sie suchten den Felsen nach einem Schild oder Ähnlichem ab. Zum wiederholten Male hatten sie es dem Kurzkiel der Slangevar zu verdanken, dass sie den scharfkantigen Monstern, die unter der Oberfläche lauerten, entkamen. Dafür verhielt sich das Meer vor ihnen merkwürdig, und die Slangevar stellte sich zweimal quer. Sie warfen die Schoten los, um ein Kentern zu verhindern. Der Kleine fragte, warum sie nicht den Motor starteten, und Lucky antwortete, dass sie ohne ihn zurechtkommen mussten. Das Mädchen stand am Bug und hielt sich am Vorstag fest. Ruderte mit dem freien Arm und schrie unverständliche Kommandos in den Wind. Der Kleine versuchte, sie zu befolgen, so gut es ging. Die Segel schlugen hin und her, und Lucky verhedderte sich in den Schoten, als er hastig den Kopf einzog, um dem Baum auszuweichen. Von oben gesehen erinnerte der Kurs der Slangevar an das Torkeln eines betrunkenen Matrosen.

Der Wind wollte sie nicht an die Insel heranlassen. Immer wieder arbeiteten sie sich vor, nur um wieder zurückzudriften. In einiger Entfernung des Felsens wendeten sie, ohne Grund zu berühren. Sie glitten an einem langen Felsgrat entlang, der zwischen seinen eigenen Wellen nach Luft schnappte. Als sie das Ende erreichten, wendete der Kleine abrupt, und sie segelten mit achterlichem Wind zurück zur Insel. Sie rechneten jeden Moment damit, auf einen heimtückischen Felsen aufzulaufen. Das Mädchen reckte den Daumen in die Höhe, und Lucky entschied, dass sie nah genug waren, um vor Anker zu gehen. Es war vernünftiger, die Slangevar hier zurückzulassen. Sie würden im Beiboot zum Leuchtturm übersetzen. Er erklärte dem Kleinen, was er zu tun hatte. Er müsse Ruder legen und den Bug im Wind halten. Der Kleine nickte. Er bemühte sich, zu bestimmen, aus welcher Richtung ihm der Wind um die Ohren blies.

Lucky ging zu dem Mädchen und sagte, sie solle sich bereithalten, um die Segel niederzuholen. Sie bezog Stellung, einen Fuß rechts und links vom Mast, und ergriff die Fallen. Lucky verschwand in der Kajüte, holte den Anker aus der Koje, ging zum Bug und setzte ihn vorsichtig auf der Bugrolle ab. Zog an der Kette, um sich zu vergewissern, dass sie gut lief. Rollte mehrere Meter ab und legte sie an Deck zurecht. Klar zum Ankern!

Hätte es ihnen geholfen, mehr zu wissen? Was hätten sie wissen können? Dass die Gewässer rings um die Western Rocks gefährlich waren und dort schon unzählige Schiffe auf Grund gelaufen waren? Unzählige Schiffe und die Schiffe, die ihnen zu Hilfe gekommen waren? Hätte es geholfen, wenn sie die Namen der siebenhundert Wracks gekannt hätten, die auf dem Meeresgrund in einer stillen, friedlichen Unterwasserwelt lagen? Die am Fuß von verwunschenen Felsen und paradiesischen Riffs vor sich hin rotteten? Vor ihnen ragte ein Stück Land aus dem Wasser wie ein Berggipfel. Die Verheißung von festem Boden unter den Füßen.

Das Manöver dauerte. Der Kleine rief, dass sie der Insel zu nah kämen. Bald könnte er nicht mehr steuern, ohne auf den Felsen aufzulaufen. Lucky machte das vereinbarte Zeichen, und die Slangevar vollführte eine elegante Kurve, an deren Ende die Segel zu killen begannen. Die Segel drohten umzuschlagen, und Lucky ließ den Anker ins Wasser gleiten. Die Kette rauschte ihm durch die Hände. Seine Finger wurden braun von dem Rost, der an die Farbe von verwittertem Betonstahl erinnerte. Irgendwann spürte er nur noch das Gewicht der letzten Armlängen. Sicherheitshalber steckte er noch ein paar Meter Kette. Fragte sich, auf welch geheimnisvollen Grund der Anker wohl fallen würde. Die Kette führte schräg unter dem Rumpf hindurch und schien im klaren Wasser im Zickzack zu verlaufen.

In der Zwischenzeit hatte die Slangevar ihren Weg fortgesetzt. Die Segel hatten sich wieder gefüllt, und das Mädchen schaffte es nicht, sie niederzuholen. Die Fallen schlugen gegen den Mast. Die Slangevar zog an ihrer Kette wie ein tollwütiger Hund, die oberen Glieder scheuerten gegen den Bug. Mit düsterem Knarzen. Der Kleine riss die Pinne herum, aber das eigensinnige Boot gehorchte ihm nicht mehr. Schließlich vollführte die Slangevar unwillig eine abrupte Wende, die sie alle drei umwarf. Sie legte sich ganz selbstverständlich in den Wind, und das Vorsegel fiel in sich zusammen. Der Baum landete mit einem dumpfen Knall an Deck und zog das halbe Groß mit sich herunter. Holz splitterte.

Die plötzliche Reglosigkeit ließ sie erstarren. Die Slangevar gewöhnte sich an die Kette, nickte mit dem Kopf und ließ die Strömung unter sich hindurchgleiten wie ein erfahrenes Pferd. Lucky und das Mädchen tauchten lachend aus dem Gewirr aus Segeltuch auf. Der Kleine ließ die Pinne los und gesellte sich zu ihnen. Die Ankerkette straffte sich im Takt der Wellen. Der Kleine fragte zweifelnd, ob die Kette halten würde. Lucky zuckte mit den Schultern. Die Slangevar kam gut alleine zurecht. Das Meer war ruhig, der Bug hob und senkte sich schwerfällig. Der Wind hatte offenbar beschlossen, ihrem Beispiel zu folgen und eine Pause einzulegen.

Du kannst ja hierbleiben, wenn du Angst hast.

Leck mich!

Sie starrten lange Zeit zur Insel hinüber. Der einzige Zugang war eine in den Fels gehauene Treppe. Die unteren

Stufen reichten weit genug herunter. Rechts und links wurde die Treppe von steil abfallenden Felsen begrenzt. Die Felsen tauchten aus dem Wasser auf, als müssten sie nach Luft schnappen, bevor sie von der nächsten Welle überspült wurden. Das würde kein Kinderspiel werden. In diesem Moment stieß der Kleine einen Schrei aus.

Eine Robbe!

Was? Wo?

Da drüben!

Gibt es im Ärmelkanal Robben?

Wir sind am Nordpol!

Blödsinn.

Guckt mal, sie bewegt sich!

Sie sieht zu uns rüber.

Scheiße, eine echte Robbe.

Oben auf dem Felsen thronte eine dicke Kegelrobbe und beobachtete sie. Mit rundem Kopf und bedrohlichen Schnurrhaaren. Sie war fast so groß wie ein Mensch und hatte Stummelarme, die zu kurz waren, als dass sie sich darauf hätte abstützen können. Die Robbe unterbrach ihr Sonnenbad und hielt ihre Schnauze witternd in den Wind. Dann rollte sie über die Felskante und plumpste schwerfällig ins Wasser. Sie warteten eine ganze Weile, aber sie tauchte nicht wieder auf. Der Kleine runzelte die Stirn und warf den anderen beiden einen skeptischen Blick zu. Das mit der Robbe gefiel ihm gar nicht. Der Gedanke, dass sie viel zu weit gesegelt waren, war beängstigend. Er wusste nicht viel über Robben, aber er war überzeugt, dass sie in der Natur nur dort vorkamen, wo keine Menschen lebten. Im Packeis zum Beispiel. Trotzdem hatten sie eine Robbe gesehen. Wer war hier nicht in seinem Lebensraum?

Lucky scherte sich nicht um die Robbe. Er holte die Leine

ein und zog das Beiboot zum Heck. Der Turm warf einen spitzen Schatten vor den Bug der Slangevar. Sie sammelten ein paar Sachen zusammen und stiegen nacheinander in das schwankende Beiboot. Lucky ging noch einmal in die Kajüte und holte die Plastiktüte mit den Makrelen. Und den Karton und die Lattenkiste, in denen sie die Einkäufe transportiert hatten. Er nahm einen Lappen, tauchte ihn in den Tank und warf den benzingetränkten Lappen in den Karton. Sie würden ein Feuer machen und die Fische grillen. Lucky zögerte einen Moment, bevor er die Slangevar losließ. Er fragte sich, wo sie besser aufgehoben waren, an Bord ihres Segelboots oder auf der einsamen Leuchtturminsel. Dann ließ er die Reling los. Das Beiboot trieb schnell ab.

Das Meer war ihnen feindlich gesinnt. Die beiden Jungen saßen an den Riemen, während das Mädchen sich am Heck zusammenkauerte. Die Dollen ächzten und stöhnten. Die Strömung war so stark, dass sie hinaus aufs offene Meer gezogen wurden, sobald sie auch nur ein wenig in ihren Anstrengungen nachließen. Lucky ruderte mit zusammengebissenen Zähnen. Er versuchte, seine verletzte Hand zu schonen. Bei jedem Schlag spritzte Gischt in das kleine Boot. Das Mädchen musste ständig Wasser über Bord schöpfen. Mit der hohlen Hand. Das Wasser war durchsichtiger und sehr viel kälter als in den vergangenen Tagen. In der Tiefe des klaren Blaus meinte das Mädchen Unterwasserfelsen auszumachen.

Obwohl ihnen die Insel sehr nah vorkam, dauerte es eine Weile, bis sie sie erreichten. Immer wieder warfen sie einen Blick über die Schulter. Die Slangevar zerrte an der Kette. Das Meer ringsum zerfloss in einer Kuppel aus Licht. Alle drei dachten dasselbe. Was, wenn das Boot sich losriss? Was, wenn die Kette brach oder der Anker sich vom Grund löste und nutzlos im Wasser hin und her pendelte? Die Slangevar zog mit aller Kraft, sie schien auf der Stelle zu laufen und dabei mit dem Kopf zu wippen.

Sie umschifften die ersten scharfkantigen Felsen in der Hoffnung, eine Stelle zu finden, wo sie anlegen konnten. Die in den Fels gehauenen Stufen kamen ihnen am geeignetsten vor. Lucky knotete das Beiboot an einem im Stein verankerten Eisenring fest und schob es gleichzeitig von dem Felsen fort, damit es nicht zerschellte. Dann half er dem Mädchen und dem Kleinen beim Aussteigen. Die beiden liefen die Stufen hoch und standen kurz darauf auf einem Plateau voller Kanten und Risse. Auf Bishop wuchsen keine Pflanzen, nur schwarz-weißer Vogeldreck. Sie waren an Land! Der Kleine und das Mädchen liefen um den Fuß des Leuchtturms herum. Sie stolperten, lachten und schüttelten ihren Beine in den nassen Hosen. Es kam ihnen vor, als würde die Insel schwanken. Sie sprangen über Hindernisse und kreischten wie Verrückte, berauscht vom Geruch des Landes. In ihrem Übermut kletterten sie bis zum höchsten Punkt der Felsen. Rissen sich an einem Stein die Hände auf, der rauer war als Schmirgelpapier.

Lucky, der weiter unten stand, beobachtete das auf den Wellen tanzende Segelboot. Fand es lächerlich mit seinem viel zu kurzen Mast, dessen Spitze sich nach hinten bog wie ein Florett. Merkte erst, dass er weinte, als die erste Träne seinen Mundwinkel berührte. Hastig wischte er sich mit der rostigen Hand über die Augen. Dieser Moment der Schwäche war ihm hochgradig peinlich. In diesem Zustand konnte er nicht zu den anderen beiden gehen. Er war mit den Nerven am Ende. Seine Trauminsel war bloß ein einsamer Leuchtturm mitten im Meer. Er ging ein paar Schritte die Treppe hoch und setzte sich auf eine Stufe, wo ihn die Wellen nicht erreichten. Streifte sich die Socken über die eiskalten Füße und zog seine Turnschuhe an. Um die Slangevar und alles andere zu vergessen, lief er zum Leuchtturm. Dort gingen die Stufen in Metallsprossen über, die an der Mauer entlang zu einer Tür in gut zehn Meter Höhe führten. Als er hochsah, wurde ihm schwindelig, und er bekam einen steifen Nacken. Bis wohin die Wellen bei Sturm wohl gelangten? Dann donnerten gewaltige Wassermassen auf die Stelle, wo er jetzt stand, und der wuchtige Turm bebte in der Brandung. Lucky schätzte, dass er über vierzig Meter hoch war. Auf halber Strecke hing ein Schild: DANGER – KEEP OFF. Die Tür stand offen, vermutlich war sie von einer besonders hohen Welle aus den Angeln gerissen worden. Weiter oben schienen flüchtige Schatten ihn aus den Fenstern zu beobachten.

Das Mädchen und der Kleine kamen herbeigerannt. Sie liefen an ihm vorbei und begannen, die verrosteten Eisensprossen zu erklimmen. Lucky hörte ihr Lachen, das fast im Tosen des Meers unterging. Er musste den Kopf in den Nacken legen, um ihnen hinterhersehen zu können. Sie erreichten die Tür und verschwanden durch die dunkle Öffnung. Lucky wartete eine ganze Weile, aber sie tauchten nicht wieder auf. Weder in der Tür noch an einem der Fenster, die entlang einer Wendeltreppe angeordnet sein mussten. Er rief nach den beiden, bekam aber keine Antwort. Überlegte, ob er ihnen folgen sollte, stellte einen Fuß auf die unterste Sprosse und überlegte es sich anders. Er blieb lieber hier unten. Zuckte mit den Schultern. Sammelte trockene Algen und Treibholz und häufte seine magere Ausbeute in eine Kuhle im Fels. Weiter unten, in der Nähe des Wassers, entdeckte er einen Balken, der zwischen zwei Felsen klemmte. Es kostete ihn all seine Kraft, den Balken frei zu bekommen und ihn die Treppe hochzutragen. Er legte ein Ende auf einen Felsen, sprang darauf und brach den Balken entzwei. Legte beide Hälften über Kreuz auf die trockenen Algen. Zerriss den Karton und die Lattenkiste und steckte die Stücke unter den Haufen. Als Letztes schob er den benzingetränkten Lappen in die Mitte. Das sollte ein schönes Feuer geben.

Immer wieder schaute er hoch zum Leuchtturm. Weder der Kleine noch das Mädchen waren zu sehen. Ihm fiel auf, dass der Balken in derselben Farbe gestrichen war wie die Slangevar. Weiß, mit einer blauen Linie. Er fuhr mit der Hand über das Holz und warf einen Blick über die Schulter, um sich zu vergewissern, dass ihr Segelboot noch da war. Weiter unten entdeckte er einen orangen Fleck. Er kletterte vorsichtig hinunter und zog eine zerfetzte Schwimmweste zwischen den Felsen hervor. Es lief ihm kalt über den Rücken. Auf dem Kragen befand sich eine unleserliche Aufschrift. Ein schwarzes S, gefolgt von ein paar Strichen, die zu verwittert waren, um die Buchstaben entziffern zu können. Er schüttelte den Kopf und presste die Schwimmweste an seine Brust. Die See war unruhig, das Mädchen könnte die Rettungsweste im Beiboot tragen. Das war eine der goldenen Regeln aus dem Handbuch: *Tragen Sie auf dem Wasser immer eine Schwimmweste.*

Rufe rissen ihn aus seinen Gedanken. Der Kleine und das Mädchen standen an einem der oberen Fenster. Der Wind trug ihre Worte davon, er konnte nicht verstehen, was sie riefen. Lucky forderte sie mit einer ungehaltenen Geste auf, nach unten zu kommen. Dann kehrte er zu seinem Haufen zurück und betätigte das Feuerzeug, bis er sich die Finger an dem Rädchen verbrannte. Der Lappen, den er unter das Holz geschoben hatte, wurde an einigen Stellen schwarz. Stinkender Rauch stieg von den kokelnden Algen auf. Die beiden anderen waren immer noch nicht zurück. Lucky verscheuchte die unliebsamen Gedanken, die ihm kamen, mit einer abrupten Bewegung. Plötzlich loderte der Lappen auf. Die Flammen griffen auf die beiden Hälften des Balkens über. Die Farbe warf an einigen Stellen Blasen und färbte sich braun. Der Gestank nach Feuer und Benzin rief ihm die dramatischen Szenen in Erinnerung, die sich in den italienischen Bergen abgespielt hatten. Lucky ballte die Fäuste, um das Bild des ewig brennenden Pick-ups aus seinem Kopf zu verbannen.

Eine stinkende Flamme stieg auf und tanzte im Wind. Lucky warf alles Holz, das er zur Verfügung hatte, ins Feuer. Der Rauch wehte bis zum Ende der kleinen Insel. Die klaffende schwarze Türöffnung über ihm zog seinen Blick magisch an. Er nahm drei Makrelen aus der Plastiktüte und legte sie in das heruntergebrannte Feuer. Die tarnfarbene Haut begann zu verkohlen. Schaum lief aus den Mäulern. Die Kiemen verschrumpelten, die Augen wurden milchig. Nach ein paar Minuten löste Lucky ein Stück Fleisch von den Gräten, pustete darauf und nahm es in den Mund. In diesem Moment hörte er die anderen beiden hinter sich lachen. Das Mädchen und der Kleine waren zurück, mit glühenden Wangen und leuchtenden Augen. Seit drei Tagen träumten sie von festem Boden unter den Füßen, und der kleine Felsen mitten im Meer genügte zu ihrem Glück. Natürlich hätten sie noch viel lieber Bäume oder einen ganzen Wald vorgefunden. Und einen Strand, an dem man sich in die Sonne legen und die Füße im Sand vergraben konnte.

Fester Boden unter den Füßen!

Sie brüllten ihr Glück in die Welt hinaus. Lucky nickte nachdenklich. Aß seinen Fisch und starrte aufs Meer hinaus. Das Mädchen und der Kleine setzten sich zu ihm und wedelten mit den Händen, um den stinkenden Qualm zu vertreiben. Unterhielten sich über den Leuchtturm, die Seekrankheit und den wankenden Boden. Über die Wellen, die sie immer noch unter sich wogen spürten. So sehr, dass sie übereinanderfielen. Lucky schüttelte den Kopf. Wendete die Fische und verbrannte sich die Finger. Der Leuchtturm war leer, stammelten die beiden anderen. Und tauschten verstohlene Blicke. Da war gar nichts. Lucky spürte ihr Unbehagen und wurde noch eifersüchtiger.

Im Leuchtturm stinkt es nach Pisse, sagte der Kleine.

Den Père Fouras aus dem Fernsehen haben wir leider nicht gesehen.

Aber eine Tafel, auf der Bishop Rock steht.

Das ist Englisch.

Das ist doch ein gutes Zeichen, oder?

Rock, das heißt Stein.

Und Bishop?

Bishop Rock, wiederholte Lucky nachdenklich.

Das können wir später im Handbuch nachschlagen.

Also sind wir schon in England.

Leuchttürme stehen immer in der Nähe der Küste.

Wir sind fast da, sagte Lucky. Und wendete die Fische.

Der Rauch löste sich über ihren Köpfen auf. Sie aßen jeder zwei Makrelen und ließen die siebte im Feuer verkohlen. Die Fische schmeckten nach Benzin, aber niemand beschwerte sich. Der Kleine und das Mädchen bedankten sich bei Lucky und streckten sich dann auf dem Felsplateau aus. Lucky schob das Mädchen von sich, als sie sich neben ihn legte und ihn küssen wollte. Er schloss die Augen, und sie ließ von ihm ab. Sie schliefen ein. Die Insel schwankte hin und her wie ein Glas Wasser, das ein Kellner auf seinem Tablett balanciert.

Der Kleine wachte als Erster auf. Er sah sich hektisch um, weil er fürchtete, von einer Robbe angegriffen zu werden. Dann beobachtete er das Mädchen, das auf dem Rücken lag und mit halb geöffnetem Mund schlief. Die Luft war spürbar abgekühlt. Sein Blick fiel auf die Schwimmweste, die Lucky zwischen den Felsen gefunden hatte. Er griff danach und spielte mit dem Seil herum, an dem die Pfeife befestigt war. Fuhr mit dem Finger über den Riss im Schaumstoff. Auch er glaubte, auf dem Kragen Slangevar zu lesen. Er schleuderte die Schwimmweste von sich und kroch zu Lucky, um ihn zu wecken. Lucky fuhr hoch. Zwei Containerschiffe zogen in der Ferne vorbei. Keines näherte sich dem verlassenen Leuchtturm. Das Mädchen erwachte ebenfalls. Die drei trödelten noch eine Weile auf dem Felsen herum und zögerten den Moment heraus, an dem sie wieder an Bord des Segelboots gehen mussten. Irgendwann gab Lucky das Zeichen zum Aufbruch. Der Wasserpegel war seit ihrer Ankunft ein ganzes Stück gefallen. Das Beiboot hing an seinem Ring und streckte die Nase in die Luft.

Wir müssen los.

Wir könnten doch auch hierbleiben, schlug der Kleine vor. Und zeigte auf die Sprossen am Leuchtturm.

Was, wenn die Flut kommt?

Da oben sind wir in Sicherheit.

Mach, was du willst. Ich gehe wieder an Bord.

Ich komme mit, murmelte das Mädchen.

Wir müssen hier weg, bevor es dunkel wird.

Wir könnten die Handfackeln zünden und auf uns aufmerksam machen.

Hier kommt doch niemand vorbei.

Du hast gesagt, die Überfahrt dauert zwei Tage.

Los jetzt.

Der Rückweg war schwierig. Die Strömung trieb sie ständig ab, und das Meer war von einem viel dunkleren Grün als zuvor. Die Riemen versanken in einem schwarzen Brodeln und hoben nach jedem Schlag einen Schauer aus Glasscherben aus dem Wasser. Der Himmel war dunkelgrau. Bishop Rock bot einen tristen Anblick. Der Leuchtturm ragte auf einem kahlen Felsen in die Höhe wie ein toter Baum. Das Mädchen hatte die Schwimmweste auf den Boden des Beiboots gelegt und sich draufgesetzt, damit ihre Jeans nicht nass wurde. Sie zog einen ihrer Schuhe aus und schöpfte mit mechanischen Bewegungen Wasser über Bord. Ihr kleiner Ausflug entpuppte sich als wahre Höllentour. Bisher war der Wind aus Süden gekommen. Jetzt blies er eher von Osten, und er schien noch weiter drehen zu wollen. Weit vor ihnen sahen sie den weißen Rumpf mit der blauen Linie. Er stand in einem schrägen Winkel zu ihnen. Der Pegel im Beiboot stieg bedenklich, und das Mädchen schöpfte mit ihrem Schuh wie wild Wasser über Bord. Die beiden Jungen mussten sich noch stärker in die Riemen legen. Sie erreichten die Slangevar mit knapper Not.

Sie kletterten an Bord und streckten sich atemlos an Deck aus. Sie waren tropfnass und völlig durchgefroren. Eine unbestimmte Bedrohung lag in der Luft. Sie spürten, wie der Seegang unter ihnen härter wurde. An der Oberfläche waren die Wellen kaum sichtbar. Das Beiboot nahm fügsam seinen angestammten Platz hinter dem Heck ein. Lucky trocknete seine Beine mit einem stinkenden Handtuch. Er war erleichtert, wieder zu Hause zu sein. Wenig später lehnte er am Kartentisch und blätterte im Handbuch. Stieß gleich auf einer der ersten Seiten auf Bishop und stellte mit Schrecken fest, dass er zu den Scilly-Inseln gehörte. Eine große Inselgruppe mit gefährlichen Felsriffen. Bishop und Crim Rock. Bei schlechtem Wetter waren sowohl die Navigation als auch das Ankern tückisch. Man brauchte eine gute Seekarte, weil die Entfernung zu den Leuchttürmen schwer einzuschätzen war. Dann folgte unverständliches Kauderwelsch. Um herauszufinden, wo sich die Scilly-Inseln befanden, musste er zurück zur Übersichtskarte blättern. Ein winziger Punkt vor der äußersten Westspitze Englands. Als er das Buch zuklappte, kam das Mädchen in die Kajüte. Lucky war bleich. Er frottierte sich nervös den Nacken und die Achseln mit seinem dreckigen Handtuch.

Wir sind zu weit westlich, sagte er. Mit tonloser Stimme.

Wie viel?

Wir müssen hier weg.

Was liegt vor uns?

Der Atlantik.

Das Mädchen zeigte ihm die kleinen roten Pickel auf ihrem Oberkörper und ihren Schenkeln. Er zuckte mit den Schultern, schlüpfte in seine Jeans und zog seine nassen Pullover übereinander. Fuhr sich durchs Haar und warf einen Blick auf das Barometer. Der Luftdruck war stark gesunken. Er rannte ins Cockpit und schüttelte den Kleinen, der am Ruder eingeschlafen war.

Wir müssen hier weg.

Wir sind auf einer der Scilly-Inseln, sagte das Mädchen. Mit zögernder Stimme.

Wo?

England liegt rechts von uns.

Ich sehe nichts.

Das musst du auch nicht, Ponyboy.

Doch, muss ich!

Das Mädchen zuckte mit den Achseln. Und setzte sich auf die Bank.

Werfen wir den Motor an?

Wir müssen Benzin sparen.

Du nervst mit deinem ewigen Benzingespare.

Lucky kletterte auf das Kajütdach. Er wollte die Segel setzen, aber das Mädchen rief ihm hinterher und gestikulierte in Richtung der straff gespannten Ankerkette. Die Kette drohte sich um den Kiel zu wickeln.

Also werfen wir den Motor an?

Lucky schüttelte den Kopf. Die Slangevar bäumte sich auf und zerrte an der Kette. Bei dem Wind und der Strömung drohten sie gegen den Leuchtturmfelsen zu treiben. Lucky beobachtete das Meer und die umtosten Felsen aufmerksam. Die Felsen, das Meer und den Bug der Slangevar. Um ihren Kurs vorherzusagen, brauchte er eine gute Vorstellungskraft. Die Dünung kam aus einer Richtung, der Wind aus einer anderen. Die Strömung kam von der Seite. So wie es im Handbuch stand. Er durfte sich keinen Fehler erlauben. Der Kleine und das Mädchen am Heck ließen ihn nicht aus den Augen. Lucky nahm an, dass das Boot mit dem Bug im Wind bleiben würde, wenn er die beiden Segel eines nach dem anderen setzte. Sie würden dic Schoten gefiert lassen, während er den Anker einholte. Dann würde das Mädchen Ruder legen, die Slangevar würde abfallen, und der Kleine würde die Schoten dichtholen. Auf diese Weise müssten sie eigentlich schnell genug von den Felsen wegkommen. In seinem Kopf funktionierte das ganz gut. Er bedeutete den anderen beiden zu warten und zog an dem schwarzen Fall, das sich knarzend in Bewegung setzte. Das Groß stieg in die Höhe. Dann wiederholte er das Ganze mit dem grünen Fall und setzte die Genua. Sie knatterte wie ein nasses Laken. Beide Segel killten, die Slangevar blieb im Wind liegen.

Lucky lief zum Bug und zog an der rostigen Kette. Braunes Wasser lief ihm an den Beinen hinab. Sein Körpergewicht drückte die Schnauze der Slangevar ins Wasser, und ein paar vorwitzige Wellen leckten an seinen Füßen. Der Anker saß fest, und Lucky musste heftig an der Kette zurren und sie nach links und rechts rucken, um ihn frei zu bekommen. Endlich rasselte die Kette in den Ankerkasten. Wasser tropfte auf die Koje. Das Mädchen wartete auf sein Zeichen. Bevor der Kleine dazu kam, die Schoten dichtzuholen, trieb die Slangevar schon auf die Felsen zu. Sie hatte sich ohne erkennbaren Grund in Bewegung gesetzt und hielt direkt auf den Leuchtturm zu. Vorn am Bug begann Lucky zu schreien. Das Mädchen hörte nicht auf ihn. Sie hielt die Pinne kerzengerade, weil sie glaubte, auf diese Weise Fahrt aufnehmen zu können. Ihr Herz pochte heftig, die Hand zitterte. Das ist wie beim Fahrradfahren, dachte sie. Und fuhr sich mit dem freien Arm über die Stirn. Man muss kräftig in die Pedale treten, um eine Kurve fahren zu können.

Sie trieben immer schneller auf die Felsen zu. Der Kleine sah mit aufgerissenen Augen von dem Mädchen zu Lucky. Endlich legte das Mädchen die Pinne um und schrie, sie sollten die Segel dichtholen. Die Slangevar zögerte kurz. Die Segel hatten sich längst gefüllt, und sie begann zu schlingern. Schon gewann sie wieder an Fahrt. Hinter ihr kratzte das Beiboot über einen Felsen. Lucky kam pfeifend zu den anderen beiden zurück. Seine Beine zitterten, er musste sich setzen. Die Slangevar ließ die Scilly-Inseln endgültig hinter sich, Bishop glitt an ihnen vorbei. Es dauerte noch eine ganze Weile, bis der einsame Leuchtturm hinter ihnen kleiner wurde. Mahnend wie eine düstere Festung. Der Kleine dachte, dass er ihnen verbieten wollte, sich weiter vorzuwagen. Er war eine Warnung. Eine Drohung.

Lucky nahm das Handbuch. Jetzt, wo er ihre Position

kannte, konnte er ihre Route berechnen. Sie würden noch eine knappe Stunde nach Westen segeln, und dann Kurs auf Norden nehmen, um der Inselgruppe und ihren gefährlichen Riffs zu entgehen. Bald würde ihre dritte Nacht auf dem Meer anbrechen. Kurz vor dem Morgengrauen würden sie sich dann wieder nach Osten wenden und irgendwo in Cornwall an Land gehen. Er schätzte, dass sie die Küste im Morgengrauen erreichen würden, aber er sagte lieber nichts. Er ging an Deck, um in Ruhe eine Zigarette zu rauchen. Im Vorbeigehen verteilte er die letzten drei Bier. Insgeheim war er froh, wieder auf dem Boot zu sein und nicht mehr auf dem finsteren Felsen. Der Ozean bot ihm eine unverhoffte Freiheit. Wir sind für das offene Meer gemacht, hatte er den anderen verkündet. Bevor sie die Segel gesetzt hatten. Der Satz bahnte sich einen Weg in seinem Kopf. Als Lucky fand, dass sie weit genug von dem Leuchtturm entfernt waren, wies er das Mädchen an, einen Kurs von null Grad zu steuern. Die Slangevar bekam den Seegang ins Gesicht und wollte ständig abfallen. Das Mädchen musste immer wieder den Kurs korrigieren. Lucky erlaubte ihr, zehn Grad abzuweichen, um die Slangevar zufriedenzustellen. Nord wurde zu Nordwest. Darauf kam es jetzt auch nicht mehr an. Sie liefen direkt auf das offene Meer zu.

Wie aus dem Nichts tauchten drei Containerschiffe auf, die in einer Reihe hintereinanderher fuhren. Der Kleine sprang auf und winkte mit den Armen. Er rief nach den Handfackeln, er wollte die Frachter zum Beidrehen bewegen. Lucky widersprach und sagte, es wäre nicht mehr weit bis zur Küste. Die Schiffe würden ihnen vielleicht nicht selbst zu Hilfe kommen, sondern einen Hubschrauber oder die Polizei schicken. Das Mädchen nickte, der Kleine beschimpfte die beiden. Lucky verschwand in der Kajüte, um nachzudenken und im Handbuch zu blättern. Auf keinen Fall wollte er noch einmal die Schrecken der vergangenen Nacht durchleben. Im Handbuch stand, dass große Schiffe in Verkehrstrennungsgebieten immer Vorfahrt hätten und man möglichst vermeiden solle, diese Gebiete zu queren. Wenn es sich nicht vermeiden ließ, solle man im rechten Winkel zur allgemeinen Verkehrsrichtung queren. Das Mädchen schlug vor, den Bug des vorderen Frachters anzuvisieren, um zwischen dem zweiten und dritten hindurchzusegeln. Sie versuchten es, doch leider waren sie nicht schnell genug. Der dritte Frachter musste ihnen ausweichen und tutete laut. Als die drei Ungetüme an ihnen vorbeigezogen waren, atmeten sie auf. Sie waren noch einmal glimpflich davongekommen. Das Meer war viel voller, als sie gedacht hatten.

Am Abend brachte ein Regenschauer Vergessen. Ein Zerstäuber befeuchtete Segel und Deck. Als der Himmel seine Schleusen öffnete, betrug die Sicht weniger als eine Seemeile. Die Wolken waren schwer, ein elektrisches Knistern lag in der Luft. Ein unsichtbarer Minotaurus spielte mit den Farben der Segel. Regen rann ihnen über das Gesicht. Obwohl es empfindlich kalt geworden war, zog Lucky seinen Pullover aus und breitete die Arme aus. Den Kopf in den Nacken gelegt, den Mund weit geöffnet. Das Mädchen folgte seinem Beispiel, allerdings behielt sie ihr T-Shirt an. Der Kleine entblößte ebenfalls seinen Oberkörper. Er begann zu zittern, als kalte Tropfen ihm die Wirbelsäule entlangliefen. Musste niesen und wäre fast über Bord gefallen. Er hatte das Gefühl, dass ihm nie wieder warm werden würde. Die drei hüpften auf und ab, um ihren Kreislauf in Schwung zu bringen und ihre Körpertemperatur um ein paar Grad zu erhöhen, bevor sie wieder ihre nassen Kleider überzogen. Die Slangevar weigerte sich, mit den Expandern auf

Kurs zu bleiben. Sie mussten sich im Regen an der Pinne abwechseln.

Unter Deck war es so feucht, dass nichts trocknete. Immerhin bot ihr schwimmendes Haus Schutz vor dem Regen. Das Mädchen saß bibbernd auf der Bank. Sie starrte auf das alte Barometer, das sich im freien Fall befand. Zwischen der festen und der beweglichen Nadel klaffte eine Lücke von mindestens zwei Zentimetern, und Letztere näherte sich unaufhaltsam der Aufschrift Regen oder Wind. Auch Lucky warf immer wieder besorgte Blicke zum Barometer. Allerdings widersprach das ruhige Meer den Launen des alten Messgeräts. Sie hatten nur noch zehn Liter Trinkwasser. Lucky kam auf die Idee, den Eimer unter das Schothorn zu hängen. Der Regen sammelte sich am Unterliek, rann am Baum entlang und tropfte von der Nock. Lucky spülte den Eimer mehrmals mit Meerwasser und wusch ihn mit einem alten Lappen. Dann schnupperte er daran und war beruhigt, als er Plastik roch. Er zog an der Schot, um den Baum dichtzuholen, und befestigte den Eimer mit einer Leine an der Dirk. Als es nach einer Stunde nachließ, war er nur zu einem Viertel gefüllt. Lucky löste den Knoten, und drei Köpfe beugten sich über den Eimer. Vor dem weißen Plastik sah das Wasser milchig aus. Lucky befeuchtete einen Finger und führte ihn vorsichtig an die Lippen. Er verzog das Gesicht, die anderen beiden wichen zurück.

Salzig, sagte er missmutig. Und sah zum Großsegel hoch.

Das Wasser wusch das Salz vom Segel. Um das Tuch sauber zu bekommen, hätte es tagelang regnen müssen. Mehrere Tage Dauerregen ohne Wind und ohne Gischt. Und dann noch mehr Regen, um den Eimer zu füllen. Lucky leerte den Eimer über Bord und ließ sich auf die Bank fallen. Das nasse

Haar klebte ihm im erschöpften Gesicht. Er sah aus wie ein räudiger Straßenköter.

Die Brühe kann man nicht trinken.

Außerdem war es der Kloeimer, fügte der Kleine hinzu.

Manchmal erwacht das Meer plötzlich aus dem Schlaf, reckt sich und bleckt gähnend die Zähne. Mit einem Mal wirbelte der Wind das Wasser auf, die Umgebung war nicht wiederzuerkennen. Sie befanden sich auf feindlichem Gebiet, und ihnen wurde schlagartig bewusst, was für ein lebensfeindlicher Raum das Meer war. Ein unsichtbarer Chor hob zu einem düsteren Requiem an. Aus der Tiefe stieg ein dumpfes Grollen. Die Planken ächzten und stöhnten, die Wellen klatschten höhnisch gegen den Bug. Große Beulen rollten von allen Seiten heran, und die unordentliche Schneise, die die Slangevar in das Wasser schlug, schloss sich direkt hinter dem kleinen orangen Beiboot. Der Wind trug keine Schreie von Seevögeln mehr herbei. Trotzdem hörten sie ihr Kreischen noch. Und das Zischen von Insektenflügeln. Manchmal spürte der Kleine eine Gestalt hinter sich, einen Schatten, der über das Wasser huschte wie ein Regenschauer. Er vertraute sich den beiden anderen an. Sie nickten stumm. Das Mädchen flüsterte, auch sie habe eine Silhouette gesehen, aber das sei nur Einbildung gewesen. Darauf verständigten sie sich wortlos, während sie beobachteten, wie die Gischt am Rumpf vorbeiflog.

Das Meer war in Aufruhr, es machte sich bereit zum Kampf. Der Himmel ballte sich stahlgrau zusammen, die Wellen krachten gegen die Bordwand wie Baumstämme. Die drei wollten nicht in ihrem schwimmenden Haus hin und her geworfen werden. Deshalb kauerten sie im Cockpit und starrten hinaus auf den entwurzelten Wald. Das Mädchen schniefte, der Kleine zitterte unter seiner Kapuze. Bei dem ständigen Auf und Ab wurde ihm gleich wieder speiübel. Er spuckte gegen den Wind und musste sich die Speichelfäden von der Hose wischen. Alle drei waren völlig durchnässt. Der Leuchtturm von Bishop Rock war längst außer Sicht, sie hatten keinerlei Orientierungspunkt mehr.

Lucky ging die verschiedenen Möglichkeiten durch. Seit der letzten Halse standen beide Segel backbord. Immer heimtückischere Böen drückten schwer auf den Mast und schoben die Slangevar in Richtung null Grad Nord. Kehrtzumachen und dem Wind die Stirn zu bieten, war nicht mehr möglich. Dazu hätten sie unzählige Male wenden müssen und wären Gefahr gelaufen, in der Dunkelheit wieder in die Nähe der Felsen zu geraten. Am Morgen hatte sich das Meer von seiner besten Seite gezeigt, jetzt war es unerbittlich. Das Bild der Slangevar, die an einem Felsen zerschellte, ging ihm nicht aus dem Kopf, und er musste sich zwingen, an etwas anderes zu denken. Wenn der Wind noch stärker würde, wäre eine Flucht nach vorn der einzige Ausweg. Auf dem offenen Meer konnten sie sich treiben lassen. Abwarten, bis der Sturm nachließ. Später würden sie irgendwo an Land gehen. Der Wind trieb sie nach Westen, hinaus auf den Atlantik.

Als sie Bishop verlassen hatten, hatte das Mädchen vorgeschlagen, Saint Mary's oder Tresco anzusteuern. Lucky hatte nur abfällig gegrinst. Jetzt, wo die Nacht hereinbrach, bereute er seine Überheblichkeit. Eine Insel, hatte er gesagt. Und den Kopf geschüttelt. Eine Insel mitten im Meer mit ein paar Robben drauf. Irgendetwas zog ihn hinaus auf den Ozean, auch wenn er nicht in Worte fassen konnte, was dieses Etwas war. Er folgte seinem Instinkt, seinem unverschämt guten Stern. Sie waren für das offene Meer gemacht, das sagte er immer wieder. Für einen Raum, der keine Grenzen kannte außer ihrer Angst.

Die Dämmerung kam schneller als an den Tagen zuvor, die schlechte Laune auch. Der Wind hielt sie zum Narren. Die Segel killten und schlugen hin und her. Sie mussten ständig den Kurs ändern, um das Boot zu stabilisieren. Unermüdlich erklomm die Slangevar die Wellenberge. Kroch den Hang hoch, balancierte auf dem Kamm, stürzte sich bäuchlings ins Tal. Manchmal bockte sie vor einem Hindernis, aber die meisten überwand sie mit Leichtigkeit.

Natürlich gab es eine logische Verbindung zwischen dem Wind und den Wolkenformationen, aber sie durchschauten diese Logik nicht. Sie kannten sich nicht genug aus, um das Wetter vorhersagen zu können. Der Himmel und die Wolken gehörten zu den Dingen, denen sie nie große Bedeutung beigemessen hatten. Außer, wenn sie zum Strand wollten. Jetzt legten sie stundenlang den Kopf in den Nacken. In dem vergeblichen Versuch, den großen bösen Wolf zu entdecken, der dort oben lauerte. Lucky musste brüllen, damit die anderen ihn im Getöse der Brecher verstanden. Er hatte dunkle Ringe unter den fiebrigen Augen. Mit einer langsamen Geste, die er sich in den letzten Tagen angeeignet hatte, zeigte er hinaus aufs Meer. Die Geste verstärkte seinen Glauben, dass er hierfür gemacht war. Sie eröffnete ihm den Ozean.

Das sieht nicht gut aus.

Über den Wolken scheint immer die Sonne.

Das Mädchen zitierte mit rauer Stimme aus dem Handbuch. Blätterte mit einer vor Kälte geröteten Hand um, bis sie auf die Beaufortskala stieß.

Bei Windstärke null ist das Meer glatt, sagte sie. Es herrscht Flaute, an Land bewegen sich die Blätter der Bäume nicht. Schönes Strandwetter, aber ein Segelboot kommt nicht vom Fleck. Bei Windstärke eins und zwei spricht man von ruhiger See.

Ruhiger See.

Man spürt kaum etwas.

Ruhige See, wiederholte Lucky nickend.

Ist doch egal, knurrte der Kleine. Und versank noch tiefer in seiner Collegejacke.

Bei Windstärke drei bildet sich Schaum auf dem Meer. Wenn überall Schaumköpfe zu sehen sind, spricht man von mäßiger Brise und Windstärke vier. Bei Windstärke fünf ist das Meer bewegt, fuhr das Mädchen fort. Sie hob die Stimme. Sechs steht für starken Wind und grobe See. Es entstehen Wellen mit brechenden Köpfen und weißen Schaumflecken. Bei sieben ist der Seegang so stark, dass man auf einem Boot nicht mehr aufrecht stehen kann.

Scheiße …

Hör auf.

Bei acht türmen sich die Wellen zu Bergen auf. Die Köpfe werden verweht, überall sind Schaumstreifen zu sehen. Bei neun bilden sich hohe Wellen mit verwehter Gischt. Brecher wie zum Surfen, nur ohne Strand. Man spricht von hoher See. Der Name sagt alles. Bei Windstärke zehn spricht man von sehr hoher, bei elf von schwerer oder brüllender See. Bei Windstärke elf herrscht orkanartiger Sturm. Der Wind erreicht über hundert Stundenkilometer, die Wellen sind bis zu zwanzig Meter hoch. Zwanzig Meter, das ist dreimal so lang wie die Slangevar, fügte sie hinzu. Und warf ihnen einen besorgten Blick zu.

Und was kommt dann?, fragte der Kleine. Und schluckte.

Orkan, Ponyboy! Windstärke zwölf. Die See ist weiß. Du rast mit einer Lawine ins Tal.

Sie klappte das Handbuch mit einem Knall zu.

Falls du da noch nicht über Bord gegangen bist.

Wir sind bei fünf, brüllte Lucky. Im Tonfall eines Experten.

Die Segel halten.

Wir sind ganz schön schnell.

Wir sollten auf die Küste zusteuern.

Noch nicht.

Die Pinne ließ sich kaum noch halten. Lucky schickte den Kleinen zum Mast und wies ihn an, den Niederholer dichtzuholen, um das Großsegel zu glätten. Der Kleine gehorchte murrend. Er hielt sich an der Reling fest und kroch auf den Knien zum Mast. Das Mädchen folgte ihm und hockte sich neben ihn. Sie drückten ihre Schultern aneinander, um die Bewegungen des Boots auszugleichen. Von hinten sah es aus, als wollten sie lossprinten. Das Segel spannte sich, aber die Slangevar reagierte nicht. Die beiden kamen zurück ins Cockpit, verfolgt von der Gischt. Sie bemerkten, dass Wasser durch den Niedergang unter Deck gelaufen war. Sie mussten Hunderte von Litern mit dem Eimer aus der Kajüte schöpfen. Und mit einer Schüssel. Sie standen mit nassen Füßen im Bilgenwasser.

Lucky beobachtete sie schweigend. Die verletzte Hand warm in der Jackentasche, die andere vor Kälte gerötet auf der Pinne. Obwohl er die Wunde desinfiziert und den Verband gewechselt hatte, hatte sich der Riss entzündet. Er sah von den anderen beiden nur den gebeugten Rücken. Das Wasser, das sie ins Cockpit schöpften, damit es durch die Lenzklappen ablief, schwappte ihm über die Füße. Als die beiden fertig waren, verschlossen sie den Niedergang und setzten sich zu ihm auf die Bank. Der Kleine rieb sich die Hände an der Jeans ab. Über ihnen ballten sich Wolken zu Eisbergen zusammen, die sich im nächsten Moment wieder auflösten. Der Kleine sah den Wolken nach. Räusperte sich und schluckte. Er hatte das mulmige Gefühl, dass auch sie verdampften. Dass sie zu einer Wolke wurden, die ein Kind irgendwo auf der Welt für ein Segelboot halten würde.

Es wird dunkel.

Ja.

Der Wind wird stärker.

Wir müssen die Segel reffen.

Gut.

Mit den Bändseln, die da runterhängen.

Übernimm das Ruder.

Lucky zog mit aller Kraft an dem Groß, aber es bewegte sich kein Stück. Sie mussten anluven, um Druck aus dem Tuch zu nehmen. Dann schnell das Segel reffen, bevor der Wind wieder hineinfuhr. Er machte dem Mädchen ein Zeichen. Die Slangevar legte sich auf die Seite und drehte sich brav in den Wind. Der Stillstand machte sie zum Spielball der Wellen. Jetzt, wo sie nicht mehr schräg auf die Wellen traf, schaukelte sie heftig hin und her. Der Kleine kotzte auf die Abdeckung des Außenborders.

Lucky warf das Fall lose und ließ das Groß bis zum zweiten Reff hinab. Bewegte sich am Baum entlang und rollte das Segel ein. Immer wieder rutschte er auf dem nassen Kajütdach aus. Je weiter nach achtern er kam, desto mehr musste er auf die Zehenspitzen gehen. Der Wind stahl ihm seine Flüche von den Lippen, zerrte an dem Segel, riss ihn mit und wollte ihn über Bord schleudern. Das Mädchen holte das Großsegel dicht, damit es nach mittschiffs kam. Der Magen des Kleinen war leer. Er stützte die Stirn auf die

Reling. Das Mädchen steuerte das Boot wieder in den Wind. Die Genua schlug back, das Mädchen setzte die Pinne nach Lee und drehte bei, ohne es zu wollen.

Jetzt dümpelte die Slangevar auf der Stelle. Sobald sie Anstalten machte, Fahrt aufzunehmen, wurde sie ausgebremst. Mit klammen Fingern zurrte Lucky die Reffbändsel fest. Der Baum schlug ihm gegen die Brust. Er kehrte zurück ins Cockpit und betrachtete zufrieden sein Werk. Das auf zwei Drittel seiner Fläche reduzierte Segel bildete unten einen dicken Wulst. Die Slangevar nahm wieder Fahrt auf. Als raste sie mit eingezogenem Kopf eine Treppe hinunter. Dann wiederholten sie das Ganze und tauschten die Genua gegen die Fock. Das Manöver gelang perfekt. Lucky grinste breit. Das Mädchen erklärte ihm, wie das Beidrehen funktionierte. Sie verglich es mit einer Handbremse. Die Entdeckung versetzte sie in Euphorie. Jetzt konnten sie das Boot anhalten. Konnten in Ruhe die Segel setzen oder niederholen. Mussten nicht mehr in Panik geraten. Sie küssten sich über die Pinne hinweg, wobei Lucky sich auf der Schulter des Kleinen abstützte.

Am schlimmsten wäre es, wenn einer von uns über Bord geht, sagte Lucky.

Er verschwand in der Kajüte und kehrte mit den Rettungswesten zurück. Zog sich eine über den Kopf, führte die Gurte hinter dem Rücken entlang und verschloss die Schnalle. Von nun an würden sie an Deck immer eine Schwimmweste tragen. Sich vielleicht sogar festbinden. Der Kleine lachte nervös und schüttelte den Kopf. Lucky reichte dem Mädchen die Schwimmweste, die er auf der Insel gefunden hatte. Führte den Gurt um ihre Taille. Hielt dem Kleinen die dritte Weste hin. Dieser macht eine abwehrende Geste.

Wenn ich ins Wasser falle, will ich lieber schnell sterben.

Red keinen Stuss.

Ein richtiger Seemann kann nicht schwimmen.

Soll ich dich zwingen?

Dann bist du tot.

Die dritte Nacht ließ die Erinnerungen an die beiden vorherigen Nächte verblassen. Es war stockfinster, und der Wind wehte unvermindert stark. Er peitschte über das Wasser und sträubte das Fell einer Horde Katzen. Alle paar Minuten dröhnte in der Ferne ein Nebelhorn. Der Kleine zählte die Sekunden zwischen den wabernden Tönen. Irgendwann hörte er nur noch das tosende Wasser und den Wind, der ihm durch die Zähne pfiff. Die Slangevar prallte hart auf die kurzen Wellen. Wieder zählte der Kleine die Sekunden, diesmal jedoch bis zur nächsten Welle. Mal waren es drei Sekunden, mal vier. Als führen sie über Wellblech. Der Kurs war mittlerweile völlig unwichtig, nur die Stabilität des Boots zählte. Ihr Marathon war zu einem Hürdenlauf geworden.

Der Kleine hing auf der Bank und beobachtete Lucky und das Mädchen. In ihren orangen Rettungswesten sahen sie albern aus. Wie Ausflügler. Sein leerer Magen schwappte im Takt der Wellen hin und her, Säure brannte ihm in der Kehle. Das Meer schien Beifall zu klatschen. Manchmal blitzte die Gischt so grell auf, dass er geblendet aufschrie. Gekreisch wie von einer Möwe, das Lucky das Trommelfell zerriss. Der Kleine war totenbleich und erbrach nur noch Vogelschreie und lange Speichelfäden.

Später brachte das Mädchen Becher mit heißem Wasser und einem Schuss Whisky. Der Dampf hüllte ihre Gesichter ein. Sie verbrannten sich aufs Köstlichste die Finger. Schlürften das Getränk, bevor es kalt wurde. Das Mädchen sammelte die Becher ein und brachte sie in die Pantry. Als sie wieder an Deck kam, hatte sie den Mund voller Brot und den Eimer in der Hand. Sie leerte ihn über Bord. Um sie herum war alles in Bewegung. Das Licht zerfloss. Ihre Körper waren es leid zu kämpfen und passten sich dem Rhythmus des Boots an. Wurden hin und her geworfen und stießen gegeneinander. Niemand machte sich die Mühe, den anderen um Entschuldigung zu bitten.

Wie um ihre schlimmsten Ängste wahr werden zu lassen, drehte eine besonders kräftige Böe die Slangevar in den Wind und legte sie auf die Seite. Sie verneigte sich nach backbord. Das Wasser leckte an den Relingstützen, der Mast hing über dem Meer wie ein toter Baum. Im letzten Moment packte Lucky den Kleinen am Kragen und riss die Pinne herum. Das Ruderblatt hing nicht mehr im Wasser und klappte nutzlos hin und her. Lucky hielt sich an einem Backstag fest und zog den Kleinen zurück an Bord. Er musste all seine Kraft aufwenden. Der Kleine baumelte wie eine zusammengekrümmte Katze über dem Wasser. Die Wunde an Luckys Hand war wieder aufgerissen. Der Schmerz drohte seine Muskeln erschlaffen zu lassen, und die Slangevar war kurz davor, ihre Segel auf dem Wasser abzulegen. Zum Glück warf das Mädchen die Großschot gerade noch rechtzeitig lose. Ihr athletischer Körper balancierte geschickt in dem schräg stehenden Cockpit, bis der Mast wieder in die Senkrechte fand.

Jetzt hingen die Segel schlaff herab. Die Pinne zu halten war eine Herausforderung. Die Slangevar bremste immer wieder abrupt und beschleunigte genauso plötzlich. Wurde wieder langsamer und erklomm jäh einen Steilhang, den sie nicht hatten kommen sehen, den sie aber sehr wohl spürten. Unter Deck landete alles, was sie zu hastig in die Regalfächer geräumt hatten, in der dreckigen Brühe der Bilge. Immer noch lief Wasser durch den Niedergang in die Kajüte. Die Pinne vibrierte heftig. Lucky übergab sie dem Mädchen, weil er zum Vorschiff wollte, um den Horizont abzusuchen. Seine Finger wechselten rasch von den Wanten zur Reling. Er bewegte sich mit kleinen, schnellen Schritten. Am Bug kam ihm der Gedanke, dass er sich irgendwo hätte festbinden sollen. Selbst wenn ihn die Schwimmweste vor dem Ertrinken bewahrte, würden die anderen ihn wohl nicht rechtzeitig aus dem Wasser ziehen können. Er richtete sich vorsichtig auf und klammerte sich mit beiden Händen an einem Drahtseil fest. Nadeln stachen ihm in den Augen.

Ringsum nichts als Wasser und Himmel und dazwischen ein paar niedrige Wolken wie von einem unechten Sonnenaufgang. Vor dem Steven rauschte ein reißender Bach vorbei. Luckys Gewicht drückte den Bug nach unten, eiskaltes Wasser umspülte seine Knöchel. Er kehrte zum Heck zurück und zeigte auf das Beiboot. Das Leinenende wand sich wie eine Schlange im Kielwasser. Das orange Boot hatte sich losgerissen. Es war bis zum Rand vollgelaufen, trieb immer weiter ab und versank langsam im Meer. Ein weiterer Schiffbruch auf der langen Liste der Havarien. Falls die Slangevar jetzt unterginge, wären sie hoffnungslos verloren. Der Kleine und das Mädchen schwiegen. Sie starrten wie hypnotisiert auf die hüpfende Leine, die den Bewegungen der Wellen folgte. Lucky holte sie gemächlich ein. Wickelte sie sorgfältig zwischen Hand und Ellbogen auf. Das Ende war ausgefranst, als wäre es von einer Ratte angenagt worden.

Wenigstens sind wir so leichter.

Der Sturm ist nicht ohne.

Wir müssen durchhalten, bis er sich legt.

Wenn er sich legt …

Kaum eine Stunde später senkte sich Finsternis über das Meer. Jegliches Licht erlosch. Der Himmel bewahrte sich eine Art milchiges Schwarz, das mit dem dunklen Wasser verschmolz. Die Slangevar brach in immer kürzeren Abständen durch die Oberfläche. Die Fische im Wasser sahen, wie der Kiel ihren Himmel durchschnitt. Begleitet von einem aufblitzenden Licht wie von einer Sternschnuppe. Der Regen erwischte die drei kalt und nahm ihnen die Sicht, unerbittlich wie eine behandschuhte Faust. Sie hatten das Gefühl, auf einer Rolltreppe in den grollenden Abgrund gezogen zu werden. Die Slangevar machte zügige Fahrt, um nicht zu kentern.

Wieder dröhnte in der Ferne ein Nebelhorn. Eine zusätzliche Bedrohung. Lucky lief an Deck hin und her. Nervös und durchnässt. Überprüfte dies und jenes. Trotz der Kälte war er schweißüberströmt. Die Wellen türmten sich höher und höher. Sie donnerten gegen den Steven und schleuderten ihnen Schaumfetzen vor die Füße. Das Mädchen saß schweigend am Steuer. Hin und wieder strich sie sich mit schneller Geste das schwarze Haar aus den Augen.

Sie hatten Hunger, aber an Kochen war nicht zu denken. Die Makrelen vom Mittag waren längst verdaut, und das verbliebene Brot war ein einziger Brei. Die Pantry gab nicht mehr viel her. Wenn sie einen Topf auf den kardanisch aufgehängten Kocher gestellt hätten, hätten sie sich nur verbrannt. Kalte Luft drang ihnen wie Metallspäne in die Lungen. Die Wellen rollten heran, brachen sich am Rumpf, rollten weiter. Die Wellen verschluckten ihre nassen Zungen. Der Kleine dämmerte vor sich hin. Immer wieder krampfte sich sein Magen zusammen, er hielt den Kopf über Bord und spuckte schleimige Spinnweben in den Wind.

Irgendwann verschwand Lucky unter Deck. Die anderen beobachteten, wie er in den Regalfächern kramte, das Jagdmesser fand, zur Koje im Vorschiff ging und den Spinnaker packte. Er schnitt drei große Vierecke aus dem Tuch. In jedes machte er zwei Schlitze in Form eines Kreuzes. Mit den improvisierten Ponchos kam er zurück ins Cockpit und verteilte sie an die anderen. Der Wind spielte mit dem leichten Stoff. Zerrte daran und hob die Ecken wie rot-schwarze Blütenblätter, die sich nicht vom Kelch lösen wollten. Die Gischt prasselte auf das Nylon und lief ihnen an den Beinen herab. Lucky zerschnitt eine Leine in drei Teile. Als sie sich die behelfsmäßigen Gürtel um die Hüften geknotet hatten, hörte das Tuch auf zu schlagen. Sie sahen aus wie Vogelscheuchen.

Nun war die Kälte erträglicher. Der Kleine zog sich das Segel über die Knie. Seit einiger Zeit sagte er sich, dass es nicht mehr schlimmer kommen konnte. Sie hätten auf den Wächter am Tor hören sollen, der ihnen befahl kehrtzumachen. Die Welt, in die sie sich vorgewagt hatten, war grausam. Es gab kurze sadistische Ruhephasen, in denen der Tod sie Huckepack nahm. Seit Bishop Rock segelten sie schnurstracks in die Hölle. Vielleicht sogar seit jenem Tag in den italienischen Bergen. Seither ging ihr Leben den Bach runter. Eigentlich waren sie längst tot, aber sie starben trotzdem immer weiter, jeden Tag ein wenig mehr. Lucky hatte ihm zwar damals das Leben gerettet, aber nur, um ihn später dem Tod zu überlassen, dachte er. Und musste immer wieder würgen. Die Bilder ließen ihm keine Ruhe. Er nahm an, dass es Lucky ähnlich ging. Die Deiche waren gebrochen, verschüttet geglaubte Bilder überfluteten ihre Gedanken. Zu ihren Füßen erstarben Wellen, zwei symmetrische Blindschleichen schlängelten sich durch die Lenzklappen ins Meer.

Sie wischten sich Tränen vom Gesicht, für die sie den Wind verantwortlich machten. Der glänzende Lack von Mammons Pick-up stand dem Kleinen mit quälender Deutlichkeit vor Augen. Tagelang hatten sie die graue Suppe angerührt und sie in die Verschalung gefüllt. Die Erinnerung an seine vom Zementbrand schmerzenden Hände hielt sich so hartnäckig wie Rost auf Betonstahl. Lucky und er hatten die Schule abgebrochen, um frei zu sein und reich zu werden. Sie hätten nie gedacht, dass sie schwarz auf dem Bau schuften würden. Sie hätten auch nicht gedacht, dass sie auf dem Meer sterben würden wie Fische oder Möwen. Das Mädchen stützte sich auf der Schulter des Kleinen ab und stand auf. Sie brüllte ihnen zu, sie werde versuchen, etwas zu essen aufzutreiben. Lucky machte eine zustimmende Geste, der Kleine zuckte mit den Achseln. Sie kam mit dem Eimer zurück und kniete sich ans Heck. Wasser spritzte ihr ins Gesicht. Es war ein harter Kampf, bis es ihr gelang, genug Wasser zu schöpfen, um den verbeulten Topf zu füllen. Der Kleine schaute ihr mit angeekeltem Blick zu.

Meerwasser kann man nicht trinken, knurrte er.

Das Mädchen grinste nur. Lucky war dankbar, dass sie Trinkwasser sparte. Unter Deck flammte die Lampe auf, und der süßliche Petroleumgeruch wehte ins Cockpit. Lucky war ein völlig anderer Mensch als in Ligurien. Das struppige Haar und der schwarze Bart ließen ihn zehn Jahre älter wirken. Ihm lief pausenlos die Nase. Der Rotz strömte in seinen Bart, vermischte sich mit Meerwasser und rann den Poncho hinab. Er betrachtete seine verletzte Hand. Mit angewidertem Gesicht. Das Salzwasser verhinderte, dass die Wunde heilte. Mit dem Zement war es genauso gewesen. In Ligurien hatten sie zu sechst im Keller eines gepflegten Mietshauses gehaust. In einem gekachelten, muffigen Raum.

Der Kleine zog eine Grimasse. Im Vergleich zu ihrer jetzigen Lage kam ihm das Leben damals ziemlich angenehm vor. Zumindest hatten sie festen Boden unter den Füßen gehabt. Allerdings hatten sie das nicht zu schätzen gewusst. In Dolceacqua war das Leben schwierig gewesen. Von den sechs Bewohnern der Kellerwohnung hatten nur sie beide Papiere gehabt. Die anderen versteckten sich auf Mammons Rat hin. Man konnte auch sagen, sie waren sein Eigentum. Mammon zog ihnen Miete und Essensgeld vom Lohn ab, und am Ende der Woche blieb nichts übrig. Mammon nahm ihnen die Pässe ab und ließ sich vorsichtshalber nicht oft blicken. Im Morgengrauen kam sie ein blauer Pick-up abholen. Ein paar Stunden später setzte der Fahrer sie irgendwo in den Bergen ab, an einer Baustelle, wo sie den ganzen Tag schuften mussten. Der Kleine kannte Lucky von klein auf. Seine Eltern waren mit Luckys Eltern befreundet gewesen. Er spuckte ins Wasser und rieb sich die Augen.

In Marseille hatte er nicht viel gemacht. Seit er nicht mehr zur Schule ging, hatte er viel Zeit. Er hörte Musik und lungerte am Hafen herum. Versuchte irgendeinen Job zu finden. Legal oder illegal. Irgendwann hatten sie beschlossen abzuhauen. Mammons Keller in Italien war ihr einziges Angebot gewesen. So waren sie Maurer geworden, aber es hätte genauso gut etwas anderes sein können. Gesichtslose Arme, die Leichtbausteine trugen und Beton mischten. Sie bauten ein großes Haus. Für wichtige Leute, hatte Mammon gesagt. Eines Tages setzten sich die vier Illegalen ab, und Lucky und der Kleine mussten allein auf der Baustelle in den Bergen weiterarbeiten.

Das Mädchen steckte den Kopf durch den Niedergang. Sie reichte ihnen zwei Schüsseln mit dampfendem Reis, in denen ein Löffel steckte. Sie aßen schweigend, das Meer machte Lärm für drei. Das Mädchen blieb unter Deck. Sie hatte ihren Poncho ausgezogen, und Lucky und der Kleine sahen ihre Hand über einem Teller voller weißem Dampf hin und her wandern. Sie hatte die Füße auf die gegenüberliegende Bank gelegt. Hin und wieder traf eine Welle die Slangevar von der Seite. Die beiden Jungen mussten sich hastig abwenden und den Reis mit einer Hand abschirmen, damit er nicht noch nasser wurde. Beim ersten Bissen verzogen sie das Gesicht.

Viel zu salzig.

Das liegt an dem Wasser aus dem Kloeimer.

Halt die Klappe.

In Marseille hatte man sie gewarnt. Mammon kam aus La Savine und arbeitete als Baustellenleiter für einen Architekten, den niemand je zu Gesicht bekam. Mammon war fett und ungewaschen. Sein schmutziger Bauch hing unter seinem Hemd hervor, seine Finger waren behaart wie die Beine einer Tarantel. Er hatte immer einen Gehilfen namens Valentino dabei. Mammon war bewaffnet wie ein Polizist, manchmal ragte der Griff einer Pistole aus seinem Hosenbund. Eine Walther PPK/S, hatte Lucky gesagt. Um den Kleinen zu beeindrucken. Als wäre es wichtig, den Namen einer Waffe zu kennen.

Jeden Morgen wurden sie von dem blauen Pick-up abgeholt. Der Fahrer hielt nicht an, sondern ließ den Wagen nur ausrollen. Sie sprinteten los, sprangen auf die Ladefläche und setzten sich zwischen die Zementsäcke. Dann sammelten sie Mammon und Valentino ein und krochen den gewundenen Weg zur Baustelle hoch. Der Fahrer war stämmig und hatte das runde Gesicht der Bergbewohner. Die Atmosphäre war angespannt bis bedrohlich. Der versprochene Lohn wurde nicht ausgezahlt. Man behandelte sie wie Vieh, und sie gerieten auf der Baustelle in Verzug. Der Kleine leerte seine Schüssel über Bord. Die Erinnerungen machten ihm nicht weniger zu schaffen als der Seegang. Er erhob sich taumelnd. Stolperte die beiden Stufen zur Kajüte hinunter und sank neben das Mädchen auf das blaue Polster. Zog seinen Poncho aus und stopfte ihn tropfnass ins Fußende seiner Koje. Das Licht flackerte. Die Sturmlaterne rutschte im Takt der Wellen auf dem notdürftig reparierten Tisch hin und her. Der gelbe Schein auf den Wänden des Hauses bewegte sich im selben Rhythmus. Das Mädchen aß weiter, mit leerem Blick.

Eine richtige Villa, murmelte der Kleine. Und stützte die Ellbogen auf den Tisch.

Was?

Oberhalb von Imperia, nicht weit von der französischen Grenze.

Wovon redest du?

Brüllende Hitze. Schwere Eimer schleppen. Überall nur Steine, Staub und verkrüppelte Bäume.

Verdammt, wovon redest du?

Von Zwangsarbeit.

Er holte tief Luft und senkte den Kopf. Er hätte sich am liebsten an die Brüste des Mädchens geschmiegt, so wie in dem alten Leuchtturm. Neben ihr zu sitzen, sie aber nicht berühren zu dürfen, war hart. Ihm wurde schwindelig. Ihr Arm war angespannt, sie stemmte sich gegen ihn, um nicht von der Bank zu fallen. Alles stürzte auf ihn ein. Der süße Geruch von trockenen Kiefern, die Sehnsucht nach Marseille. Das unkomplizierte Leben. Der Mistral und der Staub, der sich in jeder Hautfalte ansammelte. Überall Staub. Staub und Gluthitze, von morgens bis abends. Und die Baustelle. Eines Tages im Spätsommer waren sie über einen Bergkamm zurück ins Tal gefahren. Der Himmel war bedrohlich blau. Der Pick-up kam in einer Staubwolke zum Halt. Der Schleier holte sie ein und legte sich über sie. Der Kleine zeichnete mit dem Finger ein Muster in den Staub auf dem Blech, um den Kopf frei zu bekommen.

Ein Tag wie jeder andere, murmelte er.

Er wischte sich über die Nase. Fuhr sich mit den Händen durch das vom Salz strähnige Haar. Das Mädchen nickte. Und kratzte die letzten Reiskörner von ihrem Teller. Sie hatte keine Ahnung, was er da redete, aber wahrscheinlich war das auch besser so. Sie hatte sich in die Kajüte und in sich selbst zurückgezogen. Wie hinter eine Glasscheibe, wo sie zur Ruhe kommen und Kraft schöpfen wollte. Der Kleine rückte ihr auf den Leib, und sie traute sich nicht, ihn wegzuschieben. Sie hatte Angst, Lucky könnte sehen, wie eng sie nebeneinandersaßen. Sie spürte die Wärme des Jungen an ihrem Schenkel und die Wärme der Lampe im Gesicht. Draußen wurde der Slangevar übel mitgespielt. Von überall kamen merkwürdige Geräusche. Der Kleine schloss die Augen.

Der steinige Weg führte über einen Bergkamm, ein Stück weiter unten floss ein Bach. Der Ausblick war spektakulär. Sie saßen zu dritt auf der Ladefläche des Pick-ups, der warme Motor klickte. Der Kleine saß Valentino gegenüber. Sie rauchten stumm und lehnten an dem heißen Blech. Seit sie auf der Baustelle arbeiteten, hatte Valentino kein Wort an sie gerichtet. Er erteilte seine Befehle mit zackigen Gesten und finsteren Blicken. Mammon war der Boss, Valentino trottete ihm hinterher wie ein Dobermann. Der Kleine misstraute allen beiden. Achtete darauf, ihnen auf keinen Fall in die Augen zu sehen. An jenem Tag befahl Mammon dem Fahrer anzuhalten. Er wollte die Aussicht genießen.

Seine behaarten Finger fummelten am Griff der Walther herum.

Der Fahrer wartete auf ein Zeichen, dass er den Motor wieder anlassen durfte. Alle warteten geduldig, dass es weiterging. Insekten summten, Vögel flatterten von den verkrüppelten Bäumen auf. Der Kleine rückte noch enger an das Mädchen heran. Legte vorsichtig seinen Kopf an ihren. Sie ließ es geschehen. Mammon betrachtete durch sein halb heruntergelassenes Fenster die ligurische Landschaft. Den reißenden Torrente Nervia. Das trübe Bilgenwasser schwappte hin und her. Verschiedene Dinge schwammen im Wasser. Aufgequollene Essensreste, eine schmutzige Socke.

Lucky ging baden.

Was?

Im Bach.

Wovon redest du?

Der Kleine straffte die Schultern und schluckte. Der Salzgeschmack in seinem Mund war intensiv wie Knoblauch. Seine Lippen, seine Speiseröhre und sein Magen brannten wie Säure, sodass er ständig aufstoßen musste. Völlig unvermittelt war Lucky von der Ladefläche gesprungen. Hatte vorgeschlagen, im Bach baden zu gehen. Der Kleine hatte müde mit dem Kopf geschüttelt. Der Gedanke, sich im kalten Wasser den Schweiß vom Körper zu spülen, war verlockend, aber er war völlig kaputt von der schweren Arbeit. Mammon nickte gnädig hinter der herabgelassenen Fensterscheibe. Um Lucky zu bedeuten, dass er ihm die Erlaubnis erteilte. Lucky verschwand mit einem Satz zwischen den Sträuchern. Ein Trampelpfad führte den Steilhang hinab.

Ich blieb allein zurück.

Wo?

Mit den drei anderen.

Welchen anderen?

Den drei Schweinehunden.

Lucky klammerte sich an die Pinne. Er kauerte am Heck wie ein einsamer Steuermann auf sturmgepeitschter See. Immer wieder drehte er den Kopf, damit die Gischt ihn nicht im Gesicht traf. Er war in Gedanken bei dem Kleinen. Vor seinen Augen lief derselbe Film ab, nur aus anderer Perspektive. Als er das felsige Bachbett erreicht hatte, hörte er den Kleinen schreien. Ein kurzer Schrei, gefolgt von lautem Brüllen. Das Rauschen des Wassers übertönte das Schreien, aber er erkannte die Stimme des Kleinen. Rannte den Steilhang hoch, keuchend wie ein Tier, unter Zuhilfenahme der Hände. Geriet auf dem Geröll und dem sandigen Staub ins Rutschen. Je höher er kam, desto lauter wurde das Schreien. Wie von einer Möwe. Wie von einem kleinen Kind.

Lucky erklomm den Hang immer schneller. Rutschte immer schneller ab. Nach jedem Schritt brach der Weg unter seinen Füßen weg wie in einem Albtraum. Die Wurzeln, die er packte, gaben nach, bis er sie in den Händen hielt. Er umklammerte die Pinne immer fester. Tränen vermischten sich mit Regen und Meerwasser. Die Stimme des Kleinen drang aus der Kajüte, auch wenn er kein Wort verstand.

Ich werde diesen Tag nie vergessen.

Das Mädchen gab dem Kleinen einen flüchtigen Kuss.

Es ist vorbei.

Ist es nicht.

Sie rieb ihre Stirn an seinem Ohr und ergriff seine Hand. Ihre Haut war kalt und hart wie die einer Toten. So kalt, dass der Kleine sie erschrocken ansah. Sie bemerkte es nicht. Ihre eisigen Finger drehten seinen Siegelring. Sie starrte auf den Topf, der auf dem kardanisch aufgehängten Kocher hin und her rutschte. Er wagte nicht, ihre Hand loszulassen. Entspannte sich, rückte ein Stück von ihr ab und lehnte den Hinterkopf gegen ein Regal.

Als Lucky oben angekommen war, ging alles sehr schnell. Valentino befand sich immer noch auf der Ladefläche des Pick-ups. Er beugte sich über den Rand und sah Lucky nicht kommen. Unter ihm schrie der Kleine. Der Fahrer hatte ihn am Haar gepackt und drückte sein Gesicht gegen einen Reifen des Pick-ups. Die Jeans des Kleinen hingen ihm um die Knöchel. Mammon versuchte, ihn zu penetrieren, und schlug gleichzeitig mit dem Griff seiner Pistole auf seinen Rücken ein. Seine behaarten Finger fummelten dem Kleinen zwischen den Beinen herum. An den Schenkeln des Kleinen lief Blut hinab.

Der Himmel war knallrot. Die Landschaft war glühend rot. Nur der Pick-up glänzte blau. Lucky warf sich auf Mammon. Verdrehte ihm den Arm und packte die Pistole. Entsicherte die Waffe, bevor irgendwer reagieren konnte. Gab drei Schüsse ab. Die erste Kugel traf Mammon in den Nacken. Die zweite Valentino in die Stirn. Die dritte den Fahrer in den Hals.

Als der Kleine sich aufrappelte, lagen zwei Männer im Staub. Ein dritter hing schlaff über dem metallisch blauen Rand der Ladefläche. Der Arm des Fahrers zuckte wie die Kiemen der Makrele, die er am Tag zuvor mit dem Fuß hatte zerquetschen wollen.

Lucky hat mir das Leben gerettet.

Er ist für dich da, sagte das Mädchen.

Er war meine einzige Chance.

Ich bin auch für dich da, Ponyboy.

Der Kleine schüttelte den Kopf.

Das ist nicht dasselbe.

Doch. Das ist Schicksal.

Das ist nicht dasselbe, wiederholte er. Kopfschüttelnd.

Er schloss die Augen und lauschte dem Knarren des Boots. Das Auf und Ab versetzte ihn in Trance. Er unterdrückte den Brechreiz, um nicht die zwei Stufen zum Cockpit hochgehen zu müssen. Er hätte sich am liebsten an das Mädchen gekuschelt und wäre eingeschlafen, in trockener, steif gewaschener Bettwäsche. Draußen saß Lucky im Regen und in der Gischt, während seine Gedanken um ein Standbild kreisten. Er hielt Mammons Walther in der herabhängenden Hand.

Der Kleine hatte sich langsam die Hose hochgezogen. Ihm war schwindelig. Der Jeansstoff sog das Blut an seinen Schenkeln auf. Die Tränen hatten schmutzige Schlieren auf seinem staubigen Gesicht hinterlassen. Zu seinen Füßen krümmte sich Mammon zusammen. Mit heruntergezogener Hose. Ein Hoden klemmte zwischen den Oberschenkeln wie eine überdimensionale Zecke. Sein unverletztes Auge starrte in den Himmel. Die Kugel war aus dem anderen Auge ausgetreten. Sie hatte den Augapfel und die Braue mit sich gerissen. Über dem klaffenden Loch sprossen ein paar einzelne schwarze Haare. Sein Blut breitete sich langsam im Staub aus. Das Mädchen schob den Kleinen von sich und packte ihr Glas, das über die Tischkante zu rutschen drohte.

Man muss die Schüsse gehört haben, um das zu verstehen.

Kann ich mir vorstellen.

Kannst du nicht.

Kann ich wohl.

Für dich klingt das doch wie ein Film.

Lucky war zu ihm gekommen und hatte ihn umarmt. Ihr Atem ging stoßweise, um sie herum herrschte endgültige Stille. Allmählich beruhigten sie sich. Sie legten die Stirn aneinander. Von nun an waren sie Brüder. Sie entfernten sich ein paar Schritte von den toten Männern und rauchten wortlos. Dann zerrte Lucky die Leichen ins Fahrerhaus des Pickups. Sie schoben den Wagen den Abhang hinab. Er rollte zwischen den Büschen hindurch und wurde immer schneller. Prallte gegen einen knorrigen Ast oder Felsen, überschlug sich mehrmals und blieb im Bach liegen. Es wurde allmählich dunkel. Der Himmel war nicht mehr ganz so rot wie vorher. Lucky kletterte den Hang hinunter, sog Benzin aus dem Tank und verspritzte es über den Leichen. Als er zurückkam, kräuselte sich ein schwarzes Band über dem Gebüsch. Der Geruch war stechend, das Mädchen spielte mit dem Glas in ihrer Hand.

Ohne sie wären wir jetzt nicht hier.

Ohne wen?

Ohne die Schweinehunde.

Der Kleine zog die Nase hoch und wischte sich mit dem Ärmel den Rotz ab. Lucky hatte Mammons Knarre behalten. Auch er schob sie sich in den Hosenbund. Dann liefen sie los, quer durch die Berge, immer an der Nervia entlang. Sie mieden die Dörfer, um nicht gesehen zu werden. Ein paar Stunden später überquerten sie die Roya. Liefen parallel zum Meer. Im Schein der Mondsichel überquerten sie die Grenze. Ein Albtraum verschwindet nicht, nur weil ein anderer an seine Stelle tritt, sagte Lucky. Sie wussten beide, dass es kein Zurück gab. Vor ihnen war der Weg, hinter ihnen die Polizei. Das Mädchen biss in einen verschrumpelten Apfel und sah ihn erwartungsvoll an. Sie wollte den Rest der Geschichte hören. Doch der Kleine schwieg. Er stand auf, stapfte ins Cockpit und beugte sich über die Reling. Würgte geräuschvoll und übergab seinen Reis dem Meer.

Lucky saß zitternd auf der Bank. Er streckte den Arm aus und strich dem Kleinen übers Haar. Der Sturm konnte kommen, sie hatten schon Schlimmeres durchgemacht. Die Fluten spielten gierig mit dem Boot. Mal mit der Zunge, mal mit den Zähnen. Lucky sagte dem Kleinen, er solle seine Schwimmweste anlegen und den Poncho überziehen. Die Höhe der Wellen war Routine, nichts, worüber man sich mit gedämpfter Stimme in den Hafenkneipen der Bretagne oder Schottlands unterhielt. Sie türmten sich nicht zu heimtückischen Wänden auf, die härter als Stein waren. Dennoch kündeten die Wellen von dem Unwetter, das sie hervorgebracht hatte. Sie liefen von einer Küste zur anderen und zeugten vom Chaos. Wirbelten Abertausende von Gebeinen auf. Drei Tote mehr oder weniger spielten da keine Rolle. Der Regen würde die Nervia anschwellen lassen und das ausgebrannte Wrack des Pick-ups ins Meer spülen. Vielleicht auch die Toten, falls die Polizei sie nicht vorher fand. Die verkohlten Leichen würden auf Meeresströmungen dahintreiben und sie bis ans Ende der Welt verfolgen.

Unter Deck wurde die Lampe gelöscht, aber das Mädchen kam nicht ins Cockpit. Sie musste sich auf der Bank ausgestreckt haben und sofort eingeschlafen sein. Es war stockdunkel. Der Wind hatte ein wenig nachgelassen, nicht aber der Seegang. Die Wellen kamen in größeren Abständen, aber sie kamen zuverlässig. Eine ganze Weile starrten sie den grünen und roten Positionslichtern eines Containerschiffs hinterher. Als die Lichter von der Dunkelheit verschluckt wurden, legte die Nacht ihnen eine kalte Hand über die Augen. Anderswo war das Meer damit beschäftigt, seine Wellen an einsamen Stränden ausrollen zu lassen. Herbstroutine nach dem schönen Sommer. Der Kleine war in sich zusammengesackt. Lucky schüttelte ihn unsanft. Stieß ihn zum Niedergang und sagte, er solle sich hinlegen. Er würde ihn wecken, wenn er abgelöst werden wollte. Der Kleine sank auf seine Koje. Wickelte sich zitternd in den Schlafsack und schlief ein, das Kratzen eines Cellobogens im Ohr.

Wie in den vorigen Nächten blieb Lucky allein im Cockpit zurück. Hielt sich abwechselnd ein Nasenloch zu und blies den Rotz über die Reling. Überlegte, ob er trotz der Wellen ins Meer pinkeln konnte. Rauchte und hielt die Zigarette in der hohlen Hand, während er mit leerem Blick auf die schwach fluoreszierende Kompassnadel starrte. Gestand sich ein, dass er retten wollte, was das Meer verschlingen musste. Er wusste, dass er nicht mehr lange durchhalten würde. Er betete, wie er als Kind gebetet hatte. Dass alles endete oder alles neu begann. Er spürte seine Füße nicht mehr. Die Slangevar segelte weiter, ohne zu wissen, warum.

Mit dem Morgen kam auch der Wind wieder, zuverlässig wie eine frisch vermählte Braut. Sie mussten brüllen, um sich zu verständigen. Normale Aussagen hörten sich wie Beschimpfungen an, und immer öfter herrschte nach einem Missverständnis eisiges Schweigen. Der Horizont verlor sich wie eine zerklüftete Bergkette hinter dem Scherenschnitt der Wellen. Die Slangevar erklomm Wogen, die höher waren als sie selbst, und fiel jedes Mal tiefer, als sie vorhersehen konnten. Machte sich wieder an den Aufstieg und durchstieß nur mit Mühe den Wellenkamm. Eine schallende Ohrfeige nach der anderen traf den Rumpf. Der dumpfe Knall breitete sich in ihren Körpern aus und ließ ihre Mägen vibrieren, während sich eiskalter Sprühregen über sie ergoss. Einen Moment lang balancierten sie auf dem Gipfel eines Bergs. Von oben konnten sie das Ausmaß der Katastrophe überblicken. Ein Schlachtfeld.

Lucky schlief fast den ganzen Vormittag. Hin und wieder kam er ins Cockpit gewankt und warf aus geschwollenen Augen einen Blick auf den Kompass, bevor er wieder in das Gewirr aus Segeltuch und Schlafsäcken sank. Das düstere Dreieck der vorderen Koje war ein feuchtes, stinkendes Nest. Das Mädchen benutzte sie nicht mehr, sie war auf die schmalere Koje im Salon umgezogen, wo sie sich weniger beengt fühlte. Wenn Lucky nicht schlief, betrachtete er seine Hand. Rechts und links von dem Riss war die Haut weiß und geschwollen, er konnte den Bereich nicht mehr anfassen, ohne sich auf die Lippe zu beißen. Immer wieder verlor er für kurze Zeit das Bewusstsein und schreckte beim nächsten Stoß gegen den Rumpf wieder hoch, überzeugt, sie hätten ein Hindernis gerammt.

Der Kleine und das Mädchen hatten es geschafft, eine Wende zu fahren und die Slangevar beidrehen zu lassen. Die Pinne zeigte nach Lee, die Fock stand back. Das verschaffte ihnen eine kurze Atempause. Sie stapften in ihr schwimmendes Haus wie ein Boxer in den Ring, gefolgt von einem Schwall Wasser, den sie später würden aufwischen müssen. Aßen halb gare Nudeln, über die sie die letzte Dose Tomatensoße gossen. Lucky saß auf seiner Koje und aß direkt aus dem Topf. Niemand sah den anderen an. Ihre Gesichter waren von Kälte und Erschöpfung gezeichnet, die Haut ähnelte den aufgequollenen Brotresten im Wasser, das ihnen um die Füße schwappte. Die Sperrholzwände schützten sie zwar vor dem Ansturm der Wellen, aber die Schläge klangen unter Deck bedrohlicher als draußen im Cockpit. Die Slangevar mit ihren blauen Polstern und ihrem kaputten Tisch war ihre letzte Zuflucht.

Der Kleine stopfte seinen Schlafsack in das Fußende seiner Koje, das Mädchen machte eine Inventur ihrer Vorräte. Sie hatten noch knapp drei Liter Trinkwasser. Eine Dose Ravioli für das Abendessen und etwas Reis für den nächsten Tag. Anschließend würde ihnen nur eine winzige Dose Sardinen bleiben. Und der Toastbrotbrei. Jetzt, wo sie mehr oder minder auf der Stelle blieben, waren sie dem Seegang hilflos ausgeliefert. Als sie die Nudeln aufgegessen hatten, beschlossen sie weiterzusegeln, um die Wellen in einem günstigen Winkel aussteuern zu können. Draußen wütete das Unwetter schlimmer denn je. Sie waren umgeben von lavaspuckenden

Vulkanen und einstürzenden Gebirgen. Das Mädchen kroch zur Pinne. Der Kleine löste die Schot, und sie rauschte ihm durch die Finger. Die Slangevar schlug sich heldenhaft. Bei jedem Aufprall des Bugs vibrierten die Wanten. Viel heftiger als im Wind. In der erzwungenen Dämmerung funkelte das Meer kupferfarben inmitten von schäumenden Wellenkämmen. Lange Reihen von Schneidezähnen bissen ins Holz und zerschellten zu Knochenscherben und Zahnsplittern.

Wie die Slangevar taumelten sie hin und her und stießen ständig irgendwo gegen. Klammerten sich fest, um sich für den nächsten Stoß zu wappnen. Das Holz knarrte bedrohlich. Unter Deck des geschundenen Boots dachte Lucky an eine Reibe oder einen Hobel, die über die Außenwände fuhren. Er rechnete jederzeit damit, dass sie einen Felsen oder ein Containerschiff rammten. Sie trieben orientierungslos inmitten eines reißenden Strudels. Um sie herum brüllte der Ozean. Brüllte und grollte. Türmte haushohe Wände auf. Streifte sie mit den monströsen Fransen eines hässlichen Kleids. Überall war Gischt. Das Meer schwoll an und quoll über, als wollte sich die Oberfläche vom Meeresgrund lösen. Sie mussten fliehen! Wieder fliehen! Hindernisse überwinden, sich beuteln lassen, auf friedlichere Zeiten hoffen. Der Himmel spannte eine schwarze Kuppel über die Slangevar, deren Ränder sich wie die Tentakel einer gigantischen Qualle zusammenzogen.

Plötzlich bäumte sich das Meer auf. Ging auf die Knie, richtete den Oberkörper auf. Ein tropfnasses Monster ragte vor dem Bug auf. Zwischen einer Welle und der nächsten schien die Welt stillzustehen. Bis der nächste Brecher heranrollte. Damit ihnen die Pinne nicht aus der Hand gerissen wurde, mussten sie einen Fuß unter den Reitbalken klemmen und sich mit ihrem ganzen Gewicht dagegenstemmen.

Ein eisiger Faustschlag nach dem anderen traf die Slangevar. Ein Heer von weiß gekrönten Speeren attackierte den Rumpf. Ein ferner Sturm wühlte die See auf und ließ die Wellen in Fetzen auf sie niederregnen.

Lucky verschloss den Niedergang, obwohl er wusste, dass das Wasser durch die Ritzen dringen würde und sie es bald eimerweise aus der Kajüte schöpfen müssten, um nicht im Meer zu versinken. Er hatte nur noch eine Obsession: sich dem Schicksal fügen und Kurs halten. Ganz gleich, welchen Kurs, solange sie sich einbilden konnten, dass es voranging. Dass sie den Sturm bald hinter sich lassen würden. Noch nie waren sie so schnell gesegelt, noch nie so weit. Nach jeder Welle bebte das Boot. Die Slangevar tauchte in den Schaum ein wie ein Skistock in Pulverschnee. Kam ganz woanders wieder zum Vorschein, außerhalb jeder Seekarte. Ihre Körper schafften es nicht, länger als eine Sekunde in derselben Position zu bleiben, obwohl sie in ihren nassen Kleidern schwerer waren als sonst.

Unmerklich wurde es Nacht. Zweimal hörten sie das dumpfe Dröhnen eines Motors in der Ferne. Beim zweiten Mal geriet Lucky in Panik. Rannte unter Deck und kehrte mit einer Notfackel zurück. Riss den Deckel ab und reckte den roten Stab in die Höhe. Die sprühenden Funken tauchten die Slangevar in einen rötlichen Schimmer. Der Wind wehte Lucky den Rauch ins Gesicht. Sechs Sekunden lang brannte das Feuer in Verlängerung seines Arms. Sechs Sekunden, in denen ein märchenhafter Schein sie blendete. Dann flackerte die Fackel und erlosch. Das Motorgeräusch war verklungen. Vielleicht hatten sie es sich auch nur eingebildet. Wenn sie auf einer Welle hoch über dem Meer schwebten, sahen sie nirgendwo Licht. Abermals hatte sich Finsternis über sie gesenkt.

Das Mädchen brüllte ihnen zu, dass sie sich an der Pinne abwechseln sollten. Während einer von ihnen am Heck nass wurde, versuchten die anderen beiden zu schlafen. Sie schlangen ihre Arme um den Kopf, um ihn vor den Stößen zu schützen. Lucky hatte aufgegeben. Müdigkeit und Resignation hatten sich ihm ins Gesicht gegraben. Er hatte bis zur völligen Erschöpfung am Ruder gesessen und sich dann schlafen gelegt, nachdem er den Kleinen geweckt und ins Cockpit geschickt hatte. In der Dunkelheit waren die Wellen noch schlimmer. Die Fock war erschlafft und flatterte im Wind. Der Kleine drückte die Pinne gegen seinen Bauch und beugte sich vor, um sie festzuklemmen. Die Gischt rann ihm kalt über den Rücken. Hin und wieder warf er einen ängstlichen Blick auf den Kompass. Korrigierte den Kurs und sog kalte Luft ein. In der Kajüte hatte sich das Mädchen zu Lucky gelegt. Ihre Haut war gerötet und von kleinen Pickeln übersät. Jede Berührung tat weh, und so legten sie nur die Stirn aneinander. So fest sie konnten. Lucky küsste das Mädchen, aber ihm fehlte die Kraft für tröstende Worte. Sie lagen zitternd auf ihrer sturmumtosten Koje. Irgendwann schliefen sie ein.

Draußen kämpfte der Kleine gegen ein unförmiges Ungeheuer. Er trug seinen Poncho wie eine Halskrause und schlug wild um sich. Er hatte sich in die Hose gepinkelt, aber das war ihm egal. Seine Beine wollten ihn nicht mehr tragen. Schwindel auf dem Kamm, Panik vor dem Abgrund. Er zischte wie eine verängstigte Katze. Vor Schreck hielt er immer wieder den Atem an und bekam Halluzinationen. Verscheuchte unsichtbare Gestalten und fuchtelte mit den Armen herum, als drohte er zu ertrinken. Er schrie nach Lucky und dem Mädchen, erst mit zu rauer, dann mit viel zu hoher Stimme. Wegen des verschlossenen Niedergangs hörten sie ihn nicht. Jedes Mal, wenn er versuchte, zu ihnen zu gelangen, warf ihn eine Welle zurück gegen den Heckkorb. Er krümmte sich über der Pinne zusammen und betete, dass ihn irgendwer aus dieser Hölle erlöste. Vier Meter von ihm entfernt schliefen die anderen beiden tief und fest. Ihre Münder schnappten nach Luft, sie verschluckten sich an ihrem eigenen Speichel und mussten husten.

Mitten in der Nacht wurden sie von mehreren ungewöhnlich großen Wellen geweckt. Von Deck erklang ein metallisches Geräusch, die Schäkel klirrten wie tausend Glöckchen. Die Plexiglasfenster waren beschlagen, die Koje des Kleinen leer. Lucky und das Mädchen zogen sich hastig an. Fragten sich beunruhigt, wie lange er schon allein im Cockpit war. Ihre Augen gewöhnten sich an die Dunkelheit, sie bewegten sich mit schlafwandlerischer Sicherheit durch das kleine Haus. Der Stoff auf ihrer wunden Haut war eine Qual. Draußen erwarteten sie das Meer und die Nacht. Lucky hielt die kleine Flamme seines Feuerzeugs vor das Barometer. Es stand auf Sturm, die Nadel zeigte ganz nach unten. Zwischen jeder Welle fielen sie in ein tiefes Loch. Dazu Geräusche wie von kreischendem Metall. Das Mädchen zog sich den Poncho über die zerrissene Schwimmweste und band sich die Leine als Gürtel um die Taille. Ihre Augen glänzten im Dunkeln. Ein Seemann, den das Meer verschlingt, braucht viele Kinder, flüsterte sie. Mit einem traurigen Lächeln.

Lucky öffnete vorsichtig den Niedergang und trat ins Cockpit. Das Weiß verdünnte die Dunkelheit. Als Erstes sah er den schlaffen Körper am Heck. Dann das zugeschwollene Auge und den hellen Riss, der die Augenbraue entzweite. Die Kälte hatte die Reflexe des Kleinen betäubt, und so hatte er die Halse nicht verhindern können. Er war aufgestanden, um den schwarzen Wellen entgegenzusehen. Der

Baum war ihm wie ein Baseballschläger ins Gesicht gekracht. Er war zurückgeschleudert worden und auf eine Relingstütze gefallen. Sie hatte sich ihm heimtückisch in die Stirn gebohrt, direkt über dem Auge. Allerdings hatte sie auch verhindert, dass er über Bord ging. Jetzt hing er am Heck, während die Wellen über ihm zusammenschlugen. Zusammengesackt und mit angewinkelten Beinen. Wie lange war er schon bewusstlos? Seine rechte Hand umklammerte immer noch die Pinne. Die linke Hand hing im Relingsdraht wie im Seil eines Boxrings. Die Slangevar hielt unruhig ihre Nase in den Wind. Sie schickte sich an, seitlich auszubrechen. Das Mädchen übernahm das Ruder und holte die Schoten dicht. Die zerfetzte Fock schlug mit einem Geräusch, das wie das Schnabelklappern einer hungrigen Möwe klang, gegen die Wanten.

Lucky packte den Kleinen unter den Achseln, schleifte ihn in die Kajüte und bettete ihn vorsichtig auf seine Koje. Dann winkte er dem Mädchen und verschloss den Niedergang. Entzündete mit zittrigen Händen die Petroleumlampe. Drehte den Docht so hoch, dass die Flamme ihr schwimmendes Haus erhellte, ohne zu rußen. Der Kleine lag auf der Seite und wandte ihm sein graues Gesicht zu. Nach kurzer Überlegung beschloss Lucky, ihm den Poncho nicht auszuziehen. Die Wunde war so tief, dass der Stirnknochen zu sehen war. Das Salzwasser hatte die Wunde gereinigt, aber immer noch rann dem Kleinen hellrotes Blut in den Nacken und über die Schulter. Er musste seit geraumer Zeit bluten, die Ärmel der Collegejacke hatten sich rot verfärbt. Hin und wieder kam er kurz zu sich, verlor aber gleich wieder das Bewusstsein. Einmal hob er den Kopf und murmelte etwas Unverständliches. Lucky meinte, Mammons Namen zu hören. Er strich dem Kleinen übers Haar und starrte auf die Wunde.

Sch, sch, sagte er immer wieder. Alles wird gut.

Draußen gab das Mädchen ihr Bestes. Besonders hohe Wellen steuerte sie schräg an. Lucky wusste nicht, was er tun sollte. Die Wunde musste genäht werden, und er hatte keine Ahnung, wie so etwas ging. Noch dazu auf einem schwankenden Boot. Er musste die Wunde desinfizieren. Auf einem nassen, dreckigen Kunstlederpolster. Die Wundränder zusammendrücken, vom Auge bis zur Stirn. Die Nadel durch die Haut stechen, den Faden verknoten. Auf keinen Fall durfte er das Auge treffen. Der Kleine schwankte im Takt der Wellen hin und her. Er selbst auch. Eine blutige Angelegenheit, dachte Lucky. Und hoffte inständig, dass er nicht abrutschen würde. Drehte sich um und griff nach der Tupperdose. Nahm die Mullbinde und die vergilbten Kompressen heraus. Der Rest Jodlösung würde gerade reichen, um die Wunde zu desinfizieren. Er kramte in den Ablagen herum, bis er die Nadel und die Spule mit dem weißen Faden fand, die er am ersten Morgen in der Hand gehalten hatte. Beides sollte wohl eher der Reparatur der Segel dienen als der Versorgung von Wunden. Die Nadel war verrostet und leicht verbogen. Lucky kratzte den Rost erst mit dem Fingernagel, dann mit der Messerklinge ab, bis das Metall glänzte. Zögernd betrachtete er den imposanten Durchmesser der Nadel. Die Löcher, die er stechen würde, wären für immer sichtbar. Aber er hatte keine Wahl. Der Kleine stöhnte. Das Mädchen schob den Niedergang einen Spalt auf, steckte den Kopf herein und fragte, ob alles in Ordnung sei. Sie verzog das Gesicht, als Lucky ihr die verbogene Nadel zeigte. Bevor er mit dem Nähen begann, fesselte er den Kleinen. Wickelte ihm einen Spanngurt um die Knöchel und einen anderen um die schlaffen Handgelenke. Schlang den Gurt so oft um die Glieder, dass er ihn nicht festknoten musste. Dann legte er dem Kleinen eine Hand auf die Stirn. Direkt oberhalb der Wunde. Der Kleine riss sein unverletztes Auge auf. Das andere war zugeschwollen und blinzelte nur schwach. Lucky spürte, wie der Kleine sich zu wehren versuchte, und erhöhte den Druck. Eine Hand auf der Stirn, die andere auf der Brust, drückte er den Kleinen auf die Bank. Fragte sich, ob er ihn bewusstlos schlagen müsste. Aber der Körper des Kleinen gab von selbst auf. Hastig fädelte Lucky zwanzig Zentimeter Faden durch das Nadelöhr und riss das Ende mit den Zähnen ab. Schüttete die Jodlösung in einen Becher und tauchte Nadel und Faden hinein. Tunkte eine Kompresse in die Flüssigkeit und drückte sie auf die Wunde. Im flackernden Licht der Petroleumlampe leuchtete der Knochen unwirklich weiß. Das gummiartige Fleisch klaffte auseinander. Fast bis zum Haaransatz. Die unzähligen Kubikmeter Wasser, die der Kleine abbekommen hatte, hatten die Haut aufgeweicht und würden den Einstich erleichtern. Unterwassertiere kannten das Phänomen.

Der Atem des Kleinen ging flach. Hinter den halb geöffneten Lidern schimmerten die Augäpfel weiß. Vorsichtig hob Lucky das zugeschwollene Lid an. Die Pupille war blutunterlaufen, aber das Auge wirkte unverletzt. Vorsichtig entfernte er die jodgetränkte Kompresse. Säuberte seine rechte Hand und fuhr sich über die Pickel in seinem Nacken. Warf die Kompresse in die Bilge. Nun hatten sie kein Desinfektionsmittel mehr. Nur noch einen letzten Schluck Whisky in der Flasche, die irgendwo herumliegen musste. Lucky holte tief Luft. Er setzte die Nadel oberhalb des Auges an, noch unter der Braue. Schob die Haare beiseite. Die Nadel drückte eine Delle in die Haut, bevor sie sie durchstieß. Lucky presste die Wundränder mit zwei Fingern zusammen und bildete einen Wulst. Die Nadel fuhr mühelos hindurch. Er zog vorsichtig an dem Faden, bis der Knoten, den er in das Ende gemacht hatte, auf der Haut auflag. Die Slangevar befand sich in einem Tal. Im nächsten Moment prallte der Rumpf so heftig auf eine Welle, dass Lucky die Nadel fallen ließ. Er musste am Hals des Kleinen nach ihr tasten. Fragte sich, ob er nur bis zur Stirn nähen sollte oder auch wieder zurück. Entschied sich für den Kreuzstich. Machte etwa fünfzehn Stiche, in ein paar Millimetern Abstand.

Am Einstich bildete sich ein hellroter Tropfen, den der Faden auf seinem Weg durch das Fleisch mitnahm. Lucky tupfte jedes neue Loch mit einer sauberen Kompresse ab. Gleichzeitig musste er auf die Bewegungen des Boots achten, um den Aufprall der Wellen zu antizipieren. Seine Hand schwebte in der Luft, während er wartete, bis die Slangevar das nächste Hindernis überwand. Keine Welle war wie die andere. Er musste gedanklich jedes Tal vermessen, um vorherzusagen, was danach kam.

Der Kleine verkrampfte sich immer wieder, wachte aber nicht auf. Trotz der Kälte schwitzte Lucky. Schweißtropfen rannen ihm wie Tränen über das Gesicht. Nach der letzten Schlaufe machte er einen Knoten und zog ihn fest. Beugte sich über die Naht und biss den Faden durch. Spürte den Atem des Kleinen an seinem Hals.

Als er sich aufrichtete, zitterten seine Hände. Wie schon in der ersten Nacht auf dem Meer überraschte ihn seine eigene Unerschrockenheit. In jener Nacht hatte er zum ersten Mal einen Eindruck von der Weite des Raums bekommen. Auch jetzt fühlte er sich seiner Verantwortung gewachsen. Der Kleine sah aus wie Frankenstein, aber das Schlimmste lag hinter ihnen. Lucky gab die letzten Tropfen Jodlösung auf eine Ecke der dritten Kompresse und betupfte die Naht. Dann wickelte er dem Kleinen die Mullbinde um die Stirn. Am Schluss führte er den Verband hinter dem Ohr entlang, sodass er das verletzte Auge bedeckte. Das blonde Haar stand dem Kleinen zu Berge. Lucky strich ihm über den Kopf und räumte Nadel und Faden zurück in das Regal. Drehte den Docht der Lampe herunter, bis sie erlosch. Von nun an würden sie vorsichtiger sein.

Er nahm die Taschenlampe und ging nach draußen. Setzte sich neben das Mädchen und schmiegte sich an sie. Beruhigte sie mit einem erschöpften Lächeln. Sie saß kerzengerade an der Pinne und ignorierte die aufspritzende Gischt. Ihr Gesicht verschmolz mit der Nacht. Der im Wind flatternde Poncho schien ein schwarzes Loch zu umschließen. Lucky umklammerte die Taschenlampe fester und unterdrückte den Impuls, ihr ins Gesicht zu leuchten. Wandte sich um und starrte hinaus auf das tosende Meer. Sie glitten Torbögen hinab, die sich gleich darauf in Hängebrücken über einer engen Schlucht verwandelten. Manchmal fielen die Wellen in ihrer Gier übereinander her, noch bevor sie die Slangevar erreichten. Regneten in Fetzen auf das Deck, liefen im schäumenden Kielwasser weiter. Krachten ineinander, überkreuzten sich und sprangen übereinander hinweg. Die Slangevar wurde hin und her geworfen wie ein Spielzeugboot. Der Sturm bürstete die Meeresströmung gegen den Strich. In der sternlosen Nacht sahen sie die verfluchten Wellen erst, wenn sie direkt vor ihnen aufragten. Der fluoreszierende Schimmer des Planktons verlieh ihnen einen funkelnden Umriss.

Die Luft war schwer, der Wind blies immer noch kräftig. Auch wenn es nicht mehr ganz so kalt war, froren sie in ihren nassen Kleidern. Die Slangevar stürmte mit gesenktem Kopf gegen das Chaos der Wellen an. Ihre Geschwindigkeit war erstaunlich, trotz des gerefften Segels und der zerfetzten Fock. Jedes Mal, wenn die Slangevar eine Welle erklomm, luvte sie an, und das Mädchen musste die Pinne mit beiden Händen halten und sie mit aller Kraft heranziehen, um sie auf Kurs zu halten. Lucky bot ihr mit einer wortlosen Geste an, sie abzulösen, aber sie schüttelte heftig den Kopf und brüllte mit rauer Stimme, er solle sich schlafen legen. Er schaltete die Taschenlampe an und richtete den Strahl auf das Mädchen. Ihr Grinsen war unheimlich. Sie sah aus wie eine Irre, die sich dem Rausch der Geschwindigkeit hingab. Totenblass, mit am Kopf klebendem Haar. Ihre Angst war in manische Begeisterung umgeschlagen. Sie trotzte den Wellen. Die Leine straff um die Hüften gezurrt, schrie sie gegen den Wind an.

Ihr feigen Hunde!, brüllte sie. Aus vollem Hals.

Der Poncho schlug ihr ins Gesicht, sie strich ihn wütend glatt.

Kommt schon! Höher! Schneller! Ihr Schweine!

Lucky beobachtete sie eine Weile und schaltete dann die Lampe aus. Schüttelte den Kopf und tätschelte ihr den Schenkel. Die Wellen sind hier zu Hause, dachte er. Stand auf, zog den Kopf ein und verschwand im Bauch des Boots. Verschloss hinter sich sorgfältig den Niedergang. Drinnen schlief der Kleine trotz des laut glucksenden Schwertkastens tief und fest. Lucky beugte sich vor und lauschte seinem Atem. Rückte den Verband zurecht und ging zur vorderen Koje, um sich ebenfalls hinzulegen. Glitt in seinen Schlafsack, als schlüpfte er in eine fremde Haut. Sein letzter Gedanke galt dem Mädchen. Es tat ihr bestimmt gut, sich auszutoben. Sie forderte das Meer heraus und brachte sie nach England.

Der Kleine bewegte sich nicht, als Lucky sich über ihn beugte. Er spürte flüchtig eine Hand auf seiner Stirn und wartete einfach ab, bis das Gefühl verschwand. Vorsichtig berührte er den Verband, der seinen halben Kopf bedeckte. Darunter empfand er nichts. Nur leichte Kopfschmerzen. Seine Augen brannten. Vor allem das eine. Er hielt sich an der Kante fest, um nicht von der Koje zu rollen. Mit der anderen Hand zog er seinen Schlafsack bis zum Kinn. Er lag wie einbalsamiert in seinem Sarkophag. Ein verschwommenes, unwirklich blaues Bild flimmerte vor seinen Augen. Er spürte Luckys Nähe und streckte den Arm aus, um seinen Fuß zu berühren. Aber Lucky schlief schon.

Oben an Deck war die Welt in Aufruhr. Der Wind heulte wie verrückt. Der Kleine hörte das Mädchen gegen die Wellen anbrüllen. Von einem Aufprall zum nächsten zählte er drei Sekunden. Manchmal auch fünf, aber dann war der Aufprall besonders heftig. Drei Sekunden, in denen er Luft holen und seinen Griff um den Kojenrand lockern konnte. Drei kurze Sekunden bis zum nächsten Uppercut. Ein blaues Auge nach dem anderen, auf ihn einprasselnde Schläge, die ihn groggy machten. Bald begann er zu delirieren. Die anderen beiden bekamen davon nichts mit. Er ritt auf dem Kajütdach, peitschte auf die Bordwände ein, ging auf einer Insel voller Ratten an Land. Sein Magen war leer, da war nichts mehr, was er hätte erbrechen können. Irgendwann schimmerte hinter den Plexiglasfenstern ein hellgrauer Fleck.

Am Morgen erwachten sie in der gruseligen Helligkeit einer Nebelwand. Die Slangevar trieb steuerlos dahin, fernab der wehrhaften Wellen. In der relativen Ruhe einer langen Dünung. Der Baum schwang wie ein Galgen über dem Kajütdach hin und her, die Enden der Schoten hingen im Wasser. Die Strömung spielte mit dem Ruder. Das Boot dümpelte auf dem Meer, begleitet vom Zwitschern des neuen Tages und dem leisen Knattern der Segel.

Der Kleine richtete sich abrupt auf und führte eine Hand

zur Stirn. Das graue Licht ballte sich in der stickigen Kajüte zu einer Wolke zusammen. Das Wasser rauschte an der Außenhaut vorbei. Lucky schlief in der vorderen Koje. Unter den Schlafsäcken vergraben. Seine Füße schauten aus dem Gewirr hervor, das Mädchen lag eindeutig nicht neben ihm. Der Kleine betastete seinen Verband und spürte die schmerzhafte Wölbung der Wunde. Er hatte keinerlei Erinnerungen an die vergangene Nacht. Er schob einen Daumen unter den Rand der Mullbinde und hob sie an. Öffnete vorsichtig das Auge und sah ein Bild ohne jede Schärfe und Tiefe. Durchsuchte von der Koje aus fieberhaft die Ablagen. Fand den Signalspiegel. Entdeckte sein zugeschwollenes, blutunterlaufenes Auge. Hob den Verband noch ein Stück weiter an, bis zu den violetten Einstichen. Eine gruselige Naht verlief quer über seine Stirn. Übelkeit stieg in ihm auf. Ein dicker weißer Faden durchbohrte seine Haut, verschwand wie ein gieriger Wurm in seinem Körper. Er ließ die Arme sinken, der Spiegel fiel ins Bilgenwasser. Plötzlich war ihm furchtbar kalt. Gleich darauf kam der Schmerz. Ein Schnitt, gefolgt von heftigem Brennen. Der Kleine rückte den Verband wieder zurecht. Stand schwankend auf und öffnete den Niedergang. Hielt sich am Traveller fest und hievte sich ins Cockpit. Er keuchte vor Anstrengung.

Die kalte Luft brannte ihm im Gesicht, das schwache Licht blendete ihn. Er sank auf die Bank, sah sich um und fuhr zusammen. Neben ihm saß ein alter Mann. Ein Seemann mit langem weißem Haar in einem verschlissenen Matrosenhemd. Seine knochige Hand lag auf der Pinne. Geschickt steuerte er das Boot über das hügelige Meer. Die Slangevar machte munter Fahrt.

Wer sind Sie?, fragte der Kleine.

Der alte Seemann wandte ihm das Gesicht zu. Streckte

eine Hand aus und holte die Großschot dicht. Schlug sie mit einer schnellen Bewegung in die Curryklemme. Die Slangevar legte sich auf die Seite und wurde schneller. Der Mann räusperte sich und spuckte über Bord. Der Kompass zeigte neunzig Grad West an. Der Sturm hatte sich nach Norden verzogen, die Segel waren perfekt getrimmt. Der Kleine straffte die Schultern und wiederholte seine Frage mit fester Stimme.

Wer zum Teufel sind Sie?

Ahoi, ihr Landratten!

Der Mann wies mit einem krummen Finger auf seinen Verband. Und schüttelte den Kopf.

Die Schurken haben's dir ganz schön gezeigt, was?

Sie sind verrückt!

Und deine Verletzung?

Was beweist das schon?

Der Kleine rutschte auf der Bank hin und her. Drehte den Oberkörper und sah zum Bug. Der alte Seemann blieb unbeirrt auf Kurs. Es war nicht zu übersehen, dass er etwas vom Segeln verstand. Trotzdem konnte sich der Kleine seine Anwesenheit nicht erklären.

Wo ist das Mädchen?

Has bird's wings on her sandals.

Was?

Sie ruht sich aus, sagte der Alte.

Wo denn?

Es war keine einfache Nacht, weißt du.

Ja.

Du kannst dich wieder schlafen legen, ich habe schon ganz andere Stürme überstanden.

Der Kleine zögerte. Der Wind zerschnitt ihm das Gesicht rings um den Verband mit einer Scherbe.

Wo segeln wir hin?

Nach Hause. Ihr habt euch zu weit rausgewagt.

Der Kleine lehnte den Hinterkopf gegen den Relingsdraht. Schloss sein unverletztes Auge. Das Licht drang trotzdem durch sein Lid. Er lauschte dem Klatschen der Wellen gegen den Rumpf und dem Schlagen der zerfetzten Fock. Er schlief ein.

In dieser Position fand ihn Lucky einige Zeit später. Zusammengekrümmt und mit herunterhängenden Armen. Die Segel schlugen von einer Seite zur anderen, die Pinne wanderte wie von selbst zwischen den Bänken hin und her. Lucky schüttelte den Kleinen und sah sich um. Fragte, wo das Mädchen sei. Der Kleine zeigte auf die Pinne und begann zu weinen. An Bord gab es kein Versteck. Das Mädchen war die Möwe, die an Deck einen Fisch verschlang oder auf dem Wind segelte. Das Meer hatte sich ihr übergestülpt wie ein leerer Sack, in dem sie erstickt war. Eine besonders heimtückische Welle hatte ihr die Augen geschlossen. Ihr das Haar ins Gesicht gespült. Das Mädchen hatte eine lange schwarze Strähne verschluckt, die Kälte hatte ihr den Rest gegeben. Im Tosen der Nacht hatte sie dem kleinen weißen Segelboot zum Abschied zugewinkt. Hatte eine Hand aus dem Wasser gestreckt, bis sie von einer Welle in die Tiefe gezogen wurde. Sie versank in einem Laubhaufen. Manche Blätter waren schwarz, andere durchsichtig. Je tiefer sie sank, desto weicher wurde das Wasser. Sie schwebte wie eine Feder zu Boden, die Augen weit offen, weil sie den Meeresgrund sehen wollte. Sie würde nie wieder zurückkommen.

Während der Kleine weinte, streckte Lucky den Kopf über die Bordkante und erbrach sich. Dann saßen sie eine halbe Ewigkeit da. Eng beieinander. Lucky musterte seine verletzte Hand auf seinem Schoß. Fuhr mit dem Zeigefinger über die Wunde, spürte aber nur den Wind in seinem Haar. Es war, als würde das Mädchen ihn streicheln. Plötzlich sprang der Kleine auf und begann zu schreien. Hämmerte sich mit der Faust aufs Herz und sah Lucky hilfesuchend an.

Wenn die Fische sie fressen, wird Gott ihnen das nicht vergeben.

Halt die Klappe.

Sie schlichen an Deck hin und her. Die Leere, die das Mädchen hinterlassen hatte, nahm allen Raum ein. Das Meer mit seiner Grausamkeit nahm ihnen den Glauben. In den Falten des Großsegels lauerte der Tod, der Kiel setzte unermüdlich seine Spatenstiche. Zwei Tage und zwei Nächte lang steckten sie im Nebel fest. Sie konnten ihn mit den Fingern greifen. Ihre Vorräte schrumpften. Als Erstes ging ihnen das Wasser aus. Bald hatten sie nur noch die Reiskörner in den Streichholzschachteln. Die Pullover, die sie übereinandertrugen, schimmelten ihnen am Körper, und sie vermieden es, einander anzusehen. Luckys schwarzer Bart und der schmutzige Verband am Kopf des Kleinen verliehen ihnen das Aussehen von Piraten. Stumm verfluchten sie das Meer. Wie Schiffbrüchige.

Kein Sonnenaufgang, keine Dämmerung. Irgendwann war die Sonne einfach wieder da. Unwirkliches Licht wie von einer versunkenen Stadt sickerte aus dem trüben Wasser. Die Stunden zogen sich dahin, sie konnten nicht sagen, wie viel Zeit seit dem Sturm vergangen war. Ihre Lippen waren schwarz, die Haut verbrannt. Sie hatten das Gefühl, als schluckten sie Glasscherben. Irgendwann begriff Lucky, dass das Mädchen nicht zurückkommen würde. Er musste sich mit dem Gedanken abfinden, dass sie nicht nur einen Strandspaziergang machte. Dass sie sich nicht in den Dünen versteckte, um ihm einen Streich zu spielen. Dass sie nicht jeden Moment quicklebendig wieder auftauchen würde. Sie irrten über einen gigantischen Friedhof. Die Slangevar zog ihre Pflugschar schwerfällig durch ein Knochenfeld. Die Wellen schnitten verzerrte Trugbilder aus dem Horizont. Sie unterhielten sich nur noch flüsternd. Als wollten sie die Totenruhe nicht stören.

Lucky traute seinen Augen nicht, als sich ein schemenhafter Umriss im Nebel abzeichnete. Er kam und ging im Takt der Wellen wie ein Morsecode. Trieb auf sie zu, bis Lucky die vertraute Form des Beiboots erkannte. Bei seinem Schrei zuckte der Kleinen zusammen. Rieb sich ungläubig das gesunde Auge. Das kleine orange Beiboot hielt zielstrebig auf sie zu. Es tauchte aus den Weiten des Meers auf und kam wie von unsichtbarer Hand geschoben näher. Bis es fast gegen den Rumpf der Slangevar stieß. Jetzt sahen sie die beschädigten Bordwände und die menschliche Gestalt, die auf dem Boden des Boots trieb. Ein ertrunkenes Mädchen. Ihr langes dunkles Haar fächerte sich um den Kopf auf und schimmerte im Zwielicht. Schwarze Adern in einem aufgedunsenen Gesicht. Ein gruseliger Anblick. Dann versank das Heck des Boots im Wasser, direkt vor den Augen der Jungen, die wie versteinert dastanden. Der Bug ragte in die Höhe, und ein Haufen Algen, der keine Ähnlichkeit mit einem Menschen mehr hatte, rutschte ins Meer.

Lucky und der Kleine rührten sich nicht. Der Nebel färbte sich schwarz wie Pech. Die Dunkelheit schien aus dem Beiboot aufzusteigen und nicht den Umweg über den Horizont im Osten zu machen. Das orange Kunststoffboot trieb noch immer dicht unter der Wasseroberfläche. Der Kleine stöhnte und sah Lucky an. Sein Gesicht war halb von dem verrutschten Verband bedeckt. Dann sackten die beiden zu Boden und verloren das Bewusstsein. Die Dunkelheit hielt mehrere Tage und Nächte an. Sie lagen im Cockpit. Mit angewinkelten Beinen und verrenkten Armen. Mit dem Gespenst des Mädchens und dem Schatten der Slangevar. Mit weiteren Geistern, deren Gesichter sie nicht erkennen konnten. Im schwarzen Wasser wimmelte unförmiges Getier. Sonst bewegte sich nichts.

Als sie die Augen aufschlugen, war um sie herum alles nass, als hätte es vor Kurzem geregnet. Geschwächt, wie sie waren, krochen sie auf allen vieren durchs Cockpit und tranken. Wasser, überall Wasser. Sie leckten jeden Tropfen, jede noch so kleine Lache auf. Der Regen schmeckte köstlich wie Quellwasser. Sie spürten ihre Körper nicht mehr. Es dauerte eine Weile, bis sie den Gedanken loswurden, dass sie tot waren. Lucky rappelte sich als Erster auf. Achteraus sah er den Nebel und die aufgehende Sonne. Ein weiterer Tag brach an. Das Meer war wieder das Meer und entfaltete sich wie ein Flügel. Der Kleine richtete sich stumm auf, mit starrem Blick und schmerzenden Gliedern. Beide schwankten zu ihren angestammten Plätzen. Lucky zog das Groß in die Höhe und erteilte wortlose Befehle, der Kleine übernahm das Ruder. Flaschengrüne Wellen leckten am Steven, das Boot nahm zügig Fahrt auf. Der Nordwind zerkratzte ihnen das Gesicht. Die Luft öffnete sich vor ihnen und schloss sich hinter ihnen.

Die beiden Jungen steuerten die Slangevar über das Meer, ohne einander anzusehen. Nur eine dämonische Hand, die gegen den Kiel drückte, konnte sie auf diese Weise vorwärtsbewegen. Sie segelten bis zum Abend, und die relative Ruhe dieses Tages ließ sie Angst und Hunger vergessen. Als es dunkel wurde, stieg mit einem Mal ein lautes Stöhnen aus dem Wasser auf. Die Slangevar blieb abrupt stehen. Krallen kratzten über den Rumpf. Das Boot zitterte und vibrierte. Die Bewegungen konnten nicht vom Seegang stammen. Dem Kleinen wurde schwarz vor Augen. Er presste ein Ohr auf die Bank. Aus der Dunkelheit drangen Stimmen. Ob es Luckys Stimme war oder die des Teufels, spielte keine Rolle.

Warst du das?, fragte die Stimme.

War ich was?

Hast du das Mädchen getötet?

Ja, murmelte der Kleine. Und begann zu schluchzen.

Als er bei Sonnenaufgang aufwachte, lag er im Schlafsack auf seiner Koje. Eine frische Brise schob die Slangevar zurück nach Südosten. An Deck schien alles in Ordnung zu sein. Er taumelte ins Cockpit, geblendet vom grellen Morgenlicht. Begrüßte Lucky, der nicht antwortete. Lucky steuerte mit einer Hand und blätterte mit der anderen im Handbuch. Hinter ihm verschwand eine Angelschnur schräg im Wasser. Der Kleine reckte sich und betrachtete ihn einen Moment lang. Rückte seinen Verband zurück. Rechnete kurz damit, dass das Mädchen aus der Kajüte käme und ihnen Kaffee brächte. Mit strubbeligem Haar und eifrigem Gesichtsausdruck. Er sah, wie sich ihre Brüste unter den weiten Pullovern abzeichneten. Sah ihr seltsam müdes Lächeln. Aber nein, sie waren allein. Die Slangevar kam ihm plötzlich viel größer vor. Er überlegte krampfhaft, was er sagen sollte.

Nur wer zur See gefahren ist, weiß, wie man betet.

Kältetod vermeiden, murmelte Lucky.

Er hatte die Seite über das Mann-über-Bord-Manöver gelesen und schlug das Handbuch zu. Seine Stimme klang fremd.

Im Wasser eisern Ruhe bewahren. Nicht in Panik geraten. Niemals die Hoffnung auf Rettung aufgeben. Nicht schwimmen, um Unterkühlung und Kältetod zu vermeiden.

Bei ruhiger See war das Wasser genauso schwer wie im Sturm. Die Slangevar wollte sich nicht steuern lassen. Mal gab die Pinne zu schnell nach, mal bewegte sie sich überhaupt nicht. Die lange Dünung zerrte am Arm des Kleinen. Jeder Wellenberg überraschte ihn aufs Neue. Sein Magen sackte ab, ihm schwindelte. Sie hatten ihre Ponchos und Pullover zum Trocknen an die Reling geknotet. Der Poncho des Mädchens fehlte. Lucky durchsuchte die Kajüte von vorne bis hinten, fand aber kein einziges von ihren Kleidungsstücken. Viele hatte sie natürlich auch nicht dabeigehabt. Vielleicht hatte sie all ihre Kleider übereinandergezogen, um in jener verhängnisvollen Nacht nicht zu frieren. Nur ihr Schlafsack lag noch neben seinem im Gewirr der vorderen Koje. Es war, als wäre sie nie an Bord gewesen, als hätte sie nie existiert. Vielleicht hatte er sich ihre Berührungen nur eingebildet. Vielleicht hatte der Sturm ihn halluzinieren lassen. Er konnte sich kaum noch an ihr Gesicht erinnern oder an den Klang ihrer Stimme. An ihre Haut oder den Geruch ihres feuchten Haars. Er wühlte in den Regalfächern herum und erschien dann im Niedergang. Mit triumphierender Miene. Streckte dem Kleinen einen schwarzen Lippenstift entgegen. Von dem schmutziges Wasser tropfte.

Wie hieß sie eigentlich?, fragte der Kleine.

Weiß ich nicht, antwortete Lucky.

Er schloss die Faust um den Lippenstift und holte tief Luft.

Sie hat ihren Namen nur einmal gesagt.

Und?

Hab mich nicht getraut, sie noch mal zu fragen.

Bist du bescheuert.

Der Kleine schüttelte den Kopf und rezitierte mit düsterer Stimme die Verse, die das Mädchen in ihrer letzten Nacht am Hafen gemurmelt hatte, auch wenn er sich nicht mehr an den genauen Wortlaut erinnerte.

Un petit bateau
Une petite dame
Un petit matelot …

Lucky ließ den Lippenstift in seiner Hosentasche verschwinden, schob den Kleinen beiseite und übernahm die Pinne. Die Bank ächzte unter seinem Gewicht. Die Slangevar neigte sich zur Seite und nahm Fahrt auf. Das Wasser gurgelte im Schwertkasten und am Ruderblatt.

Lass uns nicht mehr über sie reden.

Gut.

Wir tun einfach so, als wäre sie nie da gewesen.

Ich mache Wasser heiß, sagte der Kleine.

Er packte die Griffe im Niedergang und schwang sich in die Kajüte. Vor dem Gaskocher begann er zu weinen. Der Seegang verstärkte sein Schwanken, der Schmerz war ihm fast willkommen. In diesem Moment veränderte sich das Licht, die Sonne schien wie durch Gitterstäbe. Er riss sich den Verband vom Kopf und ging auf die Knie. Tastete mit der Hand im Bilgenwasser herum. Fand den kleinen Spiegel, rieb ihn trocken und hielt ihn sich vors Auge. Das Weiß war immer noch blutunterlaufen, aber das Auge war abgeschwollen. Ringsherum schillerte ein Veilchen in allen Regenbogenfarben. Wenigstens konnte er wieder sehen. Wenn auch wie durch ein schmutziges Fenster, den Boden einer zerbrochenen Flasche. Die Stiche über der Braue hatten sich bläulich verfärbt, der Wulst war schneeweiß. So wie Luckys verletzte Hand. Lucky hatte vorgeschlagen, die Naht mit dem Rest Whisky zu desinfizieren, aber der Kleine zögerte. Der Faden hielt, der Alkohol würde furchtbar brennen.

Er nahm das größte Pflaster aus der Tupperdose und klebte es über die Naht. Dann drehte er das Gas auf und hielt das Feuerzeug an den Brenner. Lucky war nicht wiederzuerkennen. Die schwarzen Augen huschten rastlos hin und her, der Bart fraß ihm das Gesicht. Er hatte die Slangevar in den Wind gestellt, im rechten Winkel zur hohen Dünung. War aufs Kajütdach gesprungen, hatte die Fallen gefiert und die Segel niedergeholt. Die Slangevar war abrupt stehen geblieben. Jetzt schlug sie orientierungslos mit dem Kopf. Nervös und außer Atem.

Als der Kleine zu ihm ins Cockpit ging, starrte Lucky nicht mehr aufs Meer. Der Baum schwenkte hin und her wie der Kopf eines webenden Pferds oder der Zeiger eines Metronoms. Die Fallen klimperten gegen den Mast, die Segel lagen in einem jämmerlichen Haufen an Deck. Der Wind hatte gedreht und kam jetzt aus Nordwesten. Er spielte mit dem Kurs des Boots. 330. 210. 330. 180. Der Winter war erwacht und schlug ungelenk mit scharfen Krallen nach seiner Beute. Der Kleine wagte nicht zu fragen, warum Lucky die Segel niedergeholt hatte. Er sah zum Mast, ein dürrer nackter Körper mit einem knittrigen Kleid um die Knöchel. Er stellte seinen halb vollen Becher neben sich ab. Heißes Salzwasser mit drei Stück Zucker, um den Geschmack zu übertünchen. Zog eine Grimasse und fragte sich, wie sein Magen darauf reagieren würde.

Lucky hatte kapituliert. War in dumpfes Schweigen verfallen. Im Handbuch hatte er gelesen, dass man besser auf die Flut warten solle, als gegen die Strömung anzukämpfen. Warten. Alles auf sich zukommen lassen. Er rauchte und starrte vor sich hin. Gab dem Kleinen eine Zigarette und zeigte ihm die geöffnete Schachtel. Sie hatten nur noch vier Zigaretten. Lucky nahm eine Leine und band die Pinne an der Reling fest, damit sie nicht mehr gegen die Bänke schlug. Vergrub das Gesicht in den Händen. Der Kleine rückte näher und legte ihm eine Hand auf die Schulter. Von allen Seiten meinte er Geflüster zu hören.

Und was jetzt?

Lucky antwortete nicht.

Wir können nicht hierbleiben.

Lucky antwortete nicht.

Wir sollten weitersegeln. Meinst du nicht?

Warten. Auf den nächsten Sturm, der mit Sicherheit kommen würde. In der Leere zwischen den Kontinenten. Ihre Flucht war zu einer Odyssee geworden. Der Ozean leckte sich die Finger nach ihnen. Er würde ihre Namen auf die unendliche Schriftrolle des Todes setzen, direkt unter den des Mädchens. Natürlich waren sie nicht allein auf dem Meer. Gespenster lauerten in algenüberwucherten Wracks. In leckgeschlagenen Tankern, aus denen Öl auslief. Zwischen Metall, Holz und Kunststoff. Mammon und das Mädchen plauderten in ausgebombten Fregatten und rostigen Frachtern miteinander. Unter Containern, die auf dem Grund herumlagen, saugten Aale und Muränen an bleichen Knochen. Die Slangevar war nur ein Trümmerteil von vielen, ein Stück Treibgut, das den Strömungen hilflos ausgeliefert war. Lucky hatte kapituliert. Er wollte nicht mehr an Schiffswracks denken. Von nun an würde das Meer bestimmen, wo es hinging, dachte er. Er murmelte irgendwas in seinen Bart. Gegen das Meer anzukämpfen war sinnlos. Besser war es, sich seinem Willen zu unterwerfen und auf den Todesstoß zu warten.

Der Kleine starrte ins Kielwasser. Seine salzige Spucke trocknete ihm den Mund aus. Das Meer trachtete ihnen eindeutig nach dem Leben. Der Kompass drehte sich hin und her wie ein erboster Kreisel. Die Zahlen schwankten wild. Knapp unter 30, etwas über 315, wieder 30. Die Slangevar zeichnete absurde geometrische Figuren. Ohne ihre Segel war sie nicht mehr als ein notdürftig zusammengezimmertes Floß. Ein Rettungsboot ohne Ruder. Nachdem es dich vor dem Ertrinken bewahrt hat, töten dich Hunger und Hoffnungslosigkeit.

Die Dunkelheit brach herein. Oder setzte sich fort. Sie hatten sich in ihr schwimmendes Haus zurückgezogen und lebten jetzt auf den blauen Kunstlederbänken. In der verbrauchten Luft, von der selbst einem Hund übel geworden wäre. Im gebrochenen Licht, das durch die zerkratzten Fenster fiel, im Gestank der Petroleumlampe. Ab und zu schoben sie das Luk im Kajütdach auf, steckten den Kopf nach draußen und sahen sich um. Unter Deck waren nachts dieselben Geräusche zu hören wie am Tag. Das Handbuch, das eine Weile im Bilgenwasser gelegen hatte, war aufgedunsen und hatte sein Volumen verdoppelt. Wenn der Kleine die Seiten umblätterte, um Häfen zu besuchen, in die er nie einen Fuß setzen würde, zerfiel das Papier in seinen Fingern. Er lernte neue Wörter auswendig und erfand Geheimbotschaften, indem er sie willkürlich aneinanderreihte.

Es wurde immer kälter. Klebrige Kleider, Salz und lange Fingernägel setzten ihrer Haut zu. Gruben sich in das von roten Flecken und eitrigen Pickeln übersäte Fleisch. Sie hatten alles Essbare aufgegessen. Die Angelleine hing schlaff am Heckkorb. Unter Wasser mussten die Blinker aussehen wie aufgefädelte tote Fische. Sie hatten die Leine schon unzählige Male vergeblich eingeholt. Hatten nicht einmal eine Girlande aus Algen gefangen. Lucky bewegte sich nicht mehr von dem blauen Kunststoffpolster weg. Saß oder lag mit verklebten Augen in seinem Schlafsack. Der Kleine hätte gern gebadet und sich rasiert. Damit er eine präsentable Leiche abgab. Wir sollten die Segel setzen, sagte er. In regelmäßigen Abständen. Aus Angst vor Luckys Reaktion wagte er allerdings nicht, die Initiative zu ergreifen.

Die Wellen waren immer noch hoch, kamen aber in immer größerem Abstand. Dazwischen gab es lange Ruhepausen. Ein Gefühl der Schwerelosigkeit, ein fiebriger Schwindel. Die Slangevar glitt über die alte Dünung und drehte sich um sich selbst. Nahm eine runde Welle von der Seite, die nächste von achtern und schlitterte wie ein Ski den Hang hinunter. 330. 210. 330. Wenn die schmutzige, kraftlose Sonne den Dunst zu durchbrechen versuchte, erinnerte das Kajütdach plötzlich an eine Totenbahre. Hoffnungslosigkeit gebar Hoffnungslosigkeit, ein gnadenloser Kreislauf. Der Himmel erneuerte sich und war doch immer derselbe. Eine endlose Palette an Grautönen, blasse Schäfchenwolken, die vom Luftdruck geschoren wurden.

Jeden Tag kreuzten sie die imaginäre Strecke ihrer einsamen Regatta. Vom Startschuss bis zum unerreichbaren Ziel. Lucky hatte sich von allem zurückgezogen. Unaufhörlich ließ er alle Einzelheiten jener Nacht, in der sie das Mädchen verloren hatten, Revue passieren. Er dachte an die Geräusche, die er in dem tosenden Sturm vernommen haben könnte. An den Kleinen, der ganz allein gewesen war, als er ins Cockpit gegangen war, um das Mädchen am Ruder abzulösen. An seinen rätselhaften Gesichtsausdruck, an den Wahnsinn in seinem aufgerissenen Auge. Das alles setzte sich zu einem beunruhigenden Puzzle zusammen. Lucky hatte Angst davor, die fehlenden Teile einzusetzen.

Es wurde so kalt, dass sie wieder sämtliche Pullover und die Ponchos überzogen. Der Nordwind wurde immer mehr zu einem Westwind. Hin und wieder wanderte er zurück zum Polarstern, als wollte er mit dem Finger auf sie zeigen. Die Kälte war beißend und drang ihnen durch die feuchten Kleider bis auf die Knochen. Der Hautausschlag machte ihnen zusätzlich zu schaffen. Ihr ganzer Körper war übersät von eitrigen Pusteln. Ein Mosaik aus roten Flecken, die sich immer weiter entzündeten. Das Jucken war schier unerträglich. Der Kleine hob regelmäßig das Pflaster an seiner Stirn an und betrachtete seine Kopfwunde. Die Naht verheilte gut, tat aber immer noch weh. Er würde die Verletzung überleben, allerdings würde die Narbe seine Augenbraue für immer zweiteilen. Er würde aussehen wie ein Boxer. Oder ein Pirat. Er konnte sich vor Ungeduld kaum noch halten. Die Reglosigkeit war eindeutig die schlechteste Lösung. Lucky hing seinen Gedanken nach, während der Kleine auf dem Boot hin und her tigerte wie ein Raubtier im Käfig. Ab und zu holte er die Angelleine ein, nur um festzustellen, dass wieder nichts an den Haken hing. Warf sie wütend zurück ins Wasser. Schon ein kleiner Fisch hätte ihnen neue Kräfte verliehen. Das Meer war grau wie eine Schuluniform. Das blasse Sonnenlicht wurde immer schwächer, je weiter der Tag fortschritt.

Sie schwebten über das Blätterdach eines versunkenen Waldes. Schwankten auf und ab wie ein nickendes Pferd. Das Meer machte mit ihnen, was es wollte. Manchmal balancierten sie in schwindelerregender Höhe, dann wieder ging es so abrupt in die Tiefe, dass sie meinten, auf den Grund zu sinken. Sie bewegten sich durch einen Irrgarten, der keine Hecken und Wege kannte. Lucky machte sich nicht einmal mehr die Mühe, über Bord zu pinkeln. Er stellte sich einfach auf die oberste Stufe des Niedergangs und urinierte ins Cockpit. Er brauchte dringend eine sinnvollere Herausforderung als die monotone Überwindung der Wellen. Der Hunger grub sich immer tiefer in ihre Körper, und der alte Ozean war nicht gewillt, ihnen zu helfen. Seit zehn Tagen oder hundert Jahren hingen sie in der Schwebe. Sie trieben dahin wie ein schmelzender Eisberg, der mit jedem Meter schrumpft, bis er kaum mehr so groß ist wie ein Eiswürfel. Jeder Tag ist ein kleines Leben, dachte der Kleine. Am Morgen hat man viele gute Vorsätze, im Laufe des Tages wirft man sie über Bord.

Bald würde Lucky dem Mädchen folgen. Eigentlich wartete er auf nichts anderes. Ein Urteil, eine Strafe. Als nichts geschah, wurde der Kleine immer ungeduldiger. Er war wütend über die Abdankung des Anführers. Immer wieder ging er hoch an Deck und starrte zum Horizont. Auf der Suche nach einem Ausweg. Einmal entdeckte er eine schwarze Flosse. Eine Haifischflosse, die auf sie zukam. Ängstlich beobachtete der Kleine die Angelschnur, die sie hinter sich herzogen. Bilder von einem gnadenlosen Gebiss und zerfetzten Leichen im blutroten Meer vom Amity Island kamen ihm in den Sinn. Er summte die beiden wiederkehrenden Töne der Titelmelodie und rief nach Lucky. Der ließ sich aber nicht blicken. Als der Kleine in die Kajüte kam, fand er ihn zusammengesunken auf der Bank. Er wollte von dem Hai erzählen, aber die Worte blieben ihm im Hals stecken. Lucky spielte zerstreut mit dem Lippenstift herum. Seine Lippen waren schwarz geschminkt.

Ich geh jetzt die Segel setzen.

Das schaffst du nicht.

Du wirst mir helfen.

Der Kleine ging nach draußen und stieg auf das Seitendeck. Beim Geräusch seiner Schritte auf dem Kajütdach zuckte Lucky zusammen und hob den Blick zur Decke. Der Kleine hielt sich am Mast fest und zog mit aller Kraft an dem grünen Fall. Die zerfetzte Fock stieg langsam in die Höhe. Als er sie durchsetzen wollte, packte Lucky mit an, und bald vibrierte das Vorliek wie eine Gitarrensaite. Lucky verschwand unter Deck und kehrte mit der zusammengerollten Genua zurück. Sie holten die zerrissene Fock nieder und setzten stattdessen die intakte Genua. Lucky schlug die Schoten von der Fock ab und befestigte sie an der Genua. Der Kleine grinste. Schlug Lucky mit der Hand auf die Schulter. Lucky ging ins Cockpit, packte die Pinne und zog sie heran, bis die Slangevar einen guten Angriffswinkel fand. Lucky klemmte sich die Pinne zwischen die Beine. Der Kleine holte die Schoten dicht, und das alte Boot nahm wieder Fahrt auf.

Sobald sie genug Geschwindigkeit hatten, machte die Slangevar eine Wende. Sie segelte am Wind, in gemütlichem Tempo. Hinter ihnen schäumte das Kielwasser. Weiter unten drehten sich die Köder, die wieder zum Leben erwacht waren, fleißig um die eigene Achse. Die Wellen klopften ihre bekannte Melodie gegen den Rumpf, und der Schwertkasten gluckste fröhlich. Es ging wieder voran. Diesmal nach Osten. Die Dünung kam aus Nordwesten, der Wind strich darüber hinweg und rundete die Wellen. Die Slangevar glitt unter heftigem Lenkerflattern die Abhänge hinunter. Lucky ließ sie noch etwas weiter abfallen, und die Kompassnadel geriet in helle Aufregung. Er versuchte, den Kurs, den sie auf ihrer

Flucht vor dem Sturm gefahren waren, in umgekehrter Richtung zu steuern. Auf diese Weise wollte er den südwestlichsten Zipfel von England erreichen. Zumindest sagte er das, auch wenn er selbst nicht so recht daran glaubte. Er wollte dem Kleinen Hoffnung machen, aber er wusste, dass sie weit abgetrieben waren und keine Möglichkeit hatten, ihre Position zu bestimmen. Sie segelten ziellos über das Meer. Aber immerhin segelten sie wieder.

Gegen Abend flaute der Wind ab, und es begann zu regnen. Wasser rann an den Segeln herab wie Leichtöl. Sie sprangen auf und verteilten überall an Deck Teller und Schüsseln. Tranken sie aus, noch bevor sie voll waren. Ihre von Wind und Schmutz gegerbten Gesichter erinnerten an alte Seebären. Der Regen perlte von ihrer Haut ab wie von Ölzeug. Mit seinem blauen Auge und dem Pflaster auf der Stirn sah der Kleine verwegen aus. Lucky hatte sich nicht dafür bedankt, dass er ihn aus seiner Apathie gerissen hatte. Er war vollauf damit beschäftigt, die Slangevar auf ihrem neuen Kurs zu halten, und tat so, als wäre alles beim Alten. Der Hunger schwächte sie. Manchmal schliefen sie aneinandergelehnt ein.

Die Nacht verging, es wurde Morgen, es wurde Mittag. Früher waren die Tage wie im Flug vergangen, jetzt fühlte sich ein Tag wie drei an. Die Nächte waren viel mehr als nur Nächte. Sie saßen auf einer unheimlichen Schaukel, und in der luftlosen Luft des nahenden Winters wich der Himmel in schwindelerregende Höhen zurück. Wenn einer von ihnen ins Cockpit kam, verschwand der andere unter Deck und legte sich schlafen. Sie begegneten einander kaum. Inzwischen kannten sie das Handbuch auswendig, und manchmal zitierten sie das eine oder andere Sprichwort, um die Zeit totzuschlagen. Solange das Boot nicht unterging, war es ein gutes Floß. Aber sie hätten einen Lichtblick gebraucht, irgendeine Hoffnung. Ein gutes Omen, damit ihr Blut in Bewegung blieb.

Lucky ließ den Blick gedankenverloren über das leere Meer schweifen. Er war ständig damit beschäftigt, die Segel noch besser zu trimmen, wie ein leistungsversessener Sportler. Die Falten und Beulen auf dem Tuch ließen ihm keine Ruhe, selbst dann nicht, wenn er auf der Koje im Vorschiff lag. Der Wind wehte in seinem Kopf weiter, er hatte sein Zischen ständig im Ohr. Er musste das Boot hart am Wind halten oder die plötzliche Flaute nach einer Welle ausgleichen. Bart und Haare überwucherten sein Gesicht. Beim kleinsten Geräusch sprang er auf. Steif wie eine Spiere über einem Wrack oder einer anderen Gefahrenstelle. Er nahm Dinge wahr, die sonst niemand wahrgenommen hätte. Dinge, die gar nicht existierten. Der Hunger machte ihnen beiden zu schaffen, die Kälte hüllte sie ein wie ein finsterer Schatten. Beide dachten ständig an das Mädchen. Jeder für sich. An das schwarze Wasser, das in ihre Lungen eingedrungen war. Sie fragten sich, ob sie geschrien oder nach ihnen gerufen hatte, bevor sie über Bord gegangen war. Versuchten sich zu erinnern, wann genau der Kleine ins Cockpit gegangen war, um sie abzulösen.

Die Bilder der Sturmnacht vermischten sich mit den Bildern des brennenden Pick-ups in den ligurischen Bergen. Der Kleine wäre fast gestorben, und die Slangevar war ein Floß auf einem Ölgemälde. Die Narbe würde den Kleinen für den Rest seines Lebens an jene unheilvolle Nacht erinnern. Ein Schiffbrüchiger vergisst die Grausamkeit des Meeres nie, selbst nicht bei spiegelglatter See. Seit dem Sturm bewegte er sich auf dem Boot nur mit äußerster Vorsicht. Behielt die Wasseroberfläche und den Wind im Auge. Und

Lucky, dessen nervöses Schweigen ihn nicht minder beunruhigte. Auf seinem verletzten Auge konnte er wieder sehen, aber sein Magen machte ihm ebenso zu schaffen wie der Juckreiz am ganzen Körper. Die Ärmel der Collegejacke waren grau, das Leder brüchig, die Nähte blutverkrustet. Das Meerwasser, das sie tranken, verschlimmerte ihren Durst, selbst wenn sie es süßten. Das Salz gewann gegen den Zucker wie gegen alles andere. Das Salz zerfraß sie von innen.

Der Kleine sah sie als Erster. Eine etwa dreißig Meter lange weiße Jacht. Sie machte über fünfzehn Knoten Fahrt, ohne die kleinste Welle zu erzeugen. Der Kleine schrie auf, und Lucky änderte abrupt den Kurs. Sie kletterten an Deck und hüpften auf und ab. Überlegten fieberhaft, wie sie ihre Notlage erklären sollten. Winkten wild mit den Armen. Doch die Jacht wurde nicht langsamer. Sechs Fenster und mehrere Decks mit Antennen zogen an ihnen vorbei. Kein Mensch war zu sehen, selbst am Steuer nicht. Dabei waren sie so nah, dass sie den Schiedsrichterstuhl im Cockpit wanken sahen. Mit ihren verlassenen Decks sah die Jacht aus wie ein Geisterschiff. Das Motorgeräusch drang mit einiger Verspätung an ihr Ohr. Am Heck lasen sie THE SPLENDOUR – LOS ANGELES. In großen Lettern, die trotz des Kielwassers gut lesbar waren.

Los Angeles.

Scheiße!

Der Kleine sprang die beiden Stufen des Niedergangs hinunter und kramte in den Regalfächern, bis er die beiden letzten Handfackeln fand. Er rannte zurück an Deck, entsicherte eine Fackel und reckte sie in einem Funkenregen in die Höhe. Grelles rotes Licht leuchtete sechs Sekunden lang, bevor es schwächer wurde und erlosch. Dichter Rauch stieg von der Hand des Kleinen auf, aber die Jacht war längst weitergefahren. Ihr schnurgerades Kielwasser löste sich bereits auf. Der Kleine sank gegen die Reling. Starrte auf ihre letzte Handfackel und schleuderte sie wütend ins Wasser.

Sechs verdammte Sekunden.

Wir bleiben außen vor.

Unter Deck geht es bestimmt hoch her.

Die trinken Champagner.

Arschlöcher.

Die Sonne wagte sich zaghaft hervor und färbte die grünen Wellenberge weiß. Wenig später ballten sich dunkle Wolken am Himmel zusammen, verschleierten die Sonne und verbreiteten ein trauriges Licht. Ganz in der Nähe zog eine Rückenflosse mit wriggenden Bewegungen durchs Wasser. Ein Mondfisch presste einen Schwall kaltes Wasser aus seinem Kiemenloch. Seine Rückenflosse wirkte viel ungefährlicher als die des Hais, den der Kleine zuvor gesehen hatte. Ein herunterhängender Fächer, der sich plötzlich aufrichtete. Lucky verschwand unter Deck und kam mit Mammons Walther in der Hand zurück. Der unförmige Fisch schwamm um das Boot herum. An ihm hätten sich zwanzig Mann satt essen können.

Der Kleine hielt Luckys Arm fest. Ein Mondfisch ist wie ein Albatros, murmelte er. Aus Aberglauben. Lucky schnaubte, brachte die Waffe aber wieder unter Deck und ließ sich dann auf die Bank am Heck fallen. Aus Gewohnheit zog er an der Schnur und dachte an die schillernden Pailletten zwanzig Meter hinter ihnen. Die Fische straften sie mit Missachtung. Er fragte sich, ob sie den Geruch seiner Finger an der Schnur wahrnehmen konnten. Ließ die Schnur los und verschränkte die Hände hinter dem Kopf. Ihr Überleben hing von den Fischen ab.

Ein paar Stunden später griff er wieder nach der Angelschnur. Diesmal zitterte sie und fühlte sich schwer an. Lucky zog zwei Makrelen und einen Dorsch, dem der Haken in der Flanke steckte, aus dem Wasser. Warf die Fische auf die Bank und fragte sich, wie lange sie sie schon hinter sich herzogen. Der Kleine trat ungeduldig von einem Fuß auf den anderen. Lucky befreite die Fische von den Haken und schlitzte ihnen die Bäuche auf. Schnitt sie in Streifen, spülte das Fleisch ab und warf es in die Pfanne. Entzündete den Gaskocher mit den letzten Funken des Feuerzeugs. Während sie beobachteten, wie sich die Filets weiß färbten, lief ihnen das Wasser im Mund zusammen. Lucky ließ den Kocher brennen. Nahm die Pfanne mit ins Cockpit. Als der erste Bissen saftigen Fleischs ihren Gaumen berührte, entwich ihnen ein Stöhnen. Der Fisch zerschmolz auf der Zunge und glitt auf einem Speichelstrom in ihre leeren Mägen. Sie schlangen das Essen so hastig hinunter, dass sie anschließend meinten, die Fische in ihren Bäuchen zucken zu spüren. Saugten jeden Fetzen Fleisch von den Gräten und ließen nur die Köpfe zurück. Sie hätten zehn oder zwanzig solcher Fische essen können.

Der Kleine warf die Angelschnur wieder aus und hielt sie geduldig zwischen seinen brennenden Fingern. Lucky verschwand unter Deck und entzündete die letzten beiden Zigaretten an der Gasflamme. Drehte den Kocher mit einem Seufzer aus. Jetzt hatten sie kein Feuer und keine Zigaretten mehr. Keine Lampe in der Dunkelheit. Sie konnten das Meerwasser nicht mehr erhitzen, um den Salzgeschmack zu mildern. Sie rauchten die Zigaretten bis zum Filter. Bis sie husten mussten. Die Stummel warfen sie über die Schulter ins Meer.

Mitten in der Nacht weckte Lucky den Kleinen und zerrte ihn ins Cockpit. Verkündete feierlich, er könne Land riechen. Irgendwo da draußen, sagte er. Und zeigte in die Dunkelheit. Ganz in der Nähe. Der Kleine rieb sich die Augen und fragte verwirrt, wo. Man müsse nur tief Luft holen, um zu merken, dass etwas auf sie zukomme. Irgendwo vor ihnen. Sie starrten in die Nacht hinaus und träumten von den Lichtern einer Küste. Die Slangevar segelte dahin. Der Mond spiegelte sich im Kielwasser, ein leuchtender Kreis, ein im Wasser treibender Stern. Die Stunden vergingen, ohne dass etwas geschah. Wieder zog Nebel auf, und ihre Begeisterung war wie weggeblasen. Der Kleine wankte unter Deck und verkroch sich in seinem Schlafsack.

Lucky blieb im Cockpit zurück. Zusammengesackt lehnte er am Heckkorb. Er hatte sich noch nie so allein gefühlt.

Morgen weht ein anderer Wind, murmelte er.

Lucky konnte nicht schlafen. *Mann über Bord*, stand im Handbuch. Sobald er die Augen schloss, sah er das namenlose Mädchen. *Die häufigste Todesursache von Freizeitseglern ist Unterkühlung nach einem Sturz ins Wasser.* Sie ertrank immer wieder von Neuem. Er musste mit ansehen, wie sie im schwarzen Wasser versank, und konnte nichts tun, um sie zu retten. Seine Hilflosigkeit stürzte ihn in Verzweiflung. *Handeln Sie nicht unüberlegt.* Das Letzte, was er von ihr sah, war ihr aufgefächertes Haar. Manchmal auch eine weiße Hand, die in die Höhe ragte. Den Speichel des Atlantiks auf ihren Fingern, die aufgerissenen Augen im klaren Wasser. *Verlieren Sie das Opfer nicht aus den Augen und notieren Sie seine GPS-Position.* Dann versank die Welt in Dunkelheit.

Kurz vor Sonnenaufgang kam der Kleine ins Cockpit. Er zitterte vor Kälte. Das Haar stand ihm zu Berge wie bei einer Mangafigur. Die Spitzen blond, der Ansatz schwarz. Er bot an, Lucky an der Pinne abzuwechseln, doch dieser schüttelte nur gähnend den Kopf und bat den Kleinen, ihm einen kalten Kaffee zu machen. Er wollte noch ein wenig durchhalten. Als wenig später die Sonne aufging, beschien sie einen Nebel, der alles unter sich begrub. Der Tweedanzug eines Gefängniswärters lastete schwer auf ihnen. Knapp zehn Meter vor dem Bug endeten Meer und Himmel. Sie blickten auf eine leere Leinwand, stellenweise geschwärzt vom Rauch eines riesigen Strohfeuers.

Sie überließen sich wieder dem Willen des Windes. Segelten blind über eine endlose Weide, die von keinem Zaun begrenzt wurde. Sie hatten keine Kieselsteine oder Scherben, mit denen sie ihren Weg hätten markieren können. Keine abgebrochenen Zweige oder Fußspuren. Nichts, woran sie hätten erkennen können, ob sie hier schon einmal vorbeigekommen waren, ob sie sich im Kreis drehten wie Schulze und Schultze. Sie waren ein Spirograf, der Muster und Kurven malte, eine Zaubertafel, die vom Wind und von den Wellen geschüttelt wurde. Der Pulverkaffee schmeckte metallisch. Die drei Zuckerwürfel, die sie in der kalten Flüssigkeit aufgelöst hatten, machten die Sache auch nicht besser. Sie stippten einen Finger in den Bodensatz und leckten den schwarzen Sirup ab.

Hinter der Slangevar trug die Angelschnur nur ihr eigenes Gewicht. Der Winter nahte, er biss ihnen mit spitzen Zähnen in die Brust und die steifen Glieder. Immer wieder standen sie auf, ließen die Schultern kreisen, vollführten ein paar Haken und droschen auf einen unsichtbaren Boxsack ein. Trotzdem wurde ihnen nicht warm. Sie rannten auf der Stelle, hoben die Knie, bis sie die Gräting zu durchbrechen drohten, die glatt war wie der Boden einer Dusche. Eine Kühlkammerkälte. Von ihren Körpern ging Leichengeruch aus.

Der Morgen kam mit schweren Wolken, die See wurde immer grober. Beim kleinsten Windstoß knatterten die Segel wie nasse Laken. Manchmal entfloh der Kleine dem Boot und spazierte durch Marseille. Aß einen Döner. Hatte den Geschmack auf der Zunge. Das Lammfleisch an seinem salzigen Gaumen. Aß an einem Sonntagnachmittag am Hafen von Marseille oder von Les Goudes algerisches Honiggebäck oder himmlisch weiche Makronen und ließ den Blick über das Meer schweifen. Leider konnten die Erinnerungen ihn nicht wärmen. Vielleicht fror er sogar noch mehr.

Lucky steckte sich einen Zeigefinger in den Mund und hielt ihn in die Höhe. Der Wind konnte von einem Moment auf den anderen drehen. Seltsamerweise hatte er den Eindruck, der Wind komme von oben. Sie wurden immer unruhiger. Lucky wiederholte ständig, man könne das Land riechen, auch wenn man es noch nicht sehe. Sie würden auf ihrer Arche Noah ausharren müssen, bis das Meer austrocknete. Ein Hauch stieg ihnen in die Nase wie ein Schwarm Zugvögel und wärmte sie von innen.

Ein Trawler, der elf Knoten Fahrt machte, überholte sie, ohne langsamer zu werden. Sie schwenkten die Arme über dem Kopf, bis sie merkten, dass um sie herum noch mehr Boote waren. Optische Täuschungen, Fata Morganen. Das Meer belebte sich. Die Boote zogen in Grüppchen am Horizont vorbei wie Paare bei der Eröffnung eines Balls. Der Nebel gab sie frei, nur um sie sogleich wieder zu verschlingen. Ein Kutter hier, ein Fischerboot mit Angelruten am Heck dort. In der Ferne zeichneten sich sogar einige Segel ab. Weiße Schmetterlinge, große braune Wasserskorpione, die sich im nächsten Moment im Grau des Universums auflösten.

Etwas kam auf sie zu, etwas, worauf sie nicht mehr zu hoffen gewagt hatten. Die Slangevar überwand das zerknitterte Wasser wie ein müder Fisch. Der Kleine entdeckte ein paar stoische Möwen, die ohne einen einzigen Flügelschlag auf sie zuhielten. Sie ließen sich vom Wind tragen, sie schwebten am Himmel. Beim Anblick der Vögel schrie er so laut auf, dass Lucky fast von der Bank fiel. Die Möwen überholten das Boot, die beiden Jungen folgten ihnen mit dem Blick. Sie ließen sich treiben. Als Nächstes sahen sie Basstölpel, die wie Torpedos im Wasser verschwanden. Sie durchstießen die Oberfläche und tauchten ein ganzes Stück entfernt wieder auf, einen zappelnden Fisch im Schnabel. Bei jedem Tauchgang applaudierte der Kleine.

Vögel!

Das bedeutet, dass wir da sind.

Überall Vögel!

Wir haben es geschafft, Ponyboy.

Der kalte Wind trieb ihnen Tränen in die Augen. Sie suchten den Horizont ab und waren überzeugt, dass ihnen irgendetwas entging. Starrten in den Nebel hinaus und meinten immer wieder, die Umrisse einer sandigen Oase zu erblicken. Meeresvögel kreischten und kämpften über den Wellen miteinander. Lucky hörte ein seltsames Geräusch und drehte sich um. Hinter dem Heck tauchte der gewölbte Rücken eines Delfins aus dem Wasser auf. Dann der weiße Bauch. Das Tier passte sich scheinbar mühelos ihrer Geschwindigkeit an. Begrüßte sie mit einer Art Vogelschrei. Vollführte einen Sprung, versank im Schaum einer kurzen Welle und tauchte zehn Meter weiter wieder auf. Sein gedrungener Körper schnitt eine Schneise durch das klare Wasser. Mehrmals spürten sie, wie er unter dem Boot hindurchtauchte. Als wollte er sich am Schwert den Rücken kratzen. Dann stieß er sich von der Oberfläche ab und schien den Ozean hinter sich lassen zu wollen. Vollführte in der Luft eine Schraube und landete in einer wunderschönen Schaumgarbe im Wasser. Lucky und der Kleine applaudierten lange.

Unglaublich. Ein Delfin, schrie der Kleine.

Er kommt uns begrüßen.

Leben Delfine nicht in der Karibik?

Keine Ahnung.

Das Meer macht, was es will.

Etwas Unbekanntes kam auf sie zu. Eine kuriose Fauna hieß sie willkommen und legte eine Fährte, mit der sie sich begnügen mussten. Die Angelschnur war erschlafft. Sie holten sie ein, so wie sie die Leine des Beiboots eingeholt hatten, nachdem es sich losgerissen hatte. Die Haken waren fort. Die Nylonschnur musste an einem Felsen hängen geblieben sein. Oder sie hatten einen Fang gemacht, dem die Schnur nicht standgehalten hatte. Lucky wickelte die verbliebene Schnur auf und räumte sie in die Backskiste. Ohne die Angelschnur würden sie nicht mehr essen. Es sei denn, sie schossen mit der Pistole auf Möwen, und das kam für den Kleinen nicht infrage.

Sie suchten den Horizont Punkt für Punkt ab, drehten sich um 360 Grad und meinten, den Umriss einer Fähre zu entdecken. Am äußersten Rand dessen, was sie sehen konnten. Lucky hielt darauf zu, überzeugt, dass der weiße Riese einen Hafen ansteuerte und nicht gerade erst abgelegt hatte. Die Chancen standen fifty-fifty. Zwanzig Grad Nordnordost, die Dünung im rechten Winkel, der Wind schräg von vorn. Er legte die blaue Schot um die Winsch und setzte sie durch. Die Slangevar neigte sich zur Seite. Das Unterliek rutschte über die Reling nach innen. Der Kleine holte das Groß dicht, klemmte die Schot fest und schob den Traveller zur Seite. Die Windfäden an den Wanten richteten sich auf, als der Wind wie ein Kamm hineinfuhr.

Die Slangevar legte sich auf die Seite und schaukelte auf der Dünung, bis sie sich darauf besann, die Wellen schräg wie ein Feuerstein zu nehmen. Nun machten sie wieder zügige Fahrt. Sie versuchten, der Fähre zu folgen. Die gelbe Heultonne, an der sie vorbeiglitten, sahen sie nicht. Ihr unheimliches Pfeifen schrieben sie dem Wind zu. Dem Wind und den Dämonen, die den Wind lenkten, um Seeleute ins Verderben zu stürzen. Die Tonne begrüßte sie und kündete von der nahen Küste. Sie waren nur knapp fünf Meilen von bewohntem Gebiet entfernt, auch wenn sie das Land immer noch nicht sahen. Aber es war irgendwo vor ihnen. Sie konnten es riechen. Sie mussten nur auf Kurs bleiben und die Augen offen halten. Geduld haben. Sobald die Küste in Sicht käme, würden sie darauf zuhalten. Den erstbesten Hafen anlaufen. Unbemerkt an Land gehen. Lucky nickte und umklammerte die Pinne wie einen Gashebel. Die Slangevar gab ihr Bestes. Tauchte die Nase ins Wasser, schmückte sich mit einem weißen Schnurrbart.

Land in Sicht! Land in Sicht!, riefen sie im Chor. Dann verstummten sie. Der Kleine begann zu weinen und wischte sich Rotz und Tränen mit dem Ärmel seiner Jacke vom Gesicht. Völlig unvermutet hatten sie ihr Ziel erreicht. Als sie es schon nicht mehr zu hoffen gewagt hatten. Die Küste war nah. Sie waren einfach dem Kielwasser der Fähre gefolgt. Die Fähre war längst außer Sicht, vermutlich lief sie gerade in ihren Heimathafen ein. Zuerst sahen die beiden nur einen schwarzen Strich, der Himmel und Wasser mit letzter Endgültigkeit voneinander trennte. Das Meer zog sich wie nach der Sintflut zurück. Die Vögel gingen ihrem Tagewerk nach und umschwärmten das Heck von Fischerbooten in großen Trauben. Der schwarze Strich wurde größer und entpuppte sich als Steilküste. Das Meer endete im Geröll vor den zerklüfteten Felsen. Die Wellen erstarben am Fuß der Klippen.

Der Kontrast zwischen dem grünen Gras und dem schwarzen Fels überraschte sie. Jetzt verschlang die Slangevar das Wasser mit noch größerem Hunger. Sie verfielen in einen Rausch, der schlagartig alles vergessen machte, was sie in den letzten Tagen und Nächten erlitten hatten. Der Nebel zog sich zurück und gab die Küste frei. Eine Linie, hinter der das Land begann. Die beiden Jungen standen auf der Bank im Cockpit. Sie schwiegen, um nicht immer wieder dasselbe zu sagen. Endlich waren sie am Ziel. Das Mädchen erlebte ihre Ankunft nicht mehr mit.

Die Kiefer einer vereinzelten Welle schlossen sich um das Heck der Slangevar. Die Welle nagelte die Slangevar fest und riss sie aus ihren Gedanken. Sie fielen übereinander, der Baum raste über ihre Köpfe hinweg, kaltes Wasser drang in die Kajüte ein. Eine Provokation des alten Ozeans. Er versuchte mit allen Mitteln, sie zurückzuhalten. Als sie sich aufrappelten, machte die Slangevar schon wieder Fahrt. Die Segel standen wieder im Wind, das Meer war spiegelglatt. Sie steuerten direkt auf die Küste zu. Wäre das Wasser zehn Grad wärmer gewesen, hätten sie zum Ufer schwimmen können.

Welches Land ist das?

England.

Bist du sicher?

Sieht so aus.

Du bist dir nicht sicher.

Wir werden sehen.

Die Luft wurde wärmer. Das Wasser heller und klarer. Lucky und der Kleine redeten über die Gerüche, die sie zu vernehmen meinten. Feuchte Erde. Fettes Gras, modrige Wurzeln. In Wahrheit rochen sie nicht viel, doch ihr Bedürfnis zu sprechen war so groß, dass sie jeden noch so flüchtigen Gedanken aussprachen. Blähungen einer grasenden Kuh, der Geschmack von Asphalt, der Duft von Teer. Sie schrien sich die Kehle aus dem Hals. Brüllten immer wieder dieselben Wörter in den Wind, warfen sie auf eine unsichtbare Brücke, die sich zwischen ihnen und dem Land spannte. Die Küste kam unendlich langsam näher. Sie wurden immer zappeliger. Ihre durchweichten Turnschuhe quietschten an Deck, das Warten machte sie verrückt. Lucky riss die Pinne hin und her, der Kleine zerrte an den Schoten, bis sie zu reißen drohten. Die Slangevar gab alles. Indem sie sie derart vorantrieben, taten sie ihr keinen Gefallen. Je näher das Land kam, desto langsamer schienen sie voranzukommen.

Schließlich bogen sie inmitten eines Schwarms bunter Segel in eine große Flussmündung ein. An diesem Tag fand eine Regatta statt. Dutzende von Booten liefen aus dem Hafen von Cork aus und segelten über die Trichtermündung des Lee hinaus aufs Meer. Auf einem Felsen rechts von ihnen stand eine Funkstation. Grüne und rote Tonnen kennzeichneten das Fahrwasser, das breiter war als eine Autobahn. Wie die Landebahn eines Flughafens, dachte Lucky. Als er ein wenig nach Norden steuerte, um einer Untiefentonne auszuweichen, begann die Genua zu killen. Genau so eine gelb-schwarze Stange hatten sie beim Auslaufen aus Saint-Malo gesehen.

Lucky stand aufrecht im Cockpit, damit er sah, wo er hinsteuerte und in der befahrenen Flussmündung keines der anderen Boote rammte. Nun wollten sie niemanden mehr um Hilfe bitten. Im Gegenteil, sie wollten möglichst nicht auffallen. Allerdings war das bei der Geschwindigkeit nicht so einfach. Alles ging viel zu schnell und dauerte trotzdem Stunden. Eine lange blaue Jacht zog dicht an ihnen vorbei. Der Mann am Ruder brüllte etwas Unverständliches. Zeigte erst auf ihr Heck und dann auf seins. Zwei weiße Pferde galoppierten rechts und links vor seinem Bug. Mit großen Gesten wies er auf die Fahne, die hinter ihm im Wind flatterte.

National flag!, brüllte er.

Verpiss dich!, brüllte Lucky zurück.

Lucky warf dem Kleinen einen verwirrten Blick zu und zuckte mit den Achseln. Gleich darauf kam ihnen ein zweites Boot entgegen, und die Szene wiederholte sich. Am Heck an der auf Hochglanz polierten Jacht flatterte dieselbe Flagge, und wieder machte man sie darauf aufmerksam. Die Fahne war grün, weiß und orange gestreift.

So eine haben wir auch, sagte der Kleine.

Geh sie holen.

Der Kleine kramte unter Deck herum, fand zwei Flaggen und kehrte mit ihnen ins Cockpit zurück. Lucky verweigerte die französische und knotete die andere an den Backstag. Als sie das nächste Boot überholte, hob die Besatzung die Hand zum Gruß. Sie winkten zurück.

Wo sind wir?

Keine Ahnung.

Ist das nicht die italienische Flagge?

Das kann nicht sein.

Die englische ist es jedenfalls nicht.

Wir können nicht in Italien sein.

Wie auch immer, hier sind wir jetzt zu Hause.

Die Boote vor ihnen bogen hinter der dritten grünen Tonne links ab. In der Flussmündung gab es zwar keinen Seegang mehr, aber das Wasser klatschte trotzdem bedrohlich gegen den Rumpf. Inmitten des Reigens aus Jachten und Jollen steuerte Lucky ebenfalls nach links. Doch wie so oft stand der Wind für den Segler ungünstig. Außerdem war das Fahrwasser von Crosshaven viel schmaler als das von Cork. Als sie in den Owenboy einbiegen wollten, drohten die Segel überzugehen. Am Eingang des Fahrwassers zierte die Slangevar sich. Sie lief unaufhaltsam auf eine rote Tonne zu und hielt die Nase in die Strömung. Die Boote, denen sie gefolgt waren, hatten ihre Segel niedergeholt und tuckerten auf die Anleger zu. Nur eine kleine Jolle mit gelb-roten Segeln kreuzte tapfer.

Schmeiß den Motor an.

Gut.

Jetzt brauchen wir ihn.

Ist ja gut.

Mach schon.

Lucky pumpte Benzin in den Schlauch, packte den Seilzug und hielt den Atem an. Betätigte den Choke, machte drei Startversuche und schob den Choke dann wieder hinein, damit der Motor nicht absoff. Zog noch einmal kräftig am Seil. Und noch einmal. Beim fünften Mal spotzte der Motor und begann zaghaft zu knattern. Indem er an dem Choke und dem Gashebel herumspielte, gelang es Lucky, das Stottern zu stabilisieren. Der alte Motor jaulte auf und lief hochtourig weiter. Dichter weißer Rauch breitete sich auf dem Wasser aus und stieg in einer großen Wolke auf, die dem Boot einen buschigen Eichhörnchenschwanz verlieh. Der Außenborder spuckte ein Rinnsal Kühlflüssigkeit aus. Der Kleine stieß einen Freudenschrei aus. Klopfte Lucky auf die Schulter. Lucky drehte den Gasgriff vorsichtig zurück, reduzierte die Drehzahl und ließ den Außenborder ins Wasser. Der Propeller fraß sich durchs Wasser, zog eine Furche und wirbelte einen grünen Strudel auf. Wie ein Mixer.

Die Slangevar tuckerte stromaufwärts und hinterließ eine kurze Spur aus weißem Schaum. Das Wasser zog unter ihrem Kiel vorbei, der Propeller kämpfte gegen die Strömung an. Ein letztes Mal befahl Lucky dem Kleinen, die Segel niederzuholen. Der Kleine tat wie geheißen. Die Fallen rauschten mit den Segeln herunter, der Baum fiel polternd auf das Kajütdach. Lucky schob ihn aufs Seitendeck, damit er freie Sicht hatte. Dann zeigte er auf die Stege am Flussufer.

Da legen wir an, schrie er. Mit zitternder Stimme.

Okay.

Mach dich bereit.

Ich bin bereit.

Das Wasser war von einem satten Grünton, ein vom Wind gemähter Rasen. Die Slangevar glitt in einem perfekten Manöver gegen den ersten der drei Stege der *Salve Marine*. Nirgends war ein Mensch zu sehen. An Deck einiger Boote lagen Taschen und Säcke. Bereit zum Auslaufen. Lucky holte den Außenborder aus dem Wasser, sprang auf den Steg und zog die Slangevar zu sich heran. Die Metallkante des Stegs schlug eine Kerbe in die weiße Farbe des Rumpfs. Sie hätten Fender gebraucht, um die Slangevar zu schützen. Lucky ärgerte sich, dass er nicht daran gedacht hatte. Der Kleine wühlte fieberhaft in der Backskiste und hielt triumphierend zwei ausgefranste Festmacher in die Höhe. Knotete den einen an den Heckkorb, den anderen seitlich an eine Relingstütze. Lucky machte die Slangevar am Steg fest. Dann sahen sich die beiden an. Mit einer Intensität, die lähmte.

Von der Straße kamen verwirrende Geräusche. Dahinter lag die Stadt mit ihrem Hintergrundrauschen. Eine fast vergessene Welt. Neben den anderen Jachten des Boatyard sah ihr altes Boot lächerlich aus. Klein und morsch. Das Großsegel lag in einem unordentlichen Haufen auf dem Seitendeck. Die Genua hing an ihrem Fall halb im Wasser. Lucky kletterte zurück an Bord. Stellte den Motor aus und folgte dem Kleinen unter Deck. Sie mussten sich beeilen, bevor die Angestellten der Marina auf sie aufmerksam wurden. Sie mussten ihr schwimmendes Zuhause verlassen.

Der Kleine rückte seinen Siegelring zurecht. Griff nach der Tasche mit seinen Werkzeugen. Ein vertrautes Klirren. Sie überlegten, ob sie die Schlafsäcke mitnehmen sollten.

Rochen daran und warfen sie mit einer Grimasse zurück auf die Kojen. Lucky nahm die Walther PKK und schob sie sich unter dem missbilligenden Blick des Kleinen in den Hosenbund. Dann teilte er das Geld unter ihnen auf. Ließ die Hälfte der Scheine in seiner Gesäßtasche verschwinden und streckte dem Kleinen den Rest hin, ohne ihn anzusehen. Der Kleine streifte kurz seine Finger, als er die Scheine entgegennahm. Ihre Schuhe platschten im Bilgenwasser. Sie drehten sich um die eigene Achse und sahen sich ein letztes Mal in der lichtdurchfluteten Kajüte um. Im Cockpit zog Lucky die Walther aus seinem Hosenbund und warf sie ins Wasser. Das glänzende Metall färbte sich braun und war bald nicht mehr zu sehen. Der Kleine beobachtete die auseinanderlaufenden Kreise auf der Wasseroberfläche. Mit zusammengekniffenen Augen.

Sie waren bereit. Endlich konnten sie ihr schwimmendes Haus verlassen. Sie warfen ihre Taschen auf den Steg und sprangen hinterher. Entfernten sich mit raschen Schritten, ohne sich noch einmal umzusehen. Hinter ihnen schlug die Slangevar gegen die Kante des Stegs. Geradeaus zu laufen machte ihnen Mühe. Auf den ersten Metern federte der schwimmende Ponton ihre Schritte noch ab, doch am Ende des Stegs empfing sie der starre Asphalt. Jedes Mal, wenn sie einen Fuß auf den Boden setzten, ging ein Stoß durch ihren Körper. Die Knie knickten ein, ein Gewicht lastete auf ihren Schultern. Ihre Körper waren gleichzeitig zu steif und zu schlaff. Sie staksten wie Fohlen, die ihre ersten Schritte auf der Weide machen.

Sie gingen am Ufer des Owenboy entlang. Über die Point Road und die Lower Road hinein nach Crosshaven. Mit watteweichen Beinen und grellen Blitzen im Kopf. Zwei müde, ungewaschene Matrosen. Jetzt waren sie nur noch zu zweit. Zwei Matrosen auf Landgang, die nicht wussten, ob sie erst ihren Durst löschen oder ihren Hunger stillen sollten. Oder sich waschen, mit klarem, sauberem Wasser. Das Festland bescherte ihnen die schönsten Wellen. Ihr schwankender Gang erinnerte an den einer Riesenechse. Sie gingen wie über unebene Trittsteine. Auf der Lower Road begegneten sie einer Gruppe verspäteter Regattateilnehmer, die Seesäcke über der Schulter trugen. Lucky griff nach dem Arm des Mannes, der ganz hinten ging. Fragte nach der Dusche. Mit dem schwarzen Bart und seinem irren Blick sah er furchteinflößend aus.

Water?, wiederholte er. Nicht gerade freundlich.

Der Segler musterte die Narbe des Kleinen, schüttelte den Kopf und versuchte sich loszumachen. Lucky seifte sich pantomimisch die Achseln und das Haar ein, bis der Mann verstand. Rief seinen Freunden etwas zu und bedeutete den Jungen, ihm zu folgen. Trabte im Laufschritt vorweg und murmelte etwas Unverständliches. Der Kleine hatte Mühe, ihm zu folgen. Seine Beine versagten den Dienst, er war totenbleich. Sie kamen zu einem länglichen Gebäude aus Holz und liefen daran entlang. Der Mann öffnete eine Tür, ohne Fragen zu stellen. Verabschiedete sich und rannte davon.

Lucky und der Kleine sahen ihm nach. Dann zogen sie die Tür zu. Das Licht war weiß, die feuchte Luft roch nach Desinfektionsmitteln. Sie suchten sich jeder eine Kabine aus. Schälten sich langsam aus ihren schmutzigen, zerschlissenen Kleidern, als würden sie sich häuten. Stiegen nackt in die Kabinen. Vorsichtig, um nicht auszurutschen. Alles ging so schnell, viel zu schnell. Sie wuschen sich mit warmem Wasser, hielten den Mund unter die Dusche und tranken große Schlucke. Der Kleine nahm das Duschgel aus seiner Tasche und rieb sich Brust und Nacken ein, bis es schäumte. Dann reichte er es über die Trennwand an Lucky weiter.

Beide musterten ihren Körper von Kopf bis Fuß. Um sich einen Überblick über das Ausmaß der Zerstörung zu verschaffen. Die Entzündungen waren ein wenig abgeklungen, aber die Haut würde sich noch lange daran erinnern. Als sie unter dem warmen Wasserstrahl mit der Hand über die Pusteln fuhren, zuckten sie vor Schmerz zusammen. Die Wunde an Luckys Hand hatte sich endlich geschlossen. Die Fäden auf der Stirn des Kleinen schnitten tief ins Fleisch. Sie mussten so schnell wie möglich gezogen werden. Beide beobachteten, wie das Wasser schlängelnd im Abfluss verschwand. Es schien die Erinnerungen an die vergangenen Tage fortzuspülen. Sie stellten die Duschen ab und schüttelten sich. Trockneten sich mit Papierhandtüchern ab. Verbrauchten die ganze Rolle.

Lucky holte einen Wegwerfrasierer aus seiner Tasche und schabte sich den Bart von den Wangen. Die Haare segelten ins Waschbecken. Glatt rasiert sah er deutlich jünger aus. Der Kleine nahm die Seife, schäumte sich Kinn und Oberlippe ein und rasierte sich ebenfalls. Dann putzte er sich die Zähne. Widerwillig schlüpften sie in ihre klammen, vor Dreck starrenden Kleider. Der Stoff kratzte auf der Haut. Sie traten ins Freie und sahen eine Gruppe Schüler aus einer Umkleide neben den Duschen kommen. Lucky wartete, bis der letzte von ihnen verschwunden war. Dann trat er die Tür ein. Sie drangen in die Umkleide ein und durchwühlten die herumliegenden Taschen. Wie in einem Kaufhaus suchten sie sich saubere Jeans in ihrer Größe aus. Zwei Wollpullover, deren Ärmel sie hochschoben. Trockene Turnschuhe in der passenden Größe. Der Kleine stopfte noch ein Handtuch und ein paar Unterhosen in seine Tasche und zog sich eine olivgrüne

Daunenjacke mit Pelzkragen über. Gab Lucky eine blaue Segeljacke mit einem Aufnäher in Form einer Windrose auf dem Ärmel.

Während Lucky mit seinen neuen Kleidern unter dem Arm nach draußen ging, wühlte der Kleine weiter in den Taschen herum. Er rief nach Lucky, weil er ihm etwas zeigen wollte. Er setzte sich eine ausgefranste schwarze Wollmütze auf, die die Narbe auf seiner Stirn vollständig verbarg. Aß einen Schokoriegel und sammelte ein paar Geldscheine ein, die er zu den anderen in seine Hosentasche schob. Hielt sich probeweise eine Jeans vor den Körper und grinste triumphierend. Saubere, blütenweiße Kleider, mehr brauchte er nicht. Alles andere konnte er ertragen.

Sie zogen sich im dunklen Flur vor einem Technikraum um. Dann gingen sie nach Kokos duftend in die Stadt. Der Kleine hatte sich die Mütze bis über die Augenbrauen gezogen. Die weiche Daunenjacke passte ihm wie angegossen. Lucky ging neben ihm. Er sah aus wie ein Matrose, wie man ihm in jedem Hafen dieser Welt begegnet. Sie schlenderten durch ein paar Straßen und betraten einen alten Pub. Setzten sich an einen Tisch und verschlangen eine Portion Fish and Chips mit drei großen Bissen. Bestellten sofort eine zweite Portion. Die Kellnerin beobachtete sie lächelnd. Die beiden Jungen tranken das Beamish, das sie ihnen servierte, in kleinen, genüsslichen Schlucken. Das Stout, das nach schwarzem Kaffee schmeckte, stieg ihnen sofort zu Kopf. Nach dem Essen war ihnen schwindelig. Der Kleine begann zu schwitzen, ihm wurde kurz schwarz vor Augen. Ihre geschrumpften Mägen verkrafteten das fettige Essen und den Alkohol schlecht und begehrten auf.

Lucky stand schwankend auf und ging zu einer Landkarte an der Wand. Irland, murmelte er. Als könnte er es nicht fassen. Der Kleine trat neben ihn und klammerte sich an seinen Arm. Seine Beine wankten. Sie zahlten an der Theke und gingen raus an die frische Luft. Spazierten zu einem kleinen Laden, kauften Zigaretten und ein Feuerzeug mit der Aufschrift »Cork«. Wie schon im Pub zeigten sie mit dem Finger auf die Dinge, die sie wollten. Sie hatten keine Probleme, sich zu verständigen.

Wir sind in Irland.

Du hast gesagt, dass wir in England sind.

Ist doch dasselbe.

Echt?

Eine Insel.

England ist auch eine Insel.

Scheiße.

Sie gingen zum Fluss, um eine Zigarette zu rauchen. Der Wasserpegel war seit ihrer Ankunft ein ganzes Stück gesunken. Der Himmel war wolkenlos. Ein Schlauchboot mit Außenborder tuckerte in Richtung Meer und zog einen Fächer aus kleinen Wellen hinter sich her. Sie setzten sich auf einen grasbewachsenen Hang und schlangen die Arme um die Knie. Unter ihnen schwankte der Boden. Ganz schwach, wie ein sanftes Wippen. Sie zündeten sich eine zweite Zigarette an der Kippe der ersten an.

Ich würde sie gern noch mal wiedersehen, murmelte Lucky.

Wen?

Die Slangevar.

Bist du verrückt?

Du verstehst das nicht.

Die Leichtigkeit der trockenen Kleider ließ sie erschaudern. Das Klatschen des Wassers versetzte sie in eine klebrige Trance, in der das namenlose Mädchen als Vorwurf zu ihnen zurückkehrte. Mit ihrem hellen Lachen und den schwarzen Augen einer geschlagenen Hündin. Die Jungen hatten die Überfahrt ohne sie geschafft. Sie war ihnen unterwegs verloren gegangen. Auf eine Art war sie trotzdem mit ihnen an Land gegangen. Vielleicht hatte das Mädchen über ihr Ziel entschieden. Oder aber das kleine weiße Boot.

Lucky stand abrupt auf. Drehte sich einmal um sich selbst. Zögerte und starrte auf den dreckigen Fluss. Hatte das Gefühl, unter der Erde gefangen zu sein. Jede Bewegung erforderte unmenschliche Kräfte. Irgendetwas fehlte ihm, auch wenn er nicht wusste, was. Vielleicht war es gar nicht das Mädchen oder das Meer. Vielleicht war er einfach nicht für das Leben an Land geschaffen. In vorhersehbaren Städten und Dörfern. Überall gab es Männer wie Mammon und Valentino. Man entkam ihnen nicht. Nur auf dem Meer. Lucky hörte den Ozean ans Ufer schlagen, wenn auch geschwächt vom Süßwasser. Trotz allem, was es ihnen angetan hatte, vermisste er das Meer. Es war ihm noch etwas schuldig. Er wollte wieder zur See. Ihr gemeinsamer Weg endete am Ufer dieses Flusses. Er sah den Kleinen an. Dieser ahnte, was er sagen wollte. Kam ihm zuvor.

Was hast du jetzt vor?

Lucky zuckte mit den Schultern.

Irgendwo anheuern.

Auf einem Schiff?

Ich will aufs Meer.

Da ist doch nichts.

Hier auch nicht.

Pass auf dich auf.

Und du, Ponyboy?

Der Kleine ergriff seine Tasche mit den klirrenden Werkzeugen. Stand auf und streckte sich. Warf sich die Tasche über die Schulter und rückte die Mütze zurecht, unter der schwarz-blonde Strähnen hervorschauten. Drehte seinen Siegelring mit dem Daumen und baute sich breitbeinig vor Lucky auf. Mit glänzenden Augen und einem Grinsen.

Wie immer.

Dublin?

Warum nicht.

Und dann?

Dann sehe ich weiter.

Du musst dir die Fäden ziehen lassen.

Ich komme schon klar.

Mach es nicht selber, okay?

Der Kleine hatte sich abgewandt. Lucky beobachtete, wie er mit federnden Schritten den Hang hochging und auf einen alten Ford zuschlenderte, der am Straßenrand parkte. Er hob die Hand. Mit zugeschnürter Kehle. Dachte, dass der Kleine sich wundern würde, wenn er das Lenkrad auf der Beifahrerseite vorfand. Setzte sich ins Gras und schaute auf den Owenboy. Hinter ihm wurde der Motor angelassen. Als das Geräusch verklungen war, blieb nur Stille. Stille und das heimtückische Klatschen des Wassers, das seinen monotonen Gesang wieder aufnahm.

Ein paar Monate später fand der Besitzer der Slangevar sein Boot wieder. Ein Matrose aus Saint-Malo hatte sie in Crosshaven wiedererkannt. Er meldete sich im Hafenbüro, und jemand rief im Jachthafen *Les Sablons* an. Das Hafenamt benachrichtigte den Besitzer. Dieser fiel aus allen Wolken, als er erfuhr, wo sein Boot war. Irland! Genauso gut hätte es New York oder Singapur sein können. Er würde nach Irland reisen müssen. Sich ein paar Tage Urlaub nehmen und hinterher Überstunden machen, um die verlorene Zeit wettzumachen. Außerdem waren eine Menge Vorbereitungen zu treffen. Das alles kam ihm äußerst ungelegen. Ein desertiertes Boot war kein krankes Kind.

Der Besitzer und seine Frau fuhren nach Roscoff und nahmen dort die Fähre nach Cork. Das erste Schiff nach der Winterpause. Am nächsten Morgen standen sie mit ungläubigen Gesichtern am Hafen von Ringaskiddy. Mieteten ein Auto und fuhren über Carrigaline nach Crosshaven. Zweimal mussten sie unterwegs anhalten. Das Telefon des Besitzers klingelte, und er musste sich um wichtige Geschäfte kümmern, die keinen Aufschub duldeten.

Sie bewunderten die bunten Fassaden der Häuser. Dunkelblau, altrosa und hellgelb. Sie hatten schon lange keinen Urlaub mehr gemacht und kamen sich vor, als besuchten sie ferne Verwandte. Die Slangevar gehörte ihnen seit vielen Jahren. Trotz ihres gälischen Namens hatten sie nie gewagt, weiter als bis zu den Chausey-Inseln oder der Landspitze von Arcouest zu segeln. Sie waren in der Nähe der Küste herumgeschippert und hatten im Sommer an Bord gepicknickt. Seit die Kinder aus dem Haus waren, fuhren sie ohnehin nur noch selten hinaus aufs Meer.

Sie waren zum ersten Mal in Irland. Sie aßen im Cronin's Pub einen Wicklow Blue Brie. Teilten sich ein Pint Smithwick's. Schlenderten zum Hafen und betrachteten die Boote, die dort festgemacht waren. Hunderte von Masten ragten in die Höhe. Die Slangevar fanden sie nicht. Schließlich betraten sie das Holzgebäude des *Royal Cork Yacht Club*. Warteten, bis der Hafenmeister Zeit für sie hatte. Baten in holperigem Englisch darum, das Boot sehen zu dürfen. Anschließend würden sie zurückkommen und im Büro des *Royal Cork Yacht Club* die Rechnung begleichen. Für Liegegebühren und Hafensteuern. Die Angestellten des Büros musterten sie misstrauisch. Die beiden sahen aus wie verirrte Touristen. Lieber wäre es ihnen gewesen, wenn sie zuerst gezahlt hätten. Schließlich stellte man ihnen einen schlaksigen Iren vor. Er würde sie zu den Anlegern der *Salve Marine* führen. Auf dem Weg murmelte er etwas Unverständliches. Im Corker Dialekt.

Is lofa ar fad é an sean toban siud.

Die Slangevar dümpelte am Ende eines Stegs vor sich hin, im Päckchen mit einem abgetakelten Zweimaster. Der Ire gestikulierte wild, um sich verständlich zu machen. Wenn sich der Besitzer des Boots nicht gemeldet hätte, wäre es demnächst an Land geholt worden. Die Besitzer stiegen auf das Deck des Zweimasters und warfen einen ersten Blick auf die Slangevar. Sie war in einem jämmerlichen Zustand.

Drei alte Autoreifen klemmten zwischen den Booten, damit sie nicht aneinanderstießen. Das Cockpit war von

Möwendreck übersät. Die Slangevar sah aus wie ein ausgemergeltes Tier, reif für den Abdecker. Man hätte glauben können, sie hätte ganz allein hergefunden und wäre hier gestrandet wie ein einsamer, betrunkener Landstreicher. Die irische Flagge, die ihnen ein Bekannter geschenkt hatte, hing am Backstag. Das Groß lag in einem unordentlichen Haufen auf dem Seitendeck. Die Genua hing halb im Wasser und war von grünem Schleim überzogen. Die morschen Steckschotten klemmten schief im Niedergang. Von ihrer erhöhten Position aus konnten sie sehen, dass Wasser in der Kajüte stand. Der nordeuropäische Winter hatte seine Spuren hinterlassen.

Vorsichtig gingen sie an Deck. Der Ire war ihnen auf den Zweimaster gefolgt und streckte ihnen eine Hand hin, um ihnen zu helfen. Als ihre Besitzer an Bord waren, krängte die Slangevar bedenklich. Sie lag viel tiefer im Wasser als sonst. Der Cockpitboden war glitschig, und die vertörnten Schoten rotteten auf den Bänken vor sich hin. Sie steckten den Kopf durch den Niedergang und hatten das Gefühl, in die Privatsphäre eines Fremden einzudringen. Plötzlich hatten sie Angst, in ein unbekanntes Gesicht zu blicken.

Die Kajüte bot einen trostlosen Anblick. Dreckige Kleider und Teile des zerrissenen Spinnakers schwammen im braunen Wasser. Drei zerknitterte Schlafsäcke lagen auf den Kojen. Die Frau wich zurück ins Cockpit und setzte sich auf eine Bank. Schob sich die Hände unter das Gesäß, um ihre Hose nicht schmutzig zu machen. Über ihr sah der Ire zum Himmel. Der Besitzer drang allein in den Bauch des Boots ein. Setzte vorsichtig einen Fuß vor den anderen. Sein Telefon vibrierte in der Hosentasche, aber er ignorierte es. Zog den Kopf ein und stellte einen Fuß auf die Sitzbank. Balancierte auf der rutschigen Kante, um nicht durchs knöcheltiefe Wasser waten zu müssen. In den Regalfächern herrschte die übliche Unordnung. Die Handfackeln fehlten. Die Tupperdose war leer, die Pantry ebenfalls. Er drehte am Knopf des Kochers, das Gas zischte. An der Wand oberhalb der Koje und auf der Tupperdose entdeckte er Blutflecken. In der Kajüte herrschte eine merkwürdige Stimmung. Als hätte hier eine rätselhafte Tragödie stattgefunden.

Seine Frau steckte den Kopf durch den Niedergang und zeigte auf einen glänzenden Gegenstand, der im Bilgenwasser schwamm. Er bückte sich und fischte einen Lippenstift aus der Brühe. Hielt ihn ihr achselzuckend hin. Sie nahm ihn mit spitzen Fingern entgegen. Betrachtete ihn von allen Seiten, roch daran und verzog angeekelt das Gesicht. Nahm die Kappe ab und sah, dass der durchweichte Stift schwarz war. Dachte an Johnny Depp als Jack Sparrow. Die Slangevar hatte allerdings so gar nichts von der *Black Pearl.* Dann dachte sie an Piratinnen mit blanken Brüsten und schwarzen Lippen. Hinter ihr erklang die Stimme des Iren. Sie streckte ihm den Lippenstift entgegen, als wäre er ein Beweis. Unter Deck richtete ihr Mann die Sturmlaterne auf. Hängte sie an den Haken, den er Jahre zuvor zu diesem Zweck in die Wand geschraubt hatte.

Das Handbuch des bretonischen Seemanns lag auf dem Kartentisch. Er hob den Buchdeckel an, aber die aufgequollenen Seiten klebten zusammen. Er musste sie einzeln voneinander lösen, um umblättern zu können. Es handelte sich um die Ausgabe vom Vorjahr. Die Seiten, auf denen man Bordjournal führen konnte, waren leer. Das Buch rutschte langsam vom Tisch und fiel ins Bilgenwasser. Versank lautlos in der Brühe. Der Besitzer konnte nirgends Seekarten oder Navigationsinstrumente entdecken. Der Ire spielte an dem schlaffen Relingsdraht des Zweimasters herum und schüttelte den Kopf.

Nil cuma rodhaigean ar an bhad sin ata agat, murmelte er.

Sie nickten intuitiv. Er hatte recht, das Boot war tatsächlich in einem traurigen Zustand. Wortlos gingen sie von der *Salve Marine* zurück zum *Royal Cork Yacht Club*. Die Slangevar lag im Sterben, und sie hatten keine Ahnung, was sie jetzt tun sollten. Unter dem niedrigen grauen Himmel von Crosshaven dachten sie an Sommerurlaube rings um das Cap Fréhel mit den Kindern. Die Erinnerungen machten sie melancholisch. Wieder klingelte das Telefon des Besitzers, er drückte den Anruf weg. Im Hafenbüro konnte ihnen niemand sagen, wie das Segelboot hierhergelangt war. Als die Angestellten auf das Boot aufmerksam geworden waren, war es bereits verlassen gewesen. Manche schätzten, dass es seit fünf Monaten an dem Steg lag. Andere meinten, es schon vor sechs Monaten gesehen zu haben. Nur eins war sicher: Es hatte den Winter im Boatyard verbracht. Wer auch immer es hergebracht hatte, hatte es in aller Eile festgemacht und nicht einmal Fender ausgebracht. Die Leute vom Hafenbüro hatten nichts auf dem Boot angerührt. Selbst die Habseligkeiten der Diebe waren noch an Bord. Wo sie hergekommen waren und was aus ihnen geworden war, wusste niemand.

Mairnéalaigh thar barr a bhi iontu!

Süßwassermatrosen, lautete das allgemeine Urteil. Das Hafenpersonal präsentierte den Besitzern eine gesalzene Rechnung. Aufgeführt waren Liegegebühren und Hafensteuern. Man sagte ihnen, sie sollten wegen der Instandsetzung des Boots mit der Jachtwerft sprechen. Einen Kostenvoranschlag einholen, einen Zeitplan erstellen. Doch ihre größte Sorge waren die Auflagen der französischen Hafenbehörde. Es war ihnen gesetzlich verboten, die Slangevar über das Meer zurückzuführen. Die Slangevar war ein Boot der Kategorie C und durfte nur in Küstennähe unterwegs sein. Das Boot verfügte nicht über die Sicherheitsausrüstung, die man für eine Überquerung des Ärmelkanals brauchte.

Die Sache zog sich in die Länge, und sie mussten ein zweites Mal nach Crosshaven fahren. In Frankreich nahmen sich die Zeitungen der Geschichte an. Das Lokalblatt von Saint-Malo berichtete. Ein gestohlenes Boot und skrupellose Kriminelle, die ohne Seekarte losgesegelt waren. Vermutlich Drogenschmuggler. Dazu kamen die bürokratischen Hürden, war in dem Artikel zu lesen. In der Rubrik Vermischtes.

Die Besitzer waren die Formalitäten rasch leid. Der Gedanke, die Slangevar von Irland nach Saint-Malo zu überführen, gefiel ihnen gar nicht. Die Überquerung des Ärmelkanals machte ihnen Angst. Sie waren aus dem Alter raus, in dem man sein Leben auf ein paar müden Planken riskiert. Sie hätten jemanden dafür bezahlen müssen, dass er das Boot illegal nach Saint-Malo brachte. Dazu kamen die Kosten für die Instandsetzung sowie die Geldstrafe, die sie sicher zahlen müssten, wenn das Boot in französische Hoheitsgewässer eindrang. Bei ihrem zweiten und letzten Besuch bot der Ire, der sie beim ersten Mal herumgeführt hatte, ihnen tausend Euro.

Béarfad mile euros duit ara shon, ma's maith leat.

Ein alter Matrose in Seemannsjacke und Gummistiefeln begleitete die drei. Er übersetzte die Worte seines Freundes mit einem belustigten Grinsen.

Féadfhann sibh dhul abhaile.

Fahren Sie nach Hause. Alles wird gut.

Biogh greim a ithe agaigh anois.

Er zeigte mit den Fingern auf seinen Mund.

Aber erst einmal essen Sie etwas.

Da sie nicht mehr weiterwussten, ließen sie sich auf das

Angebot ein. Wenn auch widerwillig. So wurde die Slangevar irisch. Noch am selben Tag unterzeichneten sie die Papiere. Der Ire und seine Freunde wollten den Verkauf in einem Pub am Hafen mit vielen Smithwick's begießen. Irgendwann fürchteten sie, nicht vor dem Morgengrauen aus dem Pub herauszukommen.

Sláinte mhath! Slangevar!, brüllten ihre neuen Freunde und hielten ihnen ihre Pints unter die Nase. Auf dem Rückweg ins Hotel torkelten sie singend die Straße entlang. Mit pelziger Zunge und summenden Ohren.

Uncle Rat, where will the wedding be?
Up at the top of a holly tree
Ma cax macari duck and a dil
Kitty alone and I …

Am nächsten Morgen besichtigten sie hastig das Städtchen Cobh. Rote Backsteinfassaden und der historische Hafen, wo die Schiffe mit den Einwanderern nach Amerika ausliefen. Die Fremdenführerin berichtete ihnen von der Atlantiküberquerung und der Ankunft auf Ellis Island. Führte sie zu dem Pier, von dem die Titanic zu ihrer letzten Reise abgelegt hatte. Für mehr war keine Zeit.

Um sechzehn Uhr dröhnte die Sirene der MV Armorique so laut, dass ihnen ein Schauer über den Rücken lief. Sie verließen Irland verkatert und mit einem Stich im Herzen. In der Geschichte klaffte eine große Lücke. Vor ihnen wirbelte funkelnder Schlamm auf, unter ihnen schlug ein fremdes Meer gegen den Anleger. Die Argumente, mit denen sie sich trösten wollten, gingen alle in dieselbe Richtung. Trotzdem schämten sie sich insgeheim. Sie hatten das Gefühl, die Slangevar zu verraten. Als wäre sie mehr als ein Boot.

Auf dem Pier liefen Hafenarbeiter hin und her und lösten die Trossen, mit denen die Fähre festgemacht war. Das Dröhnen der Sirene brachte das metallene Deck zum Vibrieren. Schon liefen sie aus dem Hafen von Cork aus. Das Meer war blau, der Wind frisch. Die Fähre, die sie zurück nach Frankreich brachte, passierte kurz nach Mitternacht Bishop Rock. Der alte Leuchtturm setzte alle fünfzehn Sekunden zwei grellweiße Blitze ab. An seinem Fuß leckte eine nervöse Brandung an dem schwarzen Fels. Im Morgengrauen würden die Robben kommen und sich in den ersten Strahlen der Frühlingssonne wärmen. Neugierig mit der Schnauze gegen das Treibgut stupsen, das zwischen den Felsen klemmte.

Auf der Fähre röhrten die Maschinen. Der Bug zog eine Schneise durchs Wasser, der Maschinentelegraf stand auf *Ahead full*. Das Radar strich mit monotoner Regelmäßigkeit über den Ozean. Es zeigte große Schiffe als Striche und kleinere Boote als Punkte an. Das Fahrwasser von Ouessant und das der Sorlingues bildeten auf dem Bildschirm eine Pfeilspitze, die fast durchgehend leuchtete. Roscoff war nur noch ein paar Stunden entfernt.

In den Kabinen und auf den preiswerteren Sitzen schliefen die wenigen Passagiere, die sich an Bord befanden. Der Besitzer und seine Frau lehnten an der Reling des oberen Außendecks. Sie standen dicht beieinander, um sich vor dem Wind zu schützen. Es war eine sternklare Nacht, beschienen von einem hellen Halbmond. Um diese Uhrzeit war das Deck leer. Nur ein junger Matrose rauchte ein paar Meter von ihnen entfernt eine Zigarette und sah zum Leuchtturm von Bishop Rock hinüber. Sie hoben die Hand zum Gruß, aber er reagierte nicht. Sein Gesicht verschwand im Schatten seiner Kapuze. Auf den Ärmel seiner Segeljacke war eine Windrose aufgenäht.

In der Geschwindigkeit dieser Frühlingsnacht strich ihnen die kühle Luft über das Gesicht. Brachte ihre Augen zum Tränen und ihre Nase zum Laufen. Sie rasten durch die Nacht und starrten hinaus in die reglose Dunkelheit. Auf die Sterne und das schwarze Meer. Im nächsten Sommer würden sie campen gehen. Sie wussten nur noch nicht wo.

Cobh, April 2009.

Ein erfahrener Steuermann erkennt schon aus der Ferne die Landspitzen der Kontinente, an denen er sich auf den Weltmeeren orientiert.

Pierre Loti

Danksagung des Autors

Der Autor dankt Christian G. herzlich für seine wertvollen Ratschläge.

Ebenso wie Marie D., Gilberte Niamh B. und Pierre P.

Das Handbuch des bretonischen Seemanns (L'Almanach du marin breton) erscheint seit 1899. Darin finden sich wichtige nautische Informationen und Vorschriften, die für die Navigation unerlässlich sind; ein unverzichtbarer Begleiter an Bord.

Danksagung der Übersetzerin

Die Übersetzerin bedankt sich von Herzen bei drei erfahrenen Seglern, die ihr während der Arbeit am deutschen Text zur Seite gestanden haben: Jan Maas aus Berlin, der monatelang geduldig sämtliche Fragen zur Segelterminologie beantwortet hat und zahlreiche Textstellen durchgegangen ist, Matthias Daniel aus Rostock, der eine frühe Fassung des Manuskripts gelesen, kluge Anmerkungen dazu gemacht und geduldig auf unzählige E-Mails geantwortet hat, und Johannes Rincke aus München, der mit größter Sorgfalt einige kleinere und größere Fehler im Manuskript aufgespürt hat.